La elegida

La elegida

Kiera Cass

Traducción de Jorge Rizzo

Rocaeditorial

Título original: *The One*

© Kiera Cass, 2014

Primera edición: mayo de 2014
Segunda edición: julio de 2014
Tercera edición: febrero de 2015

© de la traducción: Jorge Rizzo
© de esta edición: Roca Editorial de Libros, S. L.
Av. Marquès de l'Argentera 17, pral.
08003 Barcelona.
info@rocaeditorial.com
www.rocaeditorial.com

Impreso por LIBERDÚPLEX, S.L.U.
Crta. BV-2249, km 7,4, Pol. Ind. Torrentfondo
Sant Llorenç d'Hortons (Barcelona)

ISBN: 978-84-9918-726-6
Depósito legal: B. 6.866-2014
Código IBIC: YFB

RE87266

Capítulo 1

*E*stábamos en el Gran Salón, soportando una nueva lección de protocolo, cuando unos ladrillos atravesaron la ventana. Elise se lanzó al suelo y se arrastró en dirección a la puerta lateral, sollozando. Celeste soltó un chillido y corrió a toda prisa hacia la parte de atrás, librándose por poco de una lluvia de cristales. Kriss me agarró del brazo y tiró de mí, y yo salí corriendo tras ella en dirección a la puerta.

—¡Rápido, señoritas! —gritó Silvia.

Apenas unos segundos después, los guardias ya se habían apostado junto a las ventanas y habían empezado a disparar; el ruido resonaba en mis oídos como un eco. Fuera con armas de fuego o con piedras, cualquier ataque en las proximidades del palacio significaba la muerte para los agresores. No había clemencia para ellos.

—Odio correr con estos zapatos —murmuró Kriss, con el vestido recogido sobre el brazo y la mirada puesta en el otro extremo del salón.

—Pues una de nosotras va a tener que acostumbrarse a hacerlo —dijo Celeste con la voz entrecortada.

Levanté la mirada al cielo.

—Si soy yo, pienso llevar zapatillas deportivas todos los días. Ya estoy harta.

—¡Menos charlar! ¡Muévanse! —nos ordenó Silvia.

—¿Cómo vamos a bajar desde aquí? —preguntó Elise.

—¿Y Maxon? —añadió Kriss, jadeando.

Silvia no respondió. La seguimos por un laberinto de pasillos, buscando un pasaje al sótano, observando a los guardias que nos cruzábamos y que corrían en sentido contrario. No pude evitar admirarlos, asombrada por su valor. Corrían hacia el peligro para proteger a otras personas.

Los guardias que pasaban a nuestro lado me parecían todos iguales, hasta que un par de ojos verdes se cruzaron con los míos. Aspen no parecía asustado ni nervioso. Había un problema y se disponía a ponerle solución. Así era él, sin más.

El cruce de miradas fue rápido, pero bastó. Con Aspen era así. En una décima de segundo, sin una palabra de por medio, podía decirle: «Ten cuidado y no te pongas en peligro». Y, sin decir nada, él respondía: «Lo sé. Tú preocúpate de ponerte a salvo».

Aunque no tenía grandes problemas con las cosas que no hacía falta que nos dijéramos, no me iba tan bien con las cosas que sí nos decíamos en voz alta. Nuestra última conversación no había sido precisamente agradable. Yo había estado a punto de abandonar el palacio y le había pedido que me diera algo de espacio para superar lo de la Selección. Sin embargo, al final me había quedado y no le había dado explicación alguna.

Quizá se le estuviera acabando la paciencia conmigo, esa habilidad que tenía para ver solo lo mejor de mí. Y yo tenía que hacer algo para arreglarlo. No podía imaginarme una vida sin Aspen. Incluso ahora, que esperaba que Maxon me eligiera a mí, un mundo sin él me resultaba inimaginable.

—¡Aquí está! —exclamó Silvia, empujando un panel oculto en una pared.

Emprendimos el descenso por las escaleras, con Elise y Silvia a la cabeza.

—¡Por Dios, Elise, aligera! —gritó Celeste.

Me habría gustado poder enfadarme con ella por su mal carácter, pero sabía que todas estábamos pensando lo mismo.

A medida que nos sumergíamos en la oscuridad, intentaba hacerme a la idea de las horas que perderíamos, ocultas como ratones. Seguimos bajando. El ruido de nuestras pisadas cubría el de los disparos, hasta que una voz de hombre sonó en lo alto de las escaleras.

—¡Alto!

Kriss y yo nos giramos a la vez, a la expectativa, hasta que distinguimos el uniforme.

—¡Parad! —dijo ella—. ¡Es un guardia!

Nos detuvimos, respirando con fuerza. Por fin llegó a nuestra altura, jadeando él también.

—Lo siento, señoritas. Los rebeldes han salido corriendo en cuanto han oído los primeros disparos. Supongo que hoy no tendrían ganas de guerra.

Silvia se pasó las manos por el vestido para alisárselo y habló por nosotras:

—¿Ha decidido el rey que es seguro? Si no, está poniendo usted a estas chicas en peligro.

—El jefe de la guardia ha dado la orden. Estoy seguro de que su majestad...

—Usted no habla por el rey. Venga, señoritas, sigan adelante.

—¿En serio? —pregunté—. ¿Vamos a bajar ahí para nada?

Me echó una mirada que habría bastado para dejar helados a los rebeldes, por lo que decidí cerrar la boca. Entre Silvia y yo se había creado cierta amistad, ya que ella, sin saberlo, me había ayudado a distraerme de Maxon y Aspen con sus clases extra. Pero después de mi pequeño tropiezo en el *Report* unos días antes, parecía que aquello había quedado en nada. Se giró hacia el guardia:

—Tráigame una orden oficial del rey. Entonces volveremos. Sigan caminando, señoritas.

El guardia y yo intercambiamos una mirada exasperada y cada uno se fue por su lado.

Silvia no se mostró en absoluto arrepentida cuando, veinte minutos más tarde, vino otro guardia y nos anunció que podíamos subir cuando quisiéramos.

Estaba tan furiosa con toda aquella situación que no esperé a Silvia ni a las demás. Subí las escaleras, salí a la planta baja por la primera puerta que encontré y seguí hasta mi habitación, con los zapatos aún en la mano. Mis doncellas no estaban, pero había una bandejita de plata sobre la cama, con un sobre encima.

Reconocí inmediatamente la escritura de May y rompí el sobre para abrirlo enseguida, devorando sus palabras:

Ames:

¡Somos tías! Astra está perfectamente. Ojalá estuvieras aquí para verla en persona, pero todos entendemos que ahora mismo tienes

que quedarte en palacio. ¿Crees que podremos vernos en Navidad?
¡Ya no falta tanto! Tengo que volver para ayudar a Kenna y James.
¡La niña es monísima! Aquí tienes una foto. ¡Te queremos!

MAY

La fotografía estaba detrás de la nota. Era una imagen satinada en la que aparecía toda la familia, salvo Kota y yo. James, el marido de Kenna, parecía eufórico, junto a su esposa y a su hija, con los ojos hinchados. Kenna estaba sentada en la cama, con aquel bultito rosa en los brazos, encantada y al mismo tiempo exhausta. Papá y mamá estaban radiantes de orgullo, y el entusiasmo de May y de Gerad también resultaba evidente. Por supuesto, Kota no se había presentado; no tenía nada que ganar. Pero yo debería haber estado allí.

Y no estaba.

Estaba aquí. Y a veces no entendía por qué. Maxon seguía viéndose con Kriss, a pesar de todo lo que había hecho para que me quedara. Los rebeldes no dejaban de lanzar ataques desde el exterior, poniendo en riesgo nuestra seguridad, y allí dentro el trato gélido que me dispensaba el rey mermaba mi confianza tanto o más que los ataques. Además estaba Aspen, siempre presente, algo que tenía que mantener en secreto. Y todas aquellas cámaras por todas partes, robándonos pedacitos de vida para entretener al pueblo. Me veía presionada por todos lados, y me estaba perdiendo todo lo que siempre me había importado.

Reprimí unas lágrimas de rabia. Estaba cansada de llorar.

Lo que había que hacer era tomar medidas. El único modo de arreglar las cosas era que la Selección llegara a su fin.

Aunque de vez en cuando aún me preguntaba si realmente quería ser la princesa, no tenía ninguna duda de que quería estar con Maxon. Así pues, no podía quedarme sentada a esperar que ocurriera. Me puse a caminar arriba y abajo, recordando mi última conversación con el rey, esperando a que llegaran mis doncellas.

Apenas podía respirar, así que sabía que la comida no me entraría. Pero valía la pena el sacrificio. Necesitaba avanzar y tenía que hacerlo rápido. Según el rey, las otras chicas estaban acercándose cada vez a Maxon —físicamente—, y me había dejado claro que yo era demasiado vulgar como para poder competir en ese terreno.

Como si mi relación con Maxon no fuera lo bastante complicada, se presentaba un nuevo problema: el de recuperar su confianza. Y no estaba segura de si eso significaba que no debía hacer preguntas. Aunque estaba bastante segura de que no era cierto que hubiera llegado muy lejos físicamente con las otras chicas, no podía evitar preguntármelo. Nunca había intentado usar mis armas de seducción —prácticamente todos los momentos de intimidad que había tenido con Maxon habían surgido sin proponérnoslo—, pero tenía la esperanza de que, si lo hacía a propósito, dejaría claro que tenía, cuando menos, el mismo interés en él que las demás.

Respiré hondo, levanté la barbilla y, decidida, me dirigí al comedor. Llegué uno o dos minutos tarde, deliberadamente, con la esperanza de que todos estuvieran ya sentados. Calculé bien. Y obtuve una reacción mejor de la esperada.

Saludé con una reverencia, echando la pierna atrás, de modo que se abriera la raja del vestido, dejando a la vista casi todo el muslo. El vestido era de un rojo intenso, sin tirantes y prácticamente con toda la espalda al descubierto. Estaba segura de que mis doncellas habían usado poderes mágicos para conseguir que no se cayera con tan pocos apoyos. Levanté la cabeza y crucé la mirada con Maxon, que —observé— había dejado de masticar. A alguien se le cayó el tenedor.

Bajé la vista y me dirigí a mi asiento, junto a Kriss.

—¿Y eso, America? —me susurró ella.

—¿Perdón? —respondí, inclinando la cabeza en su dirección, fingiendo no entender.

Dejó los cubiertos sobre el plato y ambas nos miramos a los ojos.

—Estás muy ordinaria.

—Bueno, pues tú estás celosa.

Debí de dar casi en el blanco, porque se ruborizó un poco antes de volver a su plato. Le di algunos bocaditos al mío, sin poder tragar mucho por la presión del vestido. Cuando me colocaron el postre delante, decidí dejar de evitar a Maxon, que, tal como esperaba, tenía los ojos puestos en mí. Miré por un

13

momento al rey Clarkson e intenté no sonreír. Estaba furioso; había vuelto a conseguirlo.

Fui la primera en excusarme y abandonar la sala; así Maxon podría admirar la parte trasera de mi vestido. Me dirigí enseguida a mi habitación. Cerré la puerta tras de mí y, de inmediato, me bajé la cremallera del vestido, desesperada por respirar.

—¿Cómo ha ido? —preguntó Mary, acercándose a toda prisa.

—Parecía impresionado. Todos lo parecían.

Lucy reprimió un chillidito de alegría. Anne acudió a ayudar a Mary.

—Nosotras lo sostenemos. Usted dé un paso adelante —me indicó. Hice lo que me dijo—. ¿Va a venir esta noche?

—Sí. No estoy segura de cuándo, pero sin duda vendrá —respondí, sentada en el borde de la cama, con los brazos cruzados sobre el vientre para evitar que se me cayera el vestido de las manos.

Anne puso cara de tristeza.

—Siento que tenga que estar incómoda unas horas más. Pero estoy segura de que valdrá la pena.

Sonreí, intentando dar la impresión de que soportaba bien el dolor. Les había dicho a mis doncellas que quería llamar la atención de Maxon. Lo que no les había contado es que, con un poco de suerte, esperaba que aquel vestido acabara en el suelo.

—¿Quiere que nos quedemos hasta que llegue? —preguntó Lucy, con un entusiasmo desbordante.

—No, solo necesito que me ayudéis a enfundarme de nuevo esto. Tengo que pensar unas cuantas cosas a fondo —respondí, poniéndome de pie para que pudieran ayudarme.

Mary agarró la cremallera.

—Coja aire, señorita.

Obedecí. Sentir de nuevo la presión del vestido me hizo pensar en un soldado que se preparara para la guerra. Diferente armadura, pero el mismo fin.

Y, esa noche, el enemigo al que debía derrotar era un solo hombre.

Capítulo 2

Abrí las puertas del balcón para que el aire entrara en mi cuarto y limpiara el ambiente. Aunque era diciembre, soplaba una suave brisa que me hacía cosquillas en la piel. Ya no se nos permitía salir, ni siquiera acompañadas de guardias, así que tendría que conformarme con aquello.

Me paseé nerviosa por la habitación, encendiendo velas, intentando crear un ambiente acogedor. Por fin llamaron a la puerta. Apagué la cerilla. Salté a la cama, cogí un libro y extendí mi vestido. Porque claro, Maxon, así era como me ponía yo siempre para leer.

—Adelante —dije, levantando la voz lo mínimo como para que me oyera.

Maxon entró y yo levanté la cabeza ligeramente, observando su gesto de sorpresa al pasear la mirada por la habitación en penumbra. Por fin me miró y sus ojos fueron subiendo desde la pierna que tenía a la vista.

—¡Hola! —dije yo, cerrando el libro y poniéndome en pie para saludarle.

Él cerró la puerta y entró, sin poder apartar la mirada de mis curvas.

—Solo quería decirte que hoy tienes un aspecto fantástico.

Me eché el pelo atrás con un gesto despreocupado.

—Oh, ¿esto? Estaba en el fondo del armario; no sabía ni que lo tenía.

—Pues me alegro de que lo hayas sacado.

Le cogí de la mano y nuestros dedos se entrecruzaron.

—Ven a sentarte. Últimamente no nos hemos visto mucho.

—Sí, lo siento —dijo él con un suspiro, siguiéndome—. La situación se ha complicado un poco al perder a tanta gente en el último ataque rebelde, y ya sabes cómo es mi padre. Hemos enviado bastantes guardias a proteger a vuestras familias, y no tenemos suficientes hombres, así que está de peor humor que nunca. Y me presiona para que ponga fin a la Selección, pero yo no quiero ceder. Necesito tiempo para pensármelo bien.

Nos sentamos en el borde de la cama. Me acerqué a él.

—Claro. Deberías ser tú quien lo decidiera.

—Exacto —asintió—. Sé que lo he dicho mil veces, pero, cuando me presionan, me pongo de los nervios.

—Ya —dije, frunciendo los labios.

Él hizo una pausa y puso una cara que no supe interpretar. Estaba intentando decidir cómo acelerar las cosas sin que tuviera la impresión de que le presionaba, pero no estaba segura de cómo crear una situación romántica, por así decirlo.

—Sé que es una tontería, pero hoy mis doncellas me han puesto un nuevo perfume. ¿Te parece demasiado intenso? —pregunté, ladeando el cuello para que pudiera acercarse y aspirarlo.

Él se acercó. Su nariz rozó un trocito de mi piel.

—No, cariño; es estupendo —dijo, con la boca aún en la curva entre el cuello y el hombro. Entonces me besó allí mismo.

Tragué saliva, intentando no perder la concentración. No podía distraerme.

—Me alegro de que te guste. Te he echado mucho de menos.

Sentí su mano recorriéndome la espalda y bajé la cara. Ahí estaba, mirándome a los ojos; nuestros labios estaban apenas a unos milímetros de distancia entre sí.

—¿Cuánto me has echado de menos? —susurró.

Aquella mirada y el susurro de su voz hicieron que mi corazón diera un respingo.

—Mucho —le susurré—. Mucho, mucho.

Me eché adelante, deseando que me besara. Maxon parecía seguro de sí mismo, acercándome a él con la mano que tenía en mi espalda y acariciándome el cabello con la otra. Mi cuerpo quería fundirse en un beso, pero el vestido me lo impedía. Entonces, de pronto nerviosa otra vez, recordé mi plan.

Deslizando las manos por los brazos de Maxon, guie sus dedos hasta la cremallera en la parte trasera de mi vestido, esperando que con eso bastara.

Sus manos se quedaron allí un momento; sin embargo, cuando estaba a punto de decirle que bajara la cremallera, soltó una carcajada.

Aquella risa me hizo reaccionar de pronto.

—¿Qué es tan divertido? —pregunté, horrorizada, intentando buscar la manera de recuperar el aliento sin que se notara.

—¡De todo lo que has hecho en palacio, esto es sin duda lo más divertido! —respondió Maxon, encogiéndose y dándose una palmada en la rodilla, como si no pudiera dominar la risa.

—¿Cómo dices?

Me dio un beso en la frente, con fuerza.

—Siempre me había preguntado cómo sería cuando lo intentaras —dijo, y se echó a reír de nuevo—. Lo siento, tengo que irme. —Hasta su postura denotaba lo bien que se lo estaba pasando—. Te veré por la mañana.

Y entonces se fue. ¡Se fue, sin más!

Me quedé allí sentada, mortificada. ¿Qué me había hecho pensar que podía conseguirlo? Vale, Maxon no lo sabía todo de mí, pero por lo menos conocía mi forma de ser… y desde luego que yo no era así.

Me quedé mirando aquel vestido ridículo. Era muy exagerado. Ni siquiera Celeste habría llegado tan lejos. Llevaba el cabello demasiado arreglado, un maquillaje excesivo. Maxon había sabido lo que yo intentaba hacer desde el momento en que había entrado por la puerta. Suspirando, me paseé por la habitación, apagando velas y preguntándome qué cara poner al día siguiente, cuando le viera.

Capítulo 3

$\mathcal{M}$e planteé alegar una gastritis. O un dolor de cabeza insoportable. Un ataque de pánico. Lo que fuera para evitar tener que bajar a desayunar.

Entonces pensé en Maxon, que siempre decía que había que afrontar los problemas. Aquello era algo que no se me daba especialmente bien. Pero si al menos bajaba a desayunar, si conseguía aparecer…, bueno, quizás él apreciara el gesto.

Con la esperanza de poder reparar en lo posible lo del día anterior, les pedí a mis doncellas que me pusieran el vestido más comedido que tuvieran. Solo con eso tuvieron claro que no debían preguntar sobre la noche anterior. El cuello era algo más alto de lo que solíamos llevar en Angeles con aquel tiempo cálido, y tenía mangas que me llegaban casi hasta los codos. Era una ropa alegre, con flores, justo lo contrario que el de la noche anterior.

Apenas pude mirar a Maxon al entrar al comedor, pero al menos mantuve la cabeza alta.

Cuando por fin miré en su dirección, él me estaba observando, con una mueca divertida en el rostro. Mientras masticaba, me guiñó un ojo; yo volví a bajar la cabeza, fingiendo un gran interés en mi quiche.

—Me alegro de verte hoy con tu ropa de siempre —me espetó Kriss.

—Yo me alegro de verte de tan buen humor.

—Pero ¿qué es lo que te pasa? —me susurró.

Abatida, me rendí:

—Hoy no estoy de humor para esto, Kriss. No insistas.

Por un momento parecía que iba a replicar, pero debió de pensar que no valía la pena. Irguió un poco más el cuerpo y siguió comiendo. Si yo hubiera triunfado mínimamente la noche anterior, habría podido justificar mis acciones; pero, tal como estaban las cosas, no podía siquiera fingirme orgullosa.

Corrí el riesgo y volví a mirar a Maxon. Aunque él no me miraba, seguía con aquella mueca divertida mientras comía. Aquello era demasiado. No iba a pasarme todo el día sufriendo. Decidí fingir un desvanecimiento o un dolor de estómago repentino que me permitiera salir de allí, pero de pronto entró un criado. Llevaba un sobre en una bandeja de plata, e hizo una reverencia antes de situarla justo frente al rey Clarkson.

El rey cogió la carta y la leyó enseguida.

—Malditos franceses —murmuró—. Lo siento, Ambery, parece que voy a tener que irme de inmediato.

—¿Otro problema con el acuerdo comercial? —preguntó ella, sin levantar la voz.

—Sí. Pensé que ya había quedado zanjado hace meses. Esta vez tenemos que mantenernos firmes —dijo, poniéndose en pie. Lanzó la servilleta sobre el plato y se dirigió a la puerta.

—Padre —intervino Maxon, poniéndose en pie a su vez—, ¿no quieres que vaya contigo?

A mí ya me había sorprendido que el rey no le hubiera ordenado a su hijo de mala manera que le siguiera al salir, habituada como estaba a aquella forma particular que tenía de darle instrucciones. Se giró hacia Maxon, con la mirada fría y un tono de voz gélido.

—Cuando estés listo para comportarte como un rey, podrás experimentar lo que hace un rey —respondió, y se marchó.

Maxon se quedó de pie un momento, estupefacto y avergonzado por aquel rapapolvo que había sufrido en público. Se sentó y se dirigió a su madre:

—A decir verdad, no es que me apeteciera mucho ese viaje —bromeó, intentando quitarle hierro al asunto.

La reina sonrió, como era de rigor, y el resto de nosotras hicimos caso omiso.

Las otras chicas acabaron su desayuno, se excusaron y se dirigieron a la Sala de las Mujeres. Cuando solo quedábamos Maxon, Elise y yo a la mesa, levanté los ojos y le miré. Ambos nos tiramos de la oreja al mismo tiempo, y sonreímos. Elise se fue por fin. Nos encontramos en el centro del comedor, ajenos al movimiento de las doncellas y criados que recogían la mesa.

—Es culpa mía que no te lleve —me lamenté.

—Quizá —bromeó—. Créeme, no es la primera vez que ha querido ponerme en mi lugar, y seguro que está convencido de que es absolutamente necesario. Aunque no me sorprendería que esta vez fuera solo una rabieta. No quiere perder el control. Y cuanto más se acerca el momento de que yo escoja esposa, más probable es que lo pierda. Aunque ambos sabemos que nunca soltará las riendas del todo.

—También podrías mandarme a casa. Nunca te permitirá escogerme.

Aún no le había hablado de la vez en que su padre me había acorralado, amenazándome después de que Maxon le hubiera pedido que permitiera que siguiera en el palacio. El rey había dejado claro que más valía que no le hablara a nadie de nuestra conversación, y yo no quería provocar su ira, aunque al mismo tiempo me sentía fatal por ocultárselo a Maxon.

—Además —añadí, cruzando los brazos—, después de lo de anoche, no creo que tampoco tengas muchas ganas de que me quede.

Él se mordió el labio.

—Siento haberme reído, pero, la verdad, ¿qué otra cosa podía hacer?

—Se me pasaron un montón de cosas por la cabeza —murmuré, aún avergonzada tras mi intento de seducirle—. ¡Me siento tan tonta! —dije, hundiendo la cara entre las manos.

—Para, para —respondió él con suavidad, tirando de mí y abrazándome—. Créeme, resultaba muy tentador. Pero tú no eres así.

—¿Y no debería serlo? ¿No debería ser eso parte de lo que somos? —protesté, con un lamento ahogado sobre su pecho.

—¿Ya no recuerdas a la chica del refugio? —dijo él, bajando la voz.

Sí, pero aquello era básicamente una despedida.

—Habría sido una despedida fantástica.

Di un paso atrás y le di una bofetada de broma. Él se rio, contento de haber eliminado la tensión.

—Mas vale que lo olvidemos —propuse.

—Muy bien. Además, tú y yo tenemos un proyecto común en el que trabajar.

—¿Ah, sí?

—Sí, y ahora que mi padre se va, será un buen momento para empezar a poner ideas en común.

—Muy bien —contesté, ilusionada ante la idea de formar parte de algo en lo que estaríamos solos los dos.

Él suspiró. Cada vez estaba más intrigada.

—Tienes razón. A mi padre no le gustas. Pero puede que tenga que ceder si conseguimos hacer una cosa.

—¿Cuál?

—Tenemos que convertirte en la favorita del público.

Levanté la mirada al cielo.

—¿Es eso lo que tenemos que conseguir? Maxon, eso no va a ocurrir jamás. Vi una encuesta en una de las revistas de Celeste después de que intentara salvar a Marlee. La gente no me soporta.

—La gente cambia de opinión. No te dejes abatir por un momento puntual.

Yo apenas tenía esperanzas en aquello, pero ¿qué podía decir? Era mi única opción. Al menos podía intentarlo.

—Bueno —accedí—. Pero ya te digo que esto no va a funcionar.

Con una mueca pícara, se acercó a mí y me dio un beso lento y prolongado.

—Y yo te digo que sí funcionará.

21

Capítulo 4

*F*ui a la Sala de las Mujeres, sin dejar de pensar en el nuevo plan de Maxon. La reina aún no había aparecido, y las chicas estaban todas pegadas a una de las ventanas.

—¡America, ven! —me apremió Kriss.

Hasta Celeste se giró, sonriendo y haciéndome gestos para que me acercara.

Me pareció raro que pudieran estar todas esperándome, pero me aproximé al grupito.

—¡Oh, Dios mío! —exclamé, sin poder reprimir un gritito.

—¿A que sí? —suspiró Celeste.

Allí en el jardín, corriendo por el perímetro a pecho descubierto, estaban la mitad de los guardias de palacio. Aspen me había dicho que a todos los guardias les ponían inyecciones para que se mantuvieran en la mejor de las condiciones físicas posibles, pero parecía que también se entrenaban mucho para estar en forma.

Aunque todas teníamos la cabeza puesta en Maxon, ver a esos chicos tan guapos era algo que no nos dejaba indiferentes.

—¡Mirad el rubito! —dijo Kriss—. Bueno, creo que es rubio. ¡Lleva el pelo tan corto!

—A mí me gusta este —apuntó Elise, sin levantar la voz, en el momento en que otro guardia pasaba por delante de nuestra ventana.

Kriss soltó una risita nerviosa:

—¡No me puedo creer que estemos viendo esto!

—¡Oh, oh! ¡Ese de ahí, el de los ojos verdes! —dijo Celeste, señalando a Aspen.

—Yo bailé con él —recordó Kriss, con un suspiro—, y es tan divertido como guapo.

—Yo también bailé con él —presumió Celeste—. Sin duda es el guardia más guapo de todo el palacio.

No pude evitar soltar una risita. Me preguntaba qué diría Celeste si supiera que Aspen antes era un Seis.

Vi cómo corría y pensé en los cientos de veces que me habían rodeado aquellos brazos. La distancia que se iba creando entre Aspen y yo era cada vez mayor, pero, aun así, no pude evitar preguntarme si no habría forma de conservar una mínima parte de lo que habíamos tenido. ¿Qué pasaría si llegara a necesitarlo?

—¿Y tú, America? —preguntó Kriss.

El único que me llamaba realmente la atención era Aspen. Tras aquella dolorosa reflexión, aquello me parecía algo tonto. Esquivé la pregunta.

—No sé. Todos están bastante bien.

—¿Bastante bien? —replicó Celeste—. ¡Tienes que estar de broma! Estos tíos son de los más guapos que he visto nunca.

—No son más que un puñado de chicos sin camiseta —respondí.

—Sí, bueno, pero disfrútalo mientras puedas. Igual dentro de un minuto no lo ves más.

—Pues vaya. Maxon, sin camiseta, está igual de guapo que cualquiera de estos chicos.

—¿Qué? —exclamó Kriss.

Apenas un segundo después de que las palabras hubieran salido de mi boca, me di cuenta de lo que había dicho.

Tres pares de ojos se clavaron en mí.

—¿Cuándo habéis estado Maxon y tú sin camiseta, exactamente? —preguntó Celeste.

—¡Yo nunca!

—Pero... ¿él sí? —insistió Kriss—. ¿De eso iba lo de ese vestido increíble de ayer?

—¡Qué zorra! —soltó Celeste.

—¿Perdona? —le repliqué, levantando la voz.

—Bueno, ¿qué quieres que te diga? —me espetó, cruzándose de brazos—. A menos que nos quieras contar todo lo que ocurrió, y por qué estamos tan equivocadas.

23

Pero no había modo de explicarlo. La situación en la que había ayudado a Maxon a quitarse la camisa no había sido muy romántica que digamos, pero no podía decirles a las chicas que le había curado las heridas que le había hecho su padre en la espalda. Él había guardado aquel secreto toda la vida. Si le traicionaba y lo revelaba, sería el fin de nuestra relación.

—¡Celeste lo tenía acorralado en un pasillo, y estaba medio desnuda! —la acusé, señalándola con un dedo.

—¿Cómo sabes eso? —preguntó ella, boquiabierta.

—¿Es que todo el mundo se ha desnudado con Maxon? —preguntó Elise, horrorizada.

—¡Yo no me he desnudado! —grité.

—Vale —dijo Kriss, extendiendo los brazos—. Esto hay que aclararlo. ¿Quién ha hecho qué con Maxon?

Todas nos callamos un momento; ninguna quería ser la primera.

—Yo le he besado —dijo Elise—. Tres veces, pero eso es todo.

—Yo no le he besado ni una vez —confesó Kriss—. Pero ha sido por decisión propia. Él lo habría hecho, si le hubiera dejado.

—¿De verdad? ¿Ni una vez? —preguntó Celeste, asombrada.

—Ni una.

—Bueno, yo le he besado muchas veces —replicó Celeste, echándose el cabello atrás, optando por mostrarse orgullosa en lugar de avergonzada—. La mejor fue en el vestíbulo, una noche —añadió, mirándome—. No dejábamos de susurrarnos lo excitante que era saber que nos podían pillar.

Por fin todos los ojos se posaron en mí. Pensé en las palabras del rey, sugiriéndome que las otras chicas estaban mostrándose mucho más promiscuas de lo que yo estaba dispuesta a ser. Pero ahora sabía que solo era un arma más en su arsenal, un recurso para hacerme sentir insignificante. Aquello me tranquilizó.

—Su primer beso me lo dio a mí, no a Olivia. No quería que nadie lo supiera. Y tuvimos algunos… momentos íntimos más, y en uno de ellos Maxon… se quedó sin camisa.

—¿Cómo que se quedó sin camisa? ¿Se le fue volando, por arte de magia? —presionó Celeste.

—Se la quitó él —admití.

Celeste no estaba satisfecha con la explicación:

—¿Se la quitó o se la quitaste tú?

—Supongo que los dos.

Tras un momento tenso, Kriss volvió a tomar la palabra:

—Bueno, ahora ya sabemos todas dónde estamos.

—¿Y dónde estamos? —preguntó Elise.

Nadie respondió.

—Yo solo quería decir… Todos esos momentos fueron importantes para mí, y Maxon también lo es.

—¿Quieres decir que para nosotras no lo es? —replicó Celeste.

—Sé que para ti no lo es.

—¿Cómo te atreves?

—Celeste, no es ningún secreto que lo que tú quieres es el poder. Estoy dispuesta a aceptar que te gusta Maxon, pero lo tuyo no es amor. A ti lo que te interesa es la corona.

Sin molestarse en negarlo, se giró hacia Elise.

—¿Y tú qué? ¡A ti no te he visto nunca ni la más mínima emoción!

—Soy reservada. Tendrías que probarlo alguna vez —respondió Elise, sin pensárselo. Ver aquella chispa de rabia en ella hizo que me cayera aún mejor—. En mi familia, todos los matrimonios son concertados. Sabía que eso era lo que me esperaba. Y se trata de justamente eso. Puede que Maxon no me vuelva loca, pero le respeto. El amor puede llegar más tarde.

Kriss parecía conmovida:

—En realidad eso suena bastante triste, Elise.

—No lo es. Hay cosas más importantes que el amor.

Nos la quedamos mirando. Sus palabras aún resonaban en el ambiente. Yo había luchado por mi familia, y por Aspen, y todo por amor. Y ahora me asustaba pensar que todo lo que hacía en relación con Maxon —incluso las cosas más tontas— estaba condicionado por ese sentimiento. Aun así, ¿y si realmente hubiera algo más importante en todo aquello?

—Bueno, a mí no me cuesta admitirlo —soltó de pronto Kriss—: yo estoy enamorada y quiero casarme con él.

Estaba atrapada en una discusión que yo misma había iniciado. Tenía ganas de que se me tragara la Tierra. ¿Por qué habría provocado todo aquello?

25

—Muy bien, America, suéltalo todo —exigió Celeste.

Me quedé helada, sin apenas poder respirar. Tardé un momento en encontrar las palabras.

—Maxon sabe lo que siento. Eso es lo importante.

Ella puso la mirada en el cielo, pero no insistió. Desde luego sabía que no me quedaría callada si replicaba.

Nos quedamos allí, de pie, mirándonos unas a otras. Hacía meses que había empezado la Selección, y ahora por fin conocíamos las armas de nuestras rivales. Todas habíamos descubierto cómo era la relación de cada una con Maxon, al menos en algún aspecto. Ahora podíamos mirarnos todas a la cara.

Un momento después entró la reina, que nos deseó los buenos días. Tras las reverencias de rigor, todas nos retiramos. Cada una a su rincón, con sus pensamientos. Quizá tenía que ser así, desde el principio. Éramos cuatro chicas y un príncipe. Tres de nosotras nos iríamos de allí muy pronto, y solo nos quedaría una historia interesante que contar sobre cómo caímos eliminadas.

Capítulo 5

Caminaba por la biblioteca del sótano, adelante y atrás, intentando poner las palabras en orden mentalmente. Sabía que tenía que explicarle a Maxon lo que había ocurrido antes de que le llegara la noticia de boca de las otras chicas, pero eso no significaba que me apeteciera tener aquella conversación.

—Toc, toc —dijo, y entró. Observó mi gesto de preocupación—. ¿Qué pasa?

—No te enfades conmigo —le advertí mientras se acercaba.

Ralentizó el paso y el gesto de preocupación en su rostro se convirtió en precavido.

—Lo intentaré.

—Las chicas saben que te vi «a pecho descubierto» —dije, y vi que la pregunta asomaba en sus labios—. Pero no les dije nada sobre tu espalda —le aseguré—. Habría querido hacerlo, porque ahora se creen que estamos viviendo un apasionado idilio.

—Bueno, así es como acabó —bromeó él.

—¡No te rías, Maxon! Ahora mismo me odian.

Sus ojos no perdieron el brillo. Me abrazó.

—Si te sirve de consuelo, no estoy enfadado. Mientras me guardes el secreto, no me importa. Aunque me sorprende un poco que se lo explicaras. ¿Cómo surgió el tema?

—No creo que deba contártelo —dije, hundiendo la cabeza en su pecho.

—Hmmm —respondió él, pasándome el pulgar por la espalda, arriba y abajo—. Se suponía que teníamos que confiar más el uno en el otro.

—Y así es. Te estoy pidiendo que confíes en mí: esto no hará más que empeorar si te lo cuento —respondí. Quizá me equivocara, pero estaba bastante segura de que, si le confesaba a Maxon que habíamos estado mirando a los guardias sudorosos y semidesnudos, las cuatro nos meteríamos en algún tipo de problema.

—Vale —dijo por fin—. Las chicas saben que me has visto con el torso desnudo. ¿Algo más?

Vacilé.

—Saben que fui la primera chica a la que besaste. Y yo sé todo lo que has hecho con ellas y lo que no.

—¿Qué? —reaccionó él, echándose atrás.

—Cuando se me escapó lo de que te había visto sin camisa, empezaron las acusaciones cruzadas, y todas nos sinceramos. Sé que te has besado repetidamente con Celeste, y que habrías besado a Kriss hace mucho tiempo si te lo hubiera permitido. Salió todo.

Se pasó la mano por el rostro y dio unos pasos, intentando asimilar aquella información.

—¿Así que ahora ya no tengo intimidad ninguna? ¿En absoluto? ¿Porque las cuatro habéis decidido comparar marcadores? —Su frustración era evidente.

—Bueno, si tanto te preocupaba la honestidad, deberías estar contento.

Él se detuvo y se me quedó mirando.

—¿Cómo dices?

—Ahora todo está claro. Todas tenemos una idea bastante clara de nuestra posición y yo, en particular, estoy más tranquila.

—¿Más tranquila? —dijo él, levantando la mirada.

—Si me hubieras dicho que Celeste y yo estábamos más o menos en el mismo punto, físicamente, nunca me habría presentado ante ti como anoche. ¿Te haces idea de la humillación que supuso para mí?

Resopló y se puso a caminar arriba y abajo.

—Por favor, America; has dicho y has hecho tantas tonterías que me sorprende que aún puedas pasar vergüenza.

Quizá fuera porque yo no había tenido una educación tan completa, pero tardé un segundo en asimilar aquellas palabras. Siempre le había gustado a Maxon, o eso decía. Aunque todo el mundo pensara que no era lo más conveniente. ¿No sería que él también lo pensaba?

—Si es así, ya me voy —dije en voz baja, incapaz de mirarle a los ojos—. Siento haber dicho lo de la camisa. —Fui hacia la puerta, sintiéndome tan pequeña que no creía ni que me viera.

—Venga, America. No quería decir…

—No, está bien —murmuré—. Controlaré más lo que digo.

Subí las escaleras, sin saber muy bien si quería que Maxon viniera tras de mí o no. No lo hizo.

Cuando llegué a mi habitación, Anne, Mary y Lucy estaban allí, cambiando las sábanas de la cama y sacando el polvo.

—Hola, señorita —me saludó Anne—. ¿Quiere un poco de té?

—No, voy a sentarme un momento en el balcón. Si viene alguna visita, decid que estoy descansando.

Anne frunció el ceño un poco, pero asintió.

—Por supuesto.

Estuve un rato tomando el aire, y luego me puse a leer los textos que Silvia nos había preparado. Dormí un poco y toqué el violín un rato. Lo que fuera con tal de evitar a las otras chicas y a Maxon.

Con el rey fuera de palacio, se nos permitía cenar en la habitación, así que eso hice. Cuando estaba dando cuenta de mi pollo con limón y pimienta, llamaron a la puerta. Quizá fuera mi propia paranoia, pero estaba segura de que sería Maxon. En aquel momento no podía verle, de ningún modo. Agarré a Mary y Anne del brazo y me las llevé al baño.

—Lucy —susurré—, dile que me estoy dando un baño.

—¿A quién? ¿Un baño?

—Sí. No le dejéis entrar.

—¿Qué es lo que pasa? —dijo Anne, mientras yo cerraba y apoyaba la oreja en la puerta.

—¿Oís algo? —pregunté.

Anne y Mary imitaron mi gesto para ver si oían algo inteligible.

Oí la voz de Lucy amortiguada por la puerta; luego puse la oreja junto a la rendija y su conversación se volvió mucho más clara.

29

—Está en el baño, alteza —respondió Lucy, sin alterarse—. Era Maxon.

—Oh. Esperaba que aún estuviera comiendo. Pensé que quizá podría cenar con ella.

—Ha decidido darse un baño antes de cenar —respondió Lucy, con un pequeño temblor en la voz. No le gustaba tener que mentir.

«Venga, no te vengas abajo», pensé.

—Ya veo. Bueno, quizá puedas decirle que me llame cuando haya acabado. Me gustaría hablar con ella.

—Umm… Puede que el baño dure bastante, alteza.

Maxon se calló por un momento.

—Oh. Muy bien. Entonces dile, por favor, que he venido y que me mande llamar si quiere hablar. Dile que no se preocupe por la hora; vendré.

—Sí, señor.

Guardó silencio un buen rato, y yo ya empezaba a pensar que se habría ido.

—Vale, gracias —dijo por fin—. Buenas noches.

—Buenas noches, alteza.

Me quedé escondida unos segundos más para asegurarme de que se había ido. Cuando salí, Lucy seguía de pie, junto a la puerta. Miré a mis doncellas y vi la interrogación en sus ojos.

—Hoy quiero estar sola —dije, sin dar más detalles—. De hecho, creo que ya estoy lista para desconectar. Si podéis llevaros la bandeja de la cena, voy a meterme en la cama.

—¿Quiere que una de nosotras se quede? —preguntó Mary—. ¿Por si decide mandar llamar al príncipe?

Vi la esperanza en sus ojos, pero no podía seguirle la corriente.

—No. Necesito descansar. Ya veré a Maxon por la mañana.

Me resultaba extraño meterme en la cama sabiendo que quedaba algo por resolver entre Maxon y yo, pero en aquel momento no habría sabido qué decirle. No tenía sentido. Ya habíamos pasado por muchos altibajos juntos, por demasiados intentos para dar sentido a aquella relación. Y estaba claro que, si lo íbamos a conseguir, aún nos quedaba un largo camino por delante.

Υ

Me despertaron de mala manera antes del amanecer. La luz del pasillo inundó mi habitación. Me froté los ojos en el momento en que entraba un guardia.

—Lady America, despierte, por favor —dijo él.

—¿Qué pasa? —pregunté, bostezando.

—Hay una emergencia. Necesitamos que baje.

De pronto se me heló la sangre. Mi familia había muerto: lo sabía. Habían enviado guardias; habían advertido a los familiares; pero los rebeldes eran demasiados. Lo mismo le había pasado a Natalie, que al volver a casa se había convertido en hija única, después de que los rebeldes hubieran matado a su hermana menor. Ninguna de nuestras familias estaba a salvo.

Eché las sábanas a un lado y agarré la bata y las zapatillas. Salí corriendo por el pasillo y bajé las escaleras todo lo rápido que pude, resbalándome dos veces. Estuve a punto de caerme.

Cuando llegué a la planta baja, Maxon estaba allí, enzarzado en una conversación con un guardia. Me lancé en su dirección, olvidando todo lo que había ocurrido los dos días anteriores.

—¿Están bien? —pregunté, intentando no llorar—. ¿Qué les han hecho?

—¿Qué? —respondió Maxon, dándome un abrazo inesperado.

—Mis padres y mis hermanos. ¿Están bien?

Maxon me apartó, me agarró de los brazos y me miró a los ojos.

—Están bien, America. Lo siento, tendría que haber pensado que eso es lo primero que te vendría a la cabeza.

El alivio fue tan mayúsculo que casi me dieron ganas de llorar.

—Hay rebeldes en palacio —añadió Maxon, algo confuso.

—¿Qué? —exclamé—. ¿Y por qué no nos refugiamos?

—No han venido a atacarnos.

—Entonces, ¿por qué están aquí?

Maxon lanzó un suspiro.

—Son solo dos rebeldes del campamento del Norte. Van

desarmados y han pedido específicamente hablar conmigo… y contigo.

—¿Por qué yo?

—No estoy seguro; pero yo voy a hablar con ellos, así que pensé que debía darte la oportunidad de hablar con ellos también, si quieres.

Me miré y me pasé la mano por el cabello.

—Voy en bata.

—Lo sé —dijo él, sonriendo—, pero esto es muy informal. No pasa nada.

—¿Quieres que hable con ellos?

—Eso depende de ti, pero tengo curiosidad por saber por qué quieren hablar contigo en particular. No estoy seguro de si querrán hablar conmigo si tú no estás.

Asentí y sopesé lo que significaba aquello. No estaba segura de querer hablar con los rebeldes. Fueran o no armados, si se ponían agresivos yo no podría defenderme. Pero si Maxon pensaba que yo podía hacerlo, quizá debiera…

—De acuerdo —dije, haciendo de tripas corazón—. De acuerdo.

—No sufrirás ningún daño, America. Te lo prometo. —Aún me tenía cogida la mano. Me presionó un poco los dedos. Se giró hacia el guardia—. Adelante. Pero tenga el arma preparada, por si acaso.

—Por supuesto, alteza —respondió él, que nos escoltó hasta una esquina del Gran Salón, donde había dos personas de pie, rodeadas por otros guardias.

No tardé más que unos segundos en localizar a Aspen entre el grupo.

—¿Puede decirles a sus perros de presa que se retiren? —preguntó uno de los rebeldes. Era alto, delgado y rubio. Tenía las botas cubiertas de barro, y su atuendo parecía el propio de un Siete: un par de burdos pantalones ajustados con una cuerda y una camisa remendada bajo una chaqueta de cuero gastada. Llevaba una brújula oxidada al cuello, colgada de una larga cadena que se balanceaba al moverse. Tenía un aspecto rudo, pero no amenazante. No era aquello lo que me esperaba.

Aún más sorprendente resultaba que su compañera fuera una chica. Ella también llevaba botas, pero daba la impresión de que cuidaba su aspecto, a pesar de estar vestida con retales: llevaba *leggings* y una falda del mismo material que los pantalones del hombre. Ladeaba la cadera en una postura que denotaba seguridad en sí misma, a pesar de estar rodeada de guardias. Aunque no la hubiera reconocido por su cara, aquella chaqueta resultaba inconfundible. Vaquera y recortada, cubierta con decenas de flores bordadas.

Para asegurarse de que yo la recordaba, me saludó con un gesto de la cabeza. Yo respondí con un sonido a medio camino entre una risa y un jadeo.

—¿Qué pasa? —preguntó Maxon.

—Luego te lo cuento.

Extrañado pero tranquilo, me apretó la mano para darme confianza y volvió a centrar la atención en nuestros visitantes.

—Hemos venido a hablar en son de paz —dijo el hombre—. Vamos desarmados. Sus guardias nos han cacheado. Sé que puede parecer inapropiado pedir un poco de intimidad, pero tenemos cosas de las que tratar con usted que no debería oír nadie más.

—¿Y America? —preguntó Maxon.

—También queremos hablar con ella.

—¿Con qué fin?

—Insisto —dijo el joven, con un tono casi petulante— en estar al menos a cierta distancia de estos hombres, para que no nos oigan. —Y señaló con el brazo el perímetro del salón.

—Si pensáis que podéis hacerle daño...

—Sé que no confía en nosotros, y tiene motivos para ello, pero no tenemos ninguna razón para hacerles daño a ninguno de los dos. Queremos hablar.

Maxon se debatió un minuto.

—Tú —ordenó, dirigiéndose a uno de los guardias—, baja una de las mesas y coloca cuatro sillas alrededor. Y luego apartaos todos; dejad algo de espacio a nuestros visitantes.

Los guardias obedecieron. Durante unos minutos mantuvimos un incómodo silencio.

Cuando por fin bajaron la mesa del montón de la esquina y colocaron dos sillas a cada lado, Maxon indicó con un gesto a la pareja que nos acompañaran hasta allí.

A medida que caminábamos, los guardias se iban echando

33

atrás sin decir palabra, formando un perímetro alrededor del salón y sin apartar los ojos de los dos rebeldes, como si estuvieran listos para abrir fuego en cualquier momento.

Cuando llegamos a la mesa, el hombre tendió la mano.

—¿No cree que deberíamos presentarnos?

Maxon se lo quedó mirando, pero cedió:

—Maxon Schreave, vuestro soberano.

El joven chasqueó la lengua.

—Es un honor, señor.

—¿Y tú quién eres?

—El señor August Illéa, a su servicio.

Capítulo 6

Maxon y yo nos miramos el uno al otro. Luego observamos a los rebeldes.

—Me ha oído bien. Soy un Illéa. De nacimiento. Y ella lo será por matrimonio, antes o después —dijo August, señalando a la chica con un gesto de la cabeza.

—Georgia Whitaker —se presentó—. Y, por supuesto, todos sabemos quién eres tú, America.

Me sonrió de nuevo, y le respondí con el mismo gesto. No estaba segura de si confiaba en ella, pero desde luego no la odiaba.

—Así que mi padre tenía razón. —Maxon suspiró. Me lo quedé mirando, confundida. ¿Sabía Maxon que había descendientes de Gregory Illéa por ahí?—. Ya me dijo que vendrías un día a reclamar la corona.

—Yo no quiero su corona —replicó August.

—Me parece bien, porque tengo intención de gobernar este país —respondió Maxon—. He sido criado para ello. Si crees que puedes presentarte aquí afirmando que eres el tataratataranieto de Gregory...

—¡Yo no quiero tu corona, Maxon! —repitió August, pasando a tutearle—. Destruir la monarquía es más bien el objetivo de los rebeldes sureños. Nuestros fines son otros. —August se acercó a la mesa y se sentó. Entonces, como si fuera él el anfitrión, nos indicó las sillas con la mano, invitándonos a tomar asiento.

Nos miramos y nos sentamos con él. Georgia hizo lo mismo. August se nos quedó mirando un momento, escrutándonos o intentando decidir por dónde empezar.

Maxon, quizá para recordarnos quién mandaba allí, rompió el hielo:

—¿Queréis un poco de té o café?

—¿Café? —respondió Georgia, como si se le hubiera activado un interruptor.

Maxon no pudo evitar sonreír al ver su entusiasmo, se giró y llamó a un guardia.

—¿Puede pedirle a una de las criadas que traiga café, por favor? Y que se asegure de que está bien cargado —dijo. Luego miró de nuevo a August—. No puedo ni imaginarme qué queréis de mí. Si habéis venido de noche, será que queréis mantener esta visita lo más en secreto posible. Decid lo que tengáis que decir. No puedo prometeros que os daré lo que pedís, pero escucharé.

August asintió y se acercó.

—Llevamos décadas buscando los diarios de Gregory. Sabemos de su existencia desde hace mucho tiempo, y últimamente hemos recibido confirmación de una fuente que no puedo revelar. —August me miró—. No fue por la presentación que hiciste en el *Report*, por si te lo preguntabas.

Suspiré aliviada. Nada más mencionar los diarios, ya había empezado a maldecirme en silencio por aquello. Ahora Maxon tendría una cosa más que añadir a las tonterías en mi haber.

—Nunca hemos deseado abolir la monarquía —le dijo a Maxon—. Aunque naciera de un modo tan corrupto, no tenemos ningún problema con tener un líder soberano, en particular si ese líder eres tú.

Maxon no se inmutó, pero yo noté que aquello le enorgullecía.

—Gracias.

—Lo que queremos son otras cosas, libertades específicas. Queremos cargos públicos nombrados democráticamente y el fin de las castas. —August dijo aquello como si fuera algo sencillo. Si hubiera visto cómo se habían cargado mi presentación en el *Report*, no lo habría dicho tan alegremente.

—Actúas como si yo ya fuera el rey —respondió Maxon, impotente—. Aunque fuera posible, yo no puedo daros lo que pedís.

—Pero ¿estás abierto a la idea?

36

Maxon levantó las manos y las dejó caer de nuevo sobre la mesa, echando el cuerpo adelante.

—Que lo esté o no es irrelevante ahora mismo. No soy el rey.

August suspiró y miró a Georgia. Parecían comunicarse sin palabras. Me impresionó su nivel de compenetración. Ahí estaban, en una situación muy tensa —en la que se habían metido sin garantías de poder salir otra vez— y sus sentimientos seguían ahí, bien tangibles.

—Y hablando de reyes —añadió Maxon—, ¿por qué no le explicas a America quién eres tú? Estoy seguro de que lo harás mejor que yo.

Sabía que aquello era una maniobra de Maxon para darse tiempo, para recuperar el control de la situación, pero no me importaba. Me moría por saberlo.

August esbozó una sonrisa que nada tenía de divertida.

—Es una historia interesante —respondió, con una decisión en la voz que dejaba claro que aquello tendría miga—. Como sabéis, Gregory tuvo tres hijos: Katherine, Spencer y Damon. A Katherine la casaron con un príncipe, Spencer murió y Damon fue quien heredó el trono. Entonces, cuando Justin, el hijo de Damon, murió, su primo Porter Schreave se convirtió en príncipe al casarse con la joven viuda de Justin, que había ganado la Selección apenas tres años antes. Y ahora los Schreave son la familia real. No debería quedar nadie de los Illéa. Pero estamos nosotros.

—¿Nosotros? —preguntó Maxon, con un tono calculado, como si esperara enterarse de la cantidad exacta.

August se limitó a asentir. El ruido de unos tacones anunció la llegada de la criada. Maxon se llevó un dedo a los labios, como si August fuera a decir algo más antes de que la doncella se fuera. La joven dejó la bandeja en la mesa y sirvió café para todos. Georgia cogió su taza inmediatamente y se la tendió para que la llenara. A mí no es que me gustara mucho el café —me parecía demasiado amargo—, pero sabía que me ayudaría a mantenerme despierta, así que acepté una taza.

Antes de que pudiera llevármela a los labios, Maxon me colocó el azucarero delante. Como si supiera que lo iba a necesitar.

37

—¿Decías? —dijo Maxon, que dio un sorbo a su café sin azúcar.

—Spencer no murió —respondió August—. Sabía lo que había hecho su padre para hacerse con el control del país, sabía que a su hermana prácticamente la habían vendido a un hombre que odiaba, y sabía que se esperaba lo mismo de él. No podía hacerlo, así que huyó.

—¿Y dónde fue? —pregunté. Era lo primero que decía.

—Se ocultó con familiares y amigos, y acabó formando un campamento en el norte con gente que pensaba como él. Allí hace más frío, es más húmedo, y es tan difícil orientarse que nadie se adentra en la región. Así que vivimos tranquilos la mayor parte del tiempo.

Georgia le dio un codazo, con un gesto de sorpresa en la cara.

—Supongo que acabo de daros las instrucciones necesarias para que nos invadáis —reaccionó August—. Solo quiero recordaros que nunca hemos matado a ninguno de vuestros oficiales o de vuestro personal, y que evitamos herirlos a toda costa. Lo único que hemos querido siempre es poner fin a las castas. Para hacerlo, necesitamos pruebas de que Gregory era el hombre que siempre nos dijeron que era. Ahora ya las tenemos, y America lo dejó entrever tan claramente que pensamos que podríamos explotarlo si quisiéramos. Pero no es eso lo que deseamos hacer. A menos que sea estrictamente necesario.

Maxon apuró su taza y la dejó sobre la mesa.

—A decir verdad, no sé qué se supone que tengo que hacer con esa información. Eres un descendiente directo de Gregory Illéa, pero no quieres la corona. Has venido a solicitar algo que solo el rey te puede dar, pero, sin embargo, pides audiencia conmigo y con una de las chicas de la Élite. Mi padre ni siquiera está aquí.

—Lo sabemos —dijo August—. Hemos escogido el momento.

Maxon resopló.

—Si no quieres la corona y solo pedís cosas que yo no puedo daros, ¿por qué habéis venido?

August y Georgia se miraron, quizá preparando la mayor petición de todas.

—Hemos venido a pedirte esas cosas porque sabemos que eres un hombre razonable. Te hemos observado toda la vida, y lo vemos en tus ojos. Lo veo en estos mismos momentos.

Intenté que no se me notara, pero me quedé observando la reacción de Maxon ante aquellas palabras.

—A ti tampoco te gustan las castas. No te gusta cómo dirige tu padre el país, con puño de hierro. No quieres combatir en guerras que sabes que no son más que una distracción. Más que nada en el mundo, lo que quieres es paz.

»Hemos supuesto que, una vez que seas rey, las cosas podrían cambiar. Y hemos esperado mucho para ello. Estamos dispuestos a aguardar más aún. Los rebeldes norteños están decididos a darte su palabra de no atacar nunca más el palacio y de contribuir en lo que podamos para detener o entorpecer los movimientos de los rebeldes sureños. Nosotros vemos muchas cosas que tú no puedes ver desde detrás de estos muros. Podríamos jurarte fidelidad, sin dudarlo, si nos muestras que estás dispuesto a trabajar con nosotros en pos de un futuro que por fin le dé ocasión al pueblo de Illéa de vivir su propia vida.

Maxon no parecía saber qué decir, así que hablé yo.

—¿Y qué es lo que quieren los rebeldes sureños? ¿Matarnos a todos?

August hizo un movimiento con la cabeza que no era ni de negación ni de asentimiento.

—En parte será eso, estoy seguro, pero solo para no tener oposición. Hay demasiada población oprimida. Ellos son un grupo emergente que ha decidido que podrían ser los que dirigieran el país. America, tú eres una Cinco; sé que has conocido a mucha gente que odia la monarquía.

Maxon me miró con discreción. Yo asentí levemente.

—Claro que sí. Porque cuando estás en lo más bajo, tu única opción es culpar a los de arriba. En este caso tienen un buen motivo para hacerlo: al fin y al cabo, fue un Uno quien los sentenció a una vida sin esperanza. Los líderes de los rebeldes sureños han convencido a sus discípulos de que el modo de recuperar lo que consideran que es suyo es arrebatárselo a la monarquía. Pero ha habido gente que se ha escindido de los rebeldes sureños y se ha alineado con nosotros. Y sé que, si los sureños consiguen el poder, no tienen ninguna

39

intención de compartir la riqueza. ¿Quién lo ha hecho a lo largo de la historia?

—Quieren arrasar Illéa, tomar el poder, hacer un puñado de promesas y dejar a todo el mundo en el lugar exacto en que están ahora. Estoy seguro de que, para la mayoría de la gente, las cosas empeorarán. Los Seises y los Sietes no mejorarán, salvo por unos cuantos elegidos que los rebeldes manipularán para poder escenificar su maniobra. A los Doses y a los Treses se les arrebatará todo. Eso hará que mucha gente se sienta vengada, pero no arreglará nada.

—Si no hay estrellas del pop que publiquen esas canciones que aletargan los sentidos, no hay músicos de acompañamiento, ni empleados de discográficas, ni vendedores en las tiendas de discos. Quitando de en medio a una persona que esté en lo más alto se destruye a miles que se sitúan en una posición inferior.

August hizo una breve pausa. En su rostro podía verse lo preocupado que estaba.

—Será otra vez igual que con Gregory, solo que peor. Los sureños están dispuestos a derramar cuanta sangre sea necesaria, y las posibilidades de que el país vuelva a levantarse en su contra son mínimas. Será la misma opresión de siempre, con un nuevo nombre…, y tu pueblo sufrirá como nunca antes —dijo, mirando a Maxon a los ojos. Parecía que entre ellos había cierto entendimiento, algo que quizá fuera propio de los nacidos para gobernar.

—Lo único que necesitamos es una señal. Entonces haremos todo lo que podamos para cambiar las cosas, de forma justa y pacífica. Tu pueblo merece una oportunidad.

Maxon posó la mirada en la mesa. No podía imaginarme lo que estaría pensando.

—¿Qué tipo de señal? —preguntó, vacilante—. ¿Dinero?

—No —respondió August, casi riéndose—. Disponemos de muchos más fondos de lo que puedes imaginarte.

—¿Y cómo es posible?

—Donaciones —respondió él, sin más.

Maxon asintió, pero a mí aquello me sorprendió. «Donaciones» significaba que había gente —a saber cuánta— que los apoyaba. ¿Qué dimensiones tendrían las fuerzas rebeldes norteñas, contando a todas esas personas que les daban apoyo? ¿Qué proporción del país estaba pidiendo exactamente lo que aquellos dos habían venido a exigir?

—Si no es dinero, ¿qué es lo que queréis? —preguntó Maxon por fin.

August hizo un gesto con la cabeza en dirección a mí.

—Escógela a ella.

Hundí la cara en las manos, segura de cuál sería la reacción de Maxon.

Se produjo un largo silencio antes de que perdiera la compostura:

—¡No voy a aceptar que nadie me diga con quién puedo y con quién no puedo casarme! ¡No os permitiré que juguéis con mi vida!

Levanté la cabeza justo a tiempo para ver cómo August se ponía en pie.

—La casa real lleva años jugando con la vida de los demás. Madura, Maxon. Eres el príncipe. ¿Quieres tu maldita corona? Pues quédatela. Pero es un privilegio que comporta una serie de responsabilidades.

41

Los guardias se habían ido acercando cautelosamente, alertados por el tono de Maxon y la actitud agresiva de August. Desde luego, a aquella distancia seguro que lo oían todo.

Maxon también se puso en pie, frente a August.

—No vais a tomar decisiones sobre mi vida. Y punto.

Sin inmutarse, August dio un paso atrás y se cruzó de brazos.

—¡Muy bien! Tenemos otra opción, si esta no funciona.

—¿Quién?

August puso la mirada en el cielo.

—Sí, claro, te lo voy a decir. Después de ver cómo has reaccionado…

—Suéltalo.

—Que sea esta o la otra importa poco. Lo único que necesitamos saber es que escoges una pareja que esté en sintonía con este plan.

—Me llamo America —repliqué yo, airada, poniéndome de pie y mirándole a los ojos—, no «esta». No soy ningún juguete ni una pieza más de vuestra revolución de pacotilla. Se os llena la boca diciendo que todo el mundo en Illéa debería tener la ocasión de vivir su vida. ¿Y yo qué? ¿Y mi futuro? ¿Es que eso no cuenta?

Los miré a los ojos, a la espera de una respuesta, pero se mantuvieron en silencio. Observé que los guardias nos rodeaban, dispuestos a reaccionar en cualquier momento.

—Yo estoy a favor de acabar con las castas —proseguí, bajando la voz—, pero no soy el juguete de nadie. Si buscáis un monigote, ahí arriba hay una chica tan enamorada de él que haría lo que le pidierais si eso implicaba que iba a conseguir que se le declarara. Y las otras dos..., sea por sentido del deber, sea por ambición, también se prestarían. Id a buscar a una de ellas.

Me giré, sin esperar a que respondieran, y me marché de allí, enfadada, todo lo rápido que me permitían la bata y las zapatillas.

—¡America! ¡Espera! —dijo Georgia. Me alcanzó cuando yo ya había atravesado la puerta—. Espera un minuto.

—¿Qué?

—Lo sentimos. Pensábamos que estabais enamorados. No éramos conscientes de que estábamos pidiendo algo a lo que se opondría. Estábamos seguros de que podríamos contar con él.

—No lo entendéis. Está harto de que le manipulen y le digan lo que tiene que hacer. No tenéis ni idea de todo por lo que ha pasado. —Sentí las lágrimas en los ojos; parpadeé para limpiármelos, fijando la vista en los dibujos de la chaqueta de Georgia.

—Sabemos más de lo que tú te crees —respondió ella—. Quizá no todo, pero sí mucho. Hemos estado siguiendo la Selección muy de cerca, y parece que vosotros dos os lleváis muy bien. Se le ve muy contento cuando está contigo. Y, además..., sabemos que rescataste a tus doncellas.

Tardé un segundo en darme cuenta de lo que quería decir. ¿Quién se lo habría contado?

—Y vimos lo que hiciste por Marlee. Vimos cómo peleaste. Y luego tu presentación, hace unos días. —Se detuvo y soltó una carcajada—. Desde luego le echaste valor. No nos iría nada mal una chica valiente.

—No intentaba hacerme la heroína —repliqué sacudiendo la cabeza—. La mayor parte del tiempo no me siento para nada valiente.

—¿Y qué? Lo importante no es cómo te sientas con respecto a tu carácter. Lo importante es lo que hagas con él. Tú, más que las demás, actúas intentando hacer lo correcto antes de pensar lo que significará para ti. Maxon tiene estupendas candidatas esperándole, pero ninguna de ellas se mancharía las manos para mejorar las cosas. No son como tú.

—En gran parte han sido gestos egoístas. Marlee era importante para mí, y también lo son mis doncellas.

Georgia dio un paso adelante.

—Pero ¿a que esas acciones tuvieron consecuencias?

—Sí.

—Y probablemente sabías que las tendrían. Pero actuaste en defensa de quienes no se podían defender. Eso es especial, America.

No estaba acostumbrada a aquel tipo de elogios. Sí a que mi padre me dijera que cantaba muy bien o a que Aspen me dijera que era la chica más guapa que había visto nunca, pero... ¿aquello? No sabía cómo reaccionar.

—La verdad es que, con algunas cosas de las que has hecho, cuesta creer que el rey te haya permitido quedarte. Todo aquello del *Report*... —Soltó un silbido.

—Se enfadó muchísimo —dije, sin poder evitar reírme.

—¡No sé cómo saliste viva!

—Pues por los pelos, desde luego. Y la mayoría de los días tengo la sensación de estar a solo unos segundos de la expulsión.

—Pero a Maxon le gustas, ¿no? Él te protege...

Me encogí de hombros.

—Hay días en que me siento muy segura, y otros en los que no tengo ni idea. Hoy no es un buen día. Ni tampoco lo fue ayer. Ni anteayer, a decir verdad.

Ella asintió.

—Bueno, en todo caso, nosotros te apoyamos.

—A mí y a alguien más —la corregí.

—Es cierto —respondió, pero no me dio ninguna pista sobre su otra favorita.

—¿A qué vino aquella reverencia en el bosque? ¿Querías burlarte de mí?

43

Ella sonrió.

—Sé que puede que no lo parezca, por el modo en que actuamos en ocasiones, pero en realidad nos importa la familia real. Si los perdemos, los rebeldes sureños ganarán. Y si se hacen con el control…, bueno, ya has oído a August. —Meneó la cabeza—. En cualquier caso, estaba segura de que tenía delante a mi futura reina, así que pensé que lo mínimo era una reverencia.

Su razonamiento era tan tonto que me hizo reír de nuevo.

—No sabes lo agradable que es hablar con una chica con la que no estoy compitiendo.

—¿Ya te cansas, eh? —preguntó, con un gesto de complicidad.

—Al reducirse el grupo, la cosa ha ido a peor. Quiero decir que sabía que sería así, pero… es como si ya no se tratara de ser la elegida de Maxon, sino de asegurarse que no se decanta por las otras chicas. No sé si eso tiene mucho sentido.

—Sí que lo tiene —dijo, asintiendo—. Pero, oye, cuando te presentaste, ya lo sabías.

Chasqueé la lengua.

—En realidad, no. La verdad es que me… animaron a que me presentara. Yo no quería ser princesa.

—¿De verdad?

—De verdad.

—Pues el hecho de que no quieras la corona probablemente te convierte en la mejor persona para llevarla —contestó con una sonrisa.

Me la quedé mirando. Aquellos ojos enormes me convencieron de que no tenía ninguna duda de lo que estaba diciendo. Habría querido hacerle más preguntas, pero Maxon y August salieron del Gran Salón, con aspecto de estar sorprendentemente tranquilos. Un único guardia los seguía a cierta distancia. August miraba a Georgia como si se arrepintiera de haber pasado lejos de ella aunque solo fuera un minuto. Quizás aquel fuera el único motivo por el que habían venido los dos.

—¿Estás bien, America? —preguntó Maxon.

—Sí —respondí, de nuevo incapaz de mirarle a los ojos.

—Deberías ir a prepararte para comenzar el día —sugirió—. Los guardias han jurado mantener el secreto, y me gustaría que tú también lo hicieras.

—Por supuesto.

Parecía molesto con la frialdad de mi respuesta, pero ¿cómo se suponía que tenía que actuar?

—Señor Illéa, ha sido un placer. Volveremos a hablar pronto —se despidió Maxon, que le tendió la mano.

August se la estrechó enseguida.

—Si necesita cualquier cosa, no dude en pedírnosla. Estamos de su lado, alteza.

—Gracias.

—Vámonos, Georgia. Algunos de estos guardias tienen pinta de ser de gatillo fácil.

Ella soltó una risita.

—Nos vemos, America.

Asentí, segura de que no volvería a verla, lo cual me entristecía. Ella pasó por delante de Maxon y cogió a August de la mano. Salieron por la puerta principal de palacio seguidos por un guardia. Maxon y yo nos quedamos solos en el vestíbulo.

Él me miró a los ojos. Murmuré algo, señalé hacia arriba y me puse en marcha. Su reacción cuando le pidieron que me escogiera a mí no había hecho más que acrecentar el dolor que me habían causado sus palabras del día anterior en la biblioteca. Pensé que después de lo del refugio habíamos llegado a cierto nivel de entendimiento. Sin embargo, al parecer, todo se había vuelto aún más complicado que al principio, cuando intentaba decidir si Maxon me gustaba lo suficiente o no.

No sabía qué significaba aquello para nosotros. O si aún valía la pena preocuparse de ese «nosotros».

45

Capítulo 7

$\mathcal{M}$e dirigí a mi habitación a toda prisa, pero Aspen fue más rápido. Aquello no debería haberme sorprendido. Se conocía el palacio tan a fondo que probablemente aquello no le suponía ningún esfuerzo.

—¡Eh! —le saludé, no muy segura de qué decir.

Enseguida me abrazó y luego se apartó.

—Esa es mi chica.

—¿Ah, sí? —dije yo, sonriendo.

—Los has puesto en su sitio, Mer. —Arriesgando la vida, Aspen me pasó un pulgar por la mejilla—. Mereces ser feliz. Todos lo merecemos.

—Gracias.

Sonrió y dejó caer la mano, movió la pulsera que Maxon me había traído de Nueva Asia y buscó más allá, hasta tocar la que me había hecho yo con un botón que me había dado. Sus ojos se entristecieron al mirar nuestra pequeña prenda.

—Un día de estos hablaremos. De verdad. Tenemos que resolver muchas cosas.

Dicho aquello, siguió pasillo abajo. Suspiré y me llevé las manos a la cara. ¿Se habría tomado aquella reacción mía como un rechazo definitivo a Maxon? ¿Pensaría que quería que volviéramos a arreglar las cosas?

Por otra parte…, ¿no acababa de rechazar a Maxon?

¿No pensaba apenas un día antes que no quería perder a Aspen?

Y, si era así, ¿por qué me parecía que todo estaba yendo tan mal?

Y

En la Sala de las Mujeres se respiraba un ambiente horrible. La reina Amberly estaba sentada, escribiendo cartas; de vez en cuando levantaba la vista para mirarnos a las cuatro. Desde lo del día anterior, todas intentábamos evitar hacer cualquier cosa que requiriera que nos relacionáramos entre nosotras. Celeste se había aposentado en un sofá con un montón de revistas. En un movimiento muy inteligente, Kriss había cogido su diario y se había puesto a escribir en él, situándose cerca de la reina una vez más. ¿Por qué no se me habría ocurrido hacerlo a mí? Elise había sacado una colección de lápices y estaba dibujando algo junto a la ventana. Yo estaba en una gran butaca cerca de la puerta, leyendo un libro.

Tal como estábamos situadas, no teníamos siquiera que establecer contacto visual.

Intenté concentrarme en las palabras que tenía delante, pero no podía evitar pensar a quién querrían como princesa los norteños si no conseguían que fuera yo. Celeste era muy popular, y sería fácil conseguir que la gente le hiciera caso. Me pregunté si eran conscientes de lo manipuladora que podía llegar a ser. Si sabían cosas de mí, quizá también supieran eso. ¿Habría cosas de Celeste que yo desconocía?

Kriss tenía un carácter dulce y, según la última encuesta, era una de las favoritas del público. No procedía de una familia muy noble, pero tenía más de princesa que ninguna de las otras, un aire especial. Tal vez aquel fuera su gran atractivo: no era perfecta, pero resultaba encantadora. En ocasiones, hasta yo querría darle mi apoyo.

De la que menos sospechas tenía era de Elise. Había admitido que no quería a Maxon y que estaba allí por su sentido del deber. Suponía que, cuando hablaba del deber, quería decir para con su familia o su tierra de origen, Nueva Asia, no para con los rebeldes norteños. Aparte de eso, era de lo más estoica y tranquila. No tenía nada de rebelde.

Y eso era lo que de pronto me hizo pensar que quizá fuera su favorita. Parecía la menos dispuesta a competir, y no había tenido problemas en admitir su indiferencia hacia Maxon. Quizá no necesitara ni proponérselo, porque contaba con un

47

montón de seguidores dispuestos a apoyarla hasta que consiguiera la corona.

—Ya está bien —dijo la reina de pronto—. Venid todas aquí —ordenó. Apartó su mesilla y todas nos acercamos, nerviosas—. Aquí pasa algo. ¿Qué es?

Nos miramos; ninguna quería decirlo. Por fin, la siempre impecable Kriss habló por todas:

—Alteza, acabamos de darnos cuenta de lo intensa que es esta competición. Ahora somos algo más conscientes de cuál es nuestra posición con respecto al príncipe, y nos cuesta asimilarlo: ahora mismo no tenemos muchas ganas de charlar entre nosotras.

La reina asintió, comprensiva.

—¿Con qué frecuencia pensáis todas vosotras en Natalie? —preguntó.

Natalie se había marchado apenas una semana atrás. Yo pensaba en ella casi cada día. También pensaba en Marlee constantemente, y también, de vez en cuando, en alguna de las otras chicas.

—Siempre —respondió Elise, con voz queda—. ¡Era tan alegre! —dijo, con una sonrisa en los labios. Siempre me había parecido que Natalie ponía nerviosa a Elise, porque esta era muy reservada, mientras que Natalie tenía un carácter expansivo. Pero quizá fuera uno de esos casos en los que los polos opuestos se atraen.

—A veces nos reíamos por las cosas más tontas —añadió—. Su risa era contagiosa.

—Exacto —replicó la reina—. Yo he estado en vuestra posición. Sé lo difícil que es. Analizáis todos vuestros movimientos y todos los de él. Le dais vueltas a cada conversación, intentando leer entre líneas. Resulta agotador.

Era como si nos quitara un peso de encima. Alguien nos entendía.

—Pero tenéis que saber que, por grande que sea la tensión que hay ahora entre vosotras, os va a doler cada vez que una se vaya. Nadie entenderá nunca esta experiencia como las otras chicas que han pasado por ella, especialmente las de la Élite. Puede que os peleéis, pero también lo hacen las hermanas. Estas chicas —dijo, señalándonos una tras otra— son a las que llamaréis casi cada día durante el primer año, cuando estéis aterradas ante la posibilidad de cometer un error y busquéis apoyo. Cuando celebréis fiestas, serán los nombres que pondréis en lo más alto de vuestra lista de invitados, justo por debajo de los nombres de vuestros familiares. Porque eso es lo que sois ahora. Nunca perderéis esta relación.

Nos miramos entre nosotras. Si yo acababa siendo princesa y me encontraba con algún problema en el que necesitara una perspectiva racional, llamaría en primer lugar a Elise. Si me peleara con Maxon, Kriss me recordaría todo lo bueno de él. Y Celeste…, bueno, no estaba tan segura, pero si alguien iba a aconsejarme que me endureciera ante la adversidad, seguro que sería ella.

—Así que tomaos vuestro tiempo —prosiguió—. Acostumbraos a lo que sois. Y relajaos. No sois vosotras quienes le escogéis; es él quien os escoge a vosotras. No tiene ningún sentido que os odiéis unas a otras por eso.

—¿Sabe usted quién le gusta más? —preguntó Celeste. Por primera vez la oí preocupada.

—No lo sé —confesó la reina—. A veces me parece que lo intuyo, pero no pretendo leerle la mente. Sé a quién escogería el rey, pero eso es todo.

—¿Y a quién escogería usted? —pregunté yo, y al momento me maldije por ser tan brusca.

Ella esbozó una sonrisa amable.

—La verdad es que no quiero pensar en ello. Me partiría el corazón empezar a querer a una de vosotras como a una hija y luego perderla. No podría soportarlo.

Bajé la vista, sin saber muy bien si aquellas palabras suponían un alivio o no.

—Os diré que me alegraré de dar la bienvenida a cualquiera de vosotras a mi familia. —Levantó la vista y se tomó su tiempo para mirarnos a todas a los ojos, una tras otra—. Pero de momento hay que pensar en el trabajo que tenemos que hacer.

Nos quedamos allí en silencio, asimilando sus sabias palabras. Nunca me había parado a pensar en las competidoras de la última Selección, a buscar sus fotos ni nada así. Me sonaban un puñado de nombres, en gran parte porque las mujeres ma-

49

yores hablaban de ellas en las fiestas en las que yo cantaba. Aquello nunca me había parecido importante; ya teníamos una reina, y la posibilidad de convertirme en princesa no se me había pasado por la cabeza, ni siquiera de niña. Pero ahora me preguntaba cuántas de las mujeres que venían a visitar a la reina o de las que habían asistido a la fiesta de Halloween habían sido sus rivales en el pasado, para convertirse después en sus mejores amigas.

Celeste fue la primera en moverse. Fue de nuevo hacia el sofá. No parecía que las palabras de la reina Amberly le hubieran hecho mucha mella. Por algún motivo, aquello fue para mí la gota que colmó el vaso. Todo lo que había pasado los últimos días se me vino encima de pronto. Sentí que estaba a punto de venirme abajo.

Me disculpé con una reverencia.

—Con permiso —murmuré, y me dirigí a la puerta. No tenía un plan. No sabía si ir al baño un minuto, o si esconderme en una de las numerosas salas de la planta baja. Quizá lo mejor fuera volver a mi habitación y dejar salir las lágrimas.

Por desgracia, parecía que el destino se ponía en mi contra. Nada más salir de la Sala de las Mujeres, me encontré a Maxon caminando arriba y abajo, como si estuviera buscando la solución a un acertijo. Antes de que pudiera esconderme, me vio. De todo lo que habría querido hacer en aquel momento, aquello era sin duda lo último de la lista.

—No sabía si entrar a pedirte que salieras —me dijo.

—¿Qué necesitas?

Se quedó ahí, intentando reunir el valor para decir algo que evidentemente le estaba volviendo loco:

—¿Así que hay una chica que me quiere desesperadamente?

Yo me crucé de brazos. Después de lo que había ocurrido los últimos días, debía de haber visto venir aquel cambio en él.

—Sí.

—¿Una? ¿No dos?

Me lo quedé mirando, casi molesta al ver que necesitaba que se lo explicara. «¿Es que no sabes ya lo que siento yo? —habría querido gritar—. ¿Es que no recuerdas lo del refugio?»

Pero la verdad era que yo también necesitaba que me diera

confianza. ¿Qué me había pasado para que de pronto me sintiera tan insegura?

El rey. Sus insinuaciones sobre lo que habían hecho las otras chicas, su forma de alabar los méritos de las otras había hecho que me sintiera poca cosa. Y a aquello se sumaban mis meteduras de pata con Maxon durante la semana. Desde luego, lo único en el mundo que podría habernos unido era la Selección, pero, aun así, parecía que, cuanto más avanzaba, menos segura me sentía.

—Me dijiste que no confiabas en mí —dije—. El otro día te divertiste humillándome, y ayer básicamente dijiste que te avergonzaba. Y, apenas hace unas horas, cuando te han sugerido que te casaras conmigo, te has puesto hecho una furia. Perdóname si ahora mismo no me siento tan segura de nuestra relación.

—Te olvidas de que esto es algo que no he hecho nunca, America —se defendió, con vehemencia pero sin rabia—. Tú tienes a alguien con quien compararme. Yo ni siquiera sé cómo es una relación típica, y solo voy a tener una oportunidad. Tú al menos has tenido dos. Es inevitable que cometa errores.

—A mí los errores no me importan —repliqué—. Me importa la incertidumbre. La mitad del tiempo no sé siquiera en qué punto estamos.

Calló por un momento. Me di cuenta de que había dado en la diana. Habíamos dado a entender muchas cosas, pero no podíamos seguir así mucho tiempo. Aunque acabáramos juntos, aquellos momentos de inseguridad serían algo que siempre nos perseguiría.

—Estamos siempre igual. —Suspiré, agotada de aquel juego—. Nos acercamos el uno al otro, pero de pronto pasa algo y nos distanciamos, y no parece que acabes de decidirte. Si me quieres tanto como siempre has dicho, ¿por qué seguimos con esto?

Aunque le había acusado de no quererme en absoluto, su frustración se convirtió en tristeza al momento:

—Porque la mitad del tiempo estaba convencido de que querías a otra persona, y la otra mitad he dudado de que pudieras llegar a quererme —respondió.

Me sentí fatal.

—¡Como si yo no hubiera tenido motivos para dudar! ¡Has tratado a Kriss como si fuera lo mejor del mundo, y luego te pillo con Celeste…!

—Eso ya te lo he explicado.

—Sí, pero, aun así, me duele.

—Bueno, a mí me duele ver lo rápido que has tirado la toalla. ¿A qué venía eso?

De pronto me quedé en silencio.

—¿Eso qué significa?

Me encogí de hombros.

—Aquí hay otras tres chicas. Si tan preocupado estás de no errar el tiro, puede que prefieras no jugártela conmigo y asegurar la jugada.

Me alejé de allí, enfadada con Maxon por hacerme sentir así… y furiosa conmigo misma por empeorar aún más las cosas.

Capítulo 8

El palacio se estaba transformando ante mis ojos. Casi de pronto, los pasillos aparecieron decorados con lujosos árboles de Navidad; las escaleras estaban cubiertas de guirnaldas y cambiaron los arreglos florales, en los que se pusieron hojas de acebo y muérdago. Lo curioso era que, si abría la ventana, en el exterior aún parecía que era verano. Me pregunté si en palacio también podrían fabricar la nieve. Quizá, si se lo pidiera a Maxon, lo conseguiría.

O quizá no.

Pasaron los días. Intenté no estar molesta por que Maxon estuviera haciendo exactamente lo que le había pedido, pero el espacio entre los dos se iba volviendo cada vez más frío. Me arrepentía de mi ataque de orgullo. Quizás aquello fuera algo inevitable. ¿Estaría yo destinada a decir algo fuera de lugar, a hacer una mala elección? Aunque Maxon fuera lo que yo quería, nunca conseguía mantener la compostura lo suficiente como para conseguir hacer de aquello una realidad.

Empezaba a cansarme de todo; era el mismo problema al que me enfrentaba desde el día en que Aspen apareció por la puerta del palacio. Y me dolía mi propia indecisión, sentirme tan confundida.

Había cogido la costumbre de pasearme por el palacio por las tardes. Desde que nos habían prohibido acceder al jardín, pasarse día tras día en la Sala de las Mujeres resultaba opresivo.

Durante uno de aquellos paseos sentí que había algo diferente. Era como si un interruptor invisible hubiera cambiado a todo el mundo en palacio. Los guardias estaban algo más rígidos; las doncellas caminaban algo más rápido. Hasta yo me sentía rara, como si no me aceptaran igual que antes. Antes de poder determinar lo que sentía, el rey asomó por una esquina, rodeado de un pequeño séquito.

Entonces lo entendí todo. En su ausencia, el palacio se había convertido en un lugar más cálido. Sin embargo, ahora que había vuelto, todos estábamos de nuevo sometidos a sus caprichos. No era de extrañar que los rebeldes norteños prefirieran a Maxon.

Cuando el rey se acercó, hice una reverencia. Sin dejar de caminar levantó una mano, y los hombres que le seguían se detuvieron. Él se acercó y se formó un espacio a nuestro alrededor que nos daba cierta intimidad.

—Lady America, veo que aún sigues aquí —dijo, con una sonrisa que estaba en franca contradicción con su tono.

—Sí, majestad.

—¿Y cómo has estado en mi ausencia?

—Callada —dije yo, y sonreí.

—Buena chica. —Echó a andar, pero entonces recordó algo y volvió atrás—. Me ha llamado la atención que, de las chicas que quedan, eres la única que recibe dinero por su participación. Elise renunció al suyo voluntariamente, casi al momento en que dejó de pagarse a las Doses y a las Treses.

Aquello no me sorprendía. Elise era una Cuatro, pero su familia era dueña de varios hoteles de lujo. No necesitaban el dinero como los tenderos de Carolina.

—Yo creo que deberíamos poner fin a eso —anunció sin más.

Me vine abajo.

—A menos, claro, que estés aquí por una paga, y no por amor a mi hijo —dijo, penetrándome con la mirada y desafiándome a que le llevara la contraria.

—Tiene razón —contesté, consciente del mal sabor de boca que me dejaban aquellas palabras—. Es justo.

Era evidente que le decepcionaba no encontrar mayor resistencia.

—Pues me ocuparé de eso inmediatamente.

Se alejó, y yo me quedé allí, intentando no sentir pena por mí misma. La verdad es que era justo. ¿Qué impresión daría que yo fuera la única a la que daban una paga? En cualquier caso, todo acabaría antes o después. Suspiré y volví a mi habitación. Lo mínimo que podía hacer era escribir a casa y advertirles de que no iban a recibir más dinero.

Abrí la puerta y, por primera vez, no hice ni caso a mis doncellas. Anne, Mary y Lucy estaban en un rincón, absortas en un vestido que parecían estar cosiendo, discutiendo sobre la evolución de la prenda.

—Lucy, dijiste que ibas a acabar este dobladillo anoche —dijo Anne—. Te fuiste pronto para hacerlo.

—Lo sé, lo sé. Me distraje con otra cosa. Lo haré ahora —se disculpó. Lucy ya era sensible de por sí, y los modos bruscos de Anne a veces la afectaban profundamente.

—Pues te has distraído muchísimo estos últimos días —insistió la otra.

Mary extendió las manos.

—Calmaos. Dadme ese vestido antes de que lo estropeéis.

—Lo siento —dijo Lucy—. Déjamelo ahora y lo acabaré.

—¿Qué es lo que te pasa? —preguntó Anne—. Últimamente estás desconocida.

Lucy la miró a los ojos, como paralizada. Cualquiera que fuera su secreto, no se atrevía a compartirlo con ellas.

Me aclaré la garganta.

Las tres se giraron y me hicieron una reverencia.

—No sé qué está pasando —dije al acercarme a ellas—, pero dudo mucho de que las doncellas de la reina discutan así. Además, estamos perdiendo el tiempo si hay trabajo que hacer.

Anne, aún enfadada, señaló a Lucy.

—Es que…

Hice que se callara con un pequeño gesto de la mano, y observé, algo sorprendida, que enseguida reaccionaba.

—Nada de discusiones. Lucy, ¿por qué no te llevas eso al taller y lo acabas? Así todas dispondremos de más espacio para pensar.

Lucy recogió enseguida la prenda, tan aliviada al disponer de una excusa para salir de allí que prácticamente lo hizo a la carrera. Anne se la quedó mirando con un mohín. Mary parecía preocupada, pero enseguida se buscó otra tarea, sin mediar palabra.

Tardé dos minutos más en darme cuenta de que el mal ambiente de la habitación no me permitiría concentrarme. Cogí un poco de papel y pluma y volví otra vez a la planta baja. Me preguntaba si habría hecho lo correcto echando a Lucy de allí. A lo mejor les hubiera ido bien poder discutir lo que fuera que les estaba pasando. Tal vez ahora que me había metido en medio no tendrían tantas ganas de ayudarme. La verdad es que era la primera vez que les daba órdenes.

Hice una pausa frente a la Sala de las Mujeres. Pero tampoco parecía que fuera el lugar más indicado. Seguí por el pasillo principal hasta que encontré un rincón tranquilo en un banco. Me pareció un buen lugar. Me acerqué a la biblioteca y cogí un libro donde apoyarme y volví a mi rincón, donde prácticamente quedaba tapada por una gran planta que había al lado. El ventanal que tenía delante daba al jardín. Por un instante, el palacio me pareció mucho más pequeño. Me quedé mirando los pájaros que revoloteaban frente a la ventana e intenté pensar en el modo más suave de decirles a mis padres que ya no les llegarían más cheques.

—Maxon, ¿no podríamos tener una cita de verdad? ¿Fuera de palacio? —dijo una voz que identifiqué inmediatamente como la de Kriss.

Tal vez la Sala de las Mujeres no estuviera tan concurrida.

Por el tono de la respuesta de Maxon supe que estaba sonriendo:

—Ojalá pudiéramos, cariño, pero, aunque las cosas estuvieran más tranquilas, sería difícil.

—Querría verte en algún lugar donde no fueras el príncipe —se lamentó con dulzura.

—Bueno, pero es que soy el príncipe allá donde vaya.

—Ya sabes lo que quiero decir.

—Lo sé. Lo siento, eso no puedo dártelo. Y creo que también estaría bien verte en algún lugar donde no fueras parte de la Élite. Pero así es mi vida —dijo, poniéndose algo triste—. ¿Lo lamentarías? Esto sería así para el resto de tu vida. Unas paredes preciosas, pero paredes al fin y al cabo. Mi madre apenas sale de palacio una o dos veces al año —prosiguió. A través de las gruesas hojas de la planta, vi como pasaban de largo, completamente ajenos a mi presencia—. Y si crees que ahora la opinión pública influye en tu vida, piensa que sería mucho peor si fueras la única chica a la que miran. Sé que tus sentimientos por mí son profundos. Lo siento cada día. Pero ¿y la vida que supone estar conmigo? ¿La deseas?

Debían de haberse parado en algún punto del pasillo, porque la voz de Maxon no perdía intensidad.

—Maxon Schreave —replicó Kriss—, lo dices como si estar aquí fuera un sacrificio para mí. Cada día doy gracias por haber sido elegida. A veces intento imaginarme cómo sería la vida si no nos hubiéramos conocido nunca… Y preferiría perderte ahora mismo a haber pasado toda una vida sin vivir esto.

La voz se le estaba volviendo pastosa. No me pareció que estuviera llorando, pero no le faltaba mucho.

—Necesito que sepas que te querría aun sin estas ropas fastuosas y estos salones espléndidos. Te amaría aunque fuera sin corona, Maxon. Te quiero a ti.

Él se quedó sin habla. Me imaginé que estaría abrazándola o limpiándole las lágrimas, que, a esas alturas, seguro que ya habría derramado.

—No puedes imaginarte lo que significa para mí oír eso. Me alegro por fin de oír que alguien piensa que soy yo lo que importa —confesó en voz baja.

—Lo eres, Maxon.

Se produjo otro silencio entre ellos.

—Maxon…

—¿Sí?

—Yo… creo que no quiero esperar más.

Aunque sabía que lo lamentaría, al oír aquellas palabras dejé el papel y la pluma allí mismo, me quité los zapatos y, en silencio, me escabullí hasta llegar al otro extremo del pasillo. Cuando me giré a mirar, vi a Maxon de espaldas. La mano de Kriss se deslizaba suavemente por su cogote. La melena de ella cayó hacia un lado al besarse y, por primera vez, parecía que a Kriss le iba realmente bien. El beso era mucho mejor que el primero que había dado Maxon, eso desde luego.

Me oculté tras la esquina. Un segundo más tarde, oí una risita tonta. Maxon soltó un suspiro entre triunfal y aliviado. Volví a dirigirme a mi rincón a paso ligero, inclinándome hacia la ventana, por si acaso.

—¿Cuándo podemos repetir? —preguntó ella en voz baja.

—Hmm. ¿Qué tal en el tiempo que se tarda en llegar desde aquí a tu habitación?

La risa de Kriss se fue perdiendo a medida que avanzaban por el pasillo. Yo me quedé allí sentada un minuto y luego cogí el papel y la pluma. Ahora sí que las palabras me salían sin esfuerzo.

Mamá y papá:

Estos días tenemos tanto que hacer que no me extenderé. Con el fin de demostrar mi devoción por Maxon y que no sigo aquí por los lujos que supone estar en la Élite, he renunciado a la prestación monetaria por participar en La Selección. Soy consciente de que os lo digo sin tiempo para reaccionar, pero estoy segura de que, con todo lo que nos han dado hasta ahora, no os faltará gran cosa.

Espero no decepcionaros demasiado con esta noticia. Os echo de menos y deseo que podamos vernos pronto.

Os quiero a todos,

AMERICA

Capítulo 9

*D*espués de una semana sin mucho que contar al público, el *Report* iba corto de contenidos. Tras un breve repaso a la visita del rey a Francia, se dejó el programa en manos de Gavril, que en aquel momento entrevistaba a las que quedábamos en la Élite en un tono informal, preguntando sobre cosas que no parecían tener demasiada importancia a aquellas alturas de la competición.

Por otra parte, la última vez que nos habían preguntado acerca de algo importante, yo había sugerido la disolución de las castas, por lo que había estado a punto de que me echaran.

—Lady Celeste, ¿ha visto la suite de la princesa? —preguntó Gavril alegremente.

Me sonreí por dentro, agradecida de que no me hubiera hecho esa misma pregunta a mí. La sonrisa impecable de Celeste se ensanchó aún más, y se echó el cabello sobre el hombro, como jugueteando con él, antes de responder.

—Bueno, Gavril, aún no. Pero desde luego espero ganarme ese privilegio. Por supuesto, el rey Clarkson nos ha proporcionado unas habitaciones preciosas. No puedo imaginarme nada mejor que lo que ya tenemos. Las… camas son tan… —Celeste titubeó un poco al ver a dos guardias que entraban a toda prisa en el estudio.

Nuestros asientos estaban situados de tal modo que pudimos verlos correr hacia el rey, pero Kriss y Elise estaban de espaldas. Ambas se giraron discretamente, pero aquello no les hizo ningún favor.

—Son tan lujosas —añadió, algo desconcentrada—. Más de lo que podríamos haber soñado.

Pero su respuesta ya no importaba. El rey interrumpió el programa y se acercó, cortándola.

—Damas y caballeros, pido disculpas por la interrupción, pero tenemos entre manos un asunto muy urgente —anunció, con un papel en una mano, mientras se alisaba la corbata con la otra, recobrando la compostura—. Desde el nacimiento de nuestro país, las fuerzas rebeldes han sido una lacra para nuestro pueblo. A lo largo de los años, sus ataques al palacio, así como a la población en general, se han vuelto más y más agresivos.

»Parece ser que su depravación ha alcanzado nuevos límites. Como bien sabrán, las cuatro señoritas que quedan en la Selección representan una amplia gama de castas. Tenemos una Dos, una Tres, una Cuatro y una Cinco. Para nosotros es un honor contar con un grupo tan variado, pero eso ha dado un curioso incentivo a los rebeldes.

El rey miró por encima del hombro, en dirección a nosotras, antes de proseguir.

—Estamos preparados para los ataques a palacio. Y cuando los rebeldes atacan a la ciudadanía, intervenimos lo mejor que podemos. Y no querría preocuparles si pensara que, como rey, puedo protegerlos, pero... los rebeldes están lanzando ataques discriminatorios por castas.

Las palabras quedaron flotando en el aire. En un gesto casi de compañeras, Celeste y yo nos miramos, confusas.

—Hace mucho tiempo que se han propuesto acabar con la monarquía. Los recientes ataques a las familias de estas jóvenes han demostrado lo lejos que están dispuestos a llegar. Hemos enviado guardias de palacio para proteger a los seres queridos de las jóvenes de nuestra Élite. Pero ahora eso no basta. Por lo que parece, cualquiera que sea Dos, Tres, Cuatro o Cinco (es decir, de la misma casta que cualquiera de estas señoritas) puede sufrir un ataque de los rebeldes, solo por ello.

Me llevé una mano a la boca. Y Celeste contuvo un gemido.

—A partir de hoy, los rebeldes tienen intención de atacar a los Doses, y luego ir bajando casta a casta —añadió el rey con solemnidad.

Era algo siniestro. Si no conseguían que abandonáramos la Selección por nuestras familias, se proponían conseguirlo haciendo que gran parte del país deseara nuestra renuncia. Cuanto más resistiéramos, más gente nos odiaría por poner en peligro sus vidas.

—Desde luego eso es una noticia terrible, majestad —dijo Gavril, rompiendo el silencio.

El rey asintió.

—Buscaremos una solución, por supuesto. Pero tenemos informes de ocho ataques hoy mismo, en cinco provincias diferentes, todos ellos contra Doses. Ha habido, por lo menos, un muerto.

La mano que se me había quedado paralizada frente a la boca se me fue al corazón. Había muerto gente aquel mismo día, por nuestra culpa.

—De momento —prosiguió el rey—, aconsejamos a los ciudadanos que se mantengan lo más cerca posible de sus casas y que tomen todas las medidas de seguridad posibles.

—Excelente consejo, majestad —dijo Gavril, que luego se giró hacia nosotras—. Señoritas, ¿algo que quieran añadir?

Elise apenas pudo menear la cabeza.

Kriss respiró hondo y tomó aire.

—Sé que están atacando a Doses y Treses, pero nuestras casas suelen ser más seguras que las de las castas inferiores. Si pueden acoger en casa a alguna familia de Cuatros o Cincos que conozcan bien, creo que eso sería una buena idea.

Celeste asintió.

—Protéjanse. Hagan lo que dice el rey.

Se giró hacia mí. Tenía que decir algo. Cuando estaba en el *Report* y me sentía algo perdida, solía mirar a Maxon, como si él pudiera darme consejo sin abrir la boca. Acostumbrada a hacerlo, busqué su mirada. Pero lo único que vi fue su cabello rubio, pues tenía la cabeza gacha. Del rostro solo se le veía la frente. Tenía el ceño fruncido.

Por supuesto, estaba preocupado por su pueblo. Pero no se trataba solo de proteger a sus ciudadanos. Sabía que quizá nos fuéramos.

¿Y no debíamos hacerlo, acaso? ¿Cuántos Cincos iban a

perder la vida para que yo mantuviera mi posición privilegiada en el estudio de televisión del palacio?

Pero ¿por qué iba yo —o cualquiera de las otras chicas— a echarme ese peso sobre mis espaldas? No éramos nosotras las que estábamos atentando contra sus vidas. Recordé todo lo que August y Georgia nos habían dicho. Solo podíamos hacer una cosa.

—Hay que luchar —dije, sin dirigirme a nadie en particular. Luego, recordando quién era, me giré hacia la cámara—. Luchad. Los rebeldes abusan de su poder. Intentan asustaros para que hagáis lo que quieren. Y, si lo hacéis, ¿qué pasará? ¿Qué tipo de futuro creéis que os ofrecerán? Esa gente, esos tiranos, no van a dejar la violencia así como así, de pronto. Si les dais poder, será mil veces peor. Así que tenéis que luchar. Como podáis, pero luchad.

Sentí la sangre bombeándome en las venas y la adrenalina que me recorría el cuerpo. Ya no podía más. Nos tenían a todos aterrorizados, habían hecho de nuestras familias sus víctimas. Si hubiera tenido a uno de aquellos rebeldes sureños delante, no habría salido corriendo.

Gavril volvió a hablar, pero yo estaba tan furiosa que lo único que oía era el latido de mis venas en las sienes. Antes de que me diera cuenta, las cámaras ya estaban apagadas y las luces perdían intensidad.

Maxon se dirigió a su padre y le susurró algo al oído, pero este respondió negando con la cabeza.

Las chicas se pusieron en pie y se dispusieron a marcharse.

—Id directamente a vuestras habitaciones —dijo Maxon, con voz amable—. Os llevarán allí la cena. Pasaré a veros más tarde.

Al pasar junto a ellos, el rey me puso un dedo sobre el brazo y, solo con aquel gesto, supe que quería que me parara.

—Eso no ha sido muy inteligente —dijo.

Me encogí de hombros.

—Lo que estamos haciendo hasta ahora no funciona. Si seguimos así, dentro de poco no tendrá un pueblo al que gobernar.

Me despidió con un gesto de la mano, harto de mí una vez más.

Υ

Maxon llamó a mi puerta suavemente y entró. Yo ya estaba en bata, leyendo en la cama. Empezaba a preguntarme si se presentaría o no.

—Es tardísimo —susurré, aunque allí no había nadie a quien pudiéramos molestar.

—Lo sé. He tenido que hablar con las otras tres. Ha sido agotador. Elise estaba muy agitada. Se siente especialmente culpable. No me sorprendería que se marchara dentro de uno o dos días.

Aunque ya me había dicho más de una vez el poco interés que tenía por ella, me daba cuenta de que aquello le dolía. Encogí las piernas y me las agarré junto al pecho para que pudiera sentarse.

—¿Y Kriss y Celeste?

—Kriss es de un optimismo que raya la inocencia. Está segura de que la gente irá con cuidado y se protegerá. Yo no veo cómo van a hacerlo, si no pueden saber cuándo o dónde atacarán los rebeldes. Están por todo el país. Pero tiene esperanza. Ya sabes cómo es.

—Sí.

Suspiró.

—Celeste está bien. Estará preocupada, por supuesto; pero tal como señaló Kriss, los Doses son los que menos riesgos corren con todo esto. ¡Además, se muestra siempre tan segura! —Se rio, mirando al suelo—. Lo que más parecía preocuparle es que a mí me pudiera parecer mal que se quedara. Como si pudiera echarle en cara que decidiera permanecer aquí en lugar de irse a casa.

Suspiré.

—Sí, tiene sentido. ¿Querrías una esposa que no se preocupa cuando sus súbditos están amenazados?

Maxon me miró.

—Estás preocupada. Pero eres demasiado lista como para preocuparte del mismo modo que lo hacen las demás —dijo, sacudiendo la cabeza y sonriendo—. Aún no puedo creerme que les dijeras que lucharan.

Me encogí de hombros.

—Creo que ya está bien de dejarse amedrentar.

—Tienes toda la razón. Y no sé si eso asustará a los rebeldes o los animará aún más, pero no hay duda de que has cambiado las reglas del juego.

—Yo no llamaría juego al ataque de un grupo de gente que intenta matar indiscriminadamente a la población —aduje, ladeando la cabeza.

—¡No, no! No se me ocurre una palabra lo bastante dura como para definir algo así. Yo me refería a la Selección —dijo. Me lo quedé mirando—. Para bien o para mal, el público hoy ha visto realmente cómo eres. Han visto a la chica que salva a sus doncellas y que planta cara hasta al rey, si cree que tiene razón. Supongo que ahora todo el mundo verá de otro modo tus esfuerzos por salvar a Marlee. Antes de esto, no eras más que la chica que me había gritado nada más conocernos. Hoy te has convertido en la chica que no teme a los rebeldes. Su opinión sobre ti habrá cambiado.

Meneé la cabeza.

64

—No era eso lo que yo buscaba.

—Lo sé. Con todos los planes que estaba haciendo para mostrarle a la gente quién eres, al final resulta que tú se lo enseñas en un impulso. Típico de ti —dijo, con una mirada de asombro, como si fuera algo que hubiera debido esperarse—. En cualquier caso, creo que lo que dijiste estuvo bien. Ya es hora de que dejemos de escondernos y hagamos algo más.

Bajé la mirada y la fijé en mi colcha, resiguiendo las costuras con el dedo. Estaba contenta de que le pareciera bien, pero su forma de decirlo (como si estuviera definiendo una más de mis pequeñas manías) me pareció demasiado íntima y personal dadas las circunstancias.

—Estoy cansado de discutir contigo, America —dijo, con voz suave. Levanté la vista y vi en sus ojos que hablaba con sinceridad—. Me gusta que estemos en desacuerdo (de hecho, es una de las cosas que más me gustan de ti), pero no quiero discutir más. A veces me sale el temperamento de mi padre. Lo intento reprimir, pero ahí está. ¡Y tú...! —dijo, riéndose—. ¡Cuando estás disgustada, eres un vendaval!

Sacudió la cabeza, probablemente recordando una docena de situaciones que yo también recordaba. La patada en la entrepierna, toda aquella historia de las castas, el puñetazo en el labio a Celeste cuando habló de Marlee… Yo nunca me había considerado una persona temperamental, pero quizá sí lo fuera. Ambos sonreímos. Me resultaba raro pensar en todas aquellas situaciones a la vez.

—Miro a las demás e intento ser justo. A veces me siento incómodo al darme cuenta de las cosas que siento. Pero quiero que sepas que también te miro a ti. A estas alturas ya sabes que no puedo evitarlo —dijo, encogiéndose de hombros, como un niño avergonzado.

Me habría gustado encontrar las palabras correctas, que supiera que yo aún quería que me considerara. Pero no encontraba nada que sonara bien, así que me limité a cogerle la mano. Nos quedamos allí, sentados, mirándonos las manos. Él jugueteaba con mis dos pulseras, muy concentrado, y me frotó el dorso de la mano con el pulgar un buen rato. Aquel momento de paz, solos los dos, sin tener que hacer ni decir nada, resultaba muy agradable.

—¿Por qué no pasamos el día juntos mañana? —propuso.

Sonreí.

—Me encantaría.

Capítulo 10

—*O* sea, en resumen: ¿más guardias?

—Sí, papá. Muchos más. —Me reí, con el auricular en la mano, aunque la situación no tenía nada de divertida. Pero mi padre tenía la habilidad de hacer que las cosas más duras resultaran livianas.

—Nos quedamos todas. De momento, por lo menos. Y aunque dicen que van a empezar por los Doses, no dejes que nadie se relaje. Advierte a los Turner y a los Canvass de que no bajen la guardia.

—Tranquila, tesoro. Todo el mundo sabe cuidarse. Después de lo que dijiste en el *Report*, creo que la gente será más valiente de lo que te imaginabas.

—Eso espero. —Bajé la vista y de pronto caí en algo curioso: en aquel mismo momento llevaba unos lujosos zapatos de tacón. Cinco meses antes llevaba unos zapatos planos cochambrosos.

—Me hiciste sentir orgulloso de ti, America. A veces me sorprenden las cosas que dices, pero no sé por qué. Siempre has sido más fuerte de lo que pensabas.

La convicción que tenía su tono de voz me impresionó. No había nadie cuya opinión me importara más en el mundo.

—Gracias, papá.

—Lo digo en serio. No todas las princesas dirían algo así.

—Bueno, papá, es que no soy una princesa —le respondí, levantando la mirada al cielo.

—Es cuestión de tiempo —replicó él, divertido—. Por cierto, ¿cómo está Maxon?

—Bien —dije, jugueteando con el vestido. Se hizo un silencio—. Me gusta mucho, papá.

—¿Sí?

—Sí.

—¿Y por qué, exactamente?

Me quedé pensando un minuto.

—No estoy muy segura. Pero supongo que, entre otras cosas, es porque me hace sentir que puedo ser yo misma.

—¿Alguna vez te has sentido otra cosa? —bromeó él.

—No, es como si... siempre hubiera tenido muy en cuenta mi número. Incluso cuando llegué a palacio, durante un tiempo se convirtió en una obsesión. ¿Era una Cinco o una Tres? ¿Quería llegar a ser una Uno? Pero ahora no lo tengo presente en absoluto. Y creo que es gracias a él. Mete mucho la pata, tampoco me malinterpretes —añadí, y oí que papá contenía una risita—. Pero cuando estoy con él siento que soy America, no una casta o un proyecto. Ni siquiera lo veo como alguien muy por encima. Es él, sin más, y yo soy yo.

Mi padre guardó silencio un momento.

—Eso está muy bien, cariño.

Hablar de chicos con él me resultaba algo raro, pero era el único en casa capaz de ver a Maxon más como una persona que como un personaje famoso; ninguno de los otros lo entendería.

—Sí. Aunque no todo va perfecto —añadí, en el momento en que Silvia asomaba la cabeza por la puerta—. Siempre tengo la impresión de que hay algo que va mal.

Ella me lanzó una mirada incisiva y articuló «el desayuno» con la boca. Asentí.

—Bueno, eso también está bien. Si todo fuera perfecto, no sería real.

—Intentaré recordar eso. Oye, papá, tengo que irme. Llego tarde.

—Pues venga, vete. Cuídate, cariño, y escríbele a tu hermana.

—Lo haré. Te quiero, papá.

—Yo también te quiero.

67

Υ

Después del desayuno, cuando el resto de las chicas salieron, Maxon y yo nos quedamos un poco más en el comedor. La reina pasó al lado, me guiñó el ojo y yo sentí que me ruborizaba, pero poco después el rey pasó también por allí y su mirada me quitó de pronto el rubor de las mejillas.

Cuando estuvimos solos, Maxon se me acercó y entrecruzó sus dedos con los míos.

—Te preguntaría qué quieres hacer hoy, pero nuestras opciones son bastante limitadas. Nada de tiro con arco, ni de ir de caza, ni de montar a caballo… Nada en el exterior.

Suspiré.

—¿Ni siquiera si nos acompañan unos cuantos guardias?

—Lo siento, America —respondió con una sonrisa triste—. ¿Qué te parece si vemos una película? Podemos ver algo que tenga algún paisaje espectacular.

—No es lo mismo —dije, tirándole del brazo—. Venga, vamos a ver qué podemos hacer.

—Así me gusta —respondió.

Algo en su tono me hizo sentir mejor, como si estuviéramos juntos en aquello. Era algo que hacía tiempo que no sentía.

Salimos al vestíbulo y nos dirigimos a las escaleras que llevaban a la sala de proyecciones cuando oí un repiqueteo en la ventana.

—Está lloviendo —observé, girándome hacia el lugar de donde venía el sonido.

Solté el brazo de Maxon y situé la mano sobre el cristal. En los meses que llevaba en palacio aún no había visto llover, y había acabado por preguntarme si llovería alguna vez. Ahora que lo veía, me daba cuenta de que lo echaba de menos. Echaba de menos el paso de las estaciones, ver cambiar las cosas.

—Es precioso —dije con un suspiro.

Maxon estaba detrás de mí, rodeándome la cintura con el brazo.

—Solo tú podrías encontrar la belleza en algo que otros dirían que les arruina el día.

—Ojalá pudiera tocarla.

—Sé que te gustaría —suspiró—, pero es que no…

Me giré hacia Maxon, para ver qué era lo que le había hecho callar. Miró a un lado y al otro del pasillo, y yo hice lo mismo. Aparte de un par de guardias, estábamos solos.

—Ven —dijo, agarrándome de la mano—. Espero que no nos vean.

Sonreí, preparada para cualquier aventura que se le hubiera ocurrido. Me encantaba cuando Maxon era así. Subimos por las escaleras y llegamos al cuarto piso. Por un momento me puse nerviosa, pensando que me enseñaría algo similar a la biblioteca secreta. Al final aquello no había resultado demasiado bien.

Caminamos hasta el centro de la planta; solo nos encontramos a un guardia, que hacía la ronda. Maxon me condujo a un gran salón y me llevó hasta la pared, donde había una chimenea apagada. Metió la mano dentro del orificio y encontró una palanca oculta. Tiró de ella y se abrió un tabique que daba a otra escalera secreta.

—Dame la mano —dijo, tendiéndome la suya.

Lo hice y le seguí por una escalera en penumbra hasta que llegamos a una puerta. Maxon giró el pomo, la abrió… y nos encontramos una cortina de lluvia.

—¿El tejado? —pregunté, levantando la voz para que me oyera con aquel estruendo.

Él asintió. Había unas paredes a los lados de la entrada, que dejaban un espacio abierto del tamaño de mi dormitorio y por el que podía caminar. No me importaba lo más mínimo que lo único visible fueran las paredes y el cielo. Al menos estaba en el exterior.

Absolutamente fuera de mí, di un paso adelante hasta tocar el agua. Las gotas eran grandes, y el agua, templada, me mojaba el brazo e iba bajando hasta mi vestido. Oí las risas de Maxon, pero enseguida me cogió del brazo y me sacó de debajo del agua. De pronto me di cuenta de que estaba empapada. Di media vuelta y le agarré del brazo; él sonrió, fingiendo que peleaba conmigo. La lluvia nos mojaba a ambos. El cabello le caía sobre los ojos, empapado. Sin dejar de reír, tiró de mí hasta la pared.

—Mira —me dijo al oído.

Me giré, y por primera vez me di cuenta de la vista que había desde allí. Maravillada, contemplé la ciudad que se extendía

69

ante mis ojos. La maraña de calles, la geometría de los edificios, la gama de colores; incluso emborronada por el tono gris de la lluvia, era impresionante. Sentí un enorme apego a todo aquello, como si de algún modo me perteneciera.

—No quiero que los rebeldes se hagan con todo esto, America —dijo, como si me leyera el pensamiento—. No sé el número de bajas exacto, pero estoy seguro de que mi padre me lo oculta. Tiene miedo de que desconvoque la Selección.

—¿Hay modo de descubrir la verdad?

Maxon vaciló.

—Tengo la sensación de que, si pudiera entrar en contacto con August, él me lo podría decir. Podría hacer llegar una carta, pero tengo miedo de exponerme demasiado. Y no sé si podría hacer que volviera a entrar en palacio.

Me quedé pensando.

—¿Y si pudiéramos ponernos en contacto con él?

—¿Y cómo sugieres que lo hagamos? —preguntó Maxon, riéndose.

Me encogí de hombros.

—Ya lo pensaré.

Él se me quedó mirando, callado por un momento.

—Es agradable decir las cosas en voz alta. Yo siempre tengo que vigilar lo que digo. Supongo que aquí arriba tengo la sensación de que nadie puede oírme. Solo tú.

—Entonces aprovecha y di lo que sea.

Él hizo una mueca.

—Solo si tú también lo haces.

—Muy bien —respondí, perfectamente dispuesta a aceptar el reto.

—Bueno, ¿qué querrías saber?

Me aparté el cabello mojado de la frente, pensando en algo importante pero impersonal para empezar:

—¿De verdad no conocías el contenido de los diarios?

—No. Pero me he puesto al día. Mi padre me los ha hecho leer todos. Si August hubiera venido hace dos semanas, habría pensado que mentía en todo, pero ahora ya no. Es sorprendente, America. Con lo que leíste no hiciste más que rascar la superficie. Me gustaría contártelo, pero aún no puedo.

—Lo entiendo.

Me miró fijamente a los ojos y me preguntó:

—¿Cómo se enteraron las chicas de que me quitaste la camisa?

Bajé la mirada al suelo, sin saber muy bien cómo responder.

—Estábamos mirando a los guardias, que estaban entrenando en el exterior. Yo dije que tú tenías tan buen aspecto como cualquiera de ellos. Se me escapó.

Maxon echó la cabeza atrás y se rio.

—Aunque quisiera, no puedo enfadarme por eso.

Sonreí.

—¿Has traído a alguien más aquí arriba?

—A Olivia —dijo, con expresión de tristeza—. Una vez, nada más.

De hecho, cuando lo dijo, lo recordé. La había besado ahí mismo, y ella nos lo había contado.

—Besé a Kriss —confesó, sin mirarme a la cara—. Hace poco. Por primera vez. Supongo que tienes derecho a saberlo.

Me miró, y yo asentí. Si no le hubiera visto con mis propios ojos, si me hubiera enterado en aquel mismo momento, quizá me hubiera venido abajo. Y aunque ya lo sabía, me dolió oírlo de su boca.

—Odio tener que quedar contigo así —dije, toqueteándome un extremo del vestido, que estaba empapado de agua.

—Lo sé. Pero las cosas son como son.

—Eso no quiere decir que sea justo.

Se rio.

—¿Desde cuándo ha habido algo en nuestras vidas que sea justo?

Debía reconocer que tenía razón.

—Se supone que no debería decírtelo... y, si me descubres, será peor aún, estoy segura, pero... Tu padre me ha estado diciendo cosas. Y también ha retirado la paga a mi familia. Ninguna de las otras chicas la recibe, así que supongo que quedaba mal.

—Lo siento —dijo, y paseó la mirada por la ciudad. De pronto me distrajo su camisa, que se le estaba pegando al pecho—. Eso no creo que pueda arreglarlo, America.

—No tienes que hacerlo. Solo quería que lo supieras. No me importa demasiado.

71

—Para él eres demasiado dura. No te comprende. —Maxon buscó mi mano, y yo dejé que me la cogiera.

Intenté pensar en qué más quería saber, pero las cosas que despertaban mi curiosidad tenían que ver con las otras chicas, y no quería incordiarle con aquello. Estaba segura de que, llegados a aquel punto, podía acercarme a la verdad bastante por mí misma. Y no quería arruinar aquel momento.

Maxon se me quedó mirando la muñeca.

—¿Quieres…? —Levantó la vista y me dio la impresión de que se lo pensaba una segunda vez—. ¿Quieres bailar?

Asentí.

—Pero se me da fatal.

—Iremos despacio.

Maxon me rodeó la cintura con la mano y me situó a su lado. Puse mi mano en la suya y con la otra me recogí el vestido, que estaba empapado. Él empezó a balancearse, sin moverse apenas. Apoyé la mejilla en su pecho, y él, la barbilla en mi cabeza. Y nos movimos al ritmo de la música de la lluvia.

Me apretó con algo más de fuerza. En ese momento, sentí como si todo lo malo se borrara y volviéramos al origen de nuestra relación. Éramos amigos que se habían dado cuenta de que no querían estar el uno sin el otro. Éramos polos opuestos en muchos sentidos, pero también muy parecidos. No podía decir que nuestra relación fuera cosa del destino, pero sí que sentía que era lo más grande que me había pasado nunca.

Levanté la mirada y apoyé una mano en su mejilla, haciendo que se acercara para darle un beso. Sus labios, húmedos, se fundieron con los míos en una caricia ardiente. Sentí sus dos manos en mi espalda, agarrándome como si fuera a caerse hacia atrás. La lluvia seguía repiqueteando en el tejado, pero nosotros no oíamos más que el silencio. Era como si nada me bastara. Quería más de él, todo su espacio, todo su tiempo.

Después de aquellos meses intentando decidir qué era realmente lo que deseaba y lo que esperaba, en aquel momento —que Maxon había creado para los dos—, me di cuenta de que nunca acabaría de entenderme a mí misma. Lo único que podía hacer era seguir adelante y esperar que, cualquiera que fuera el rumbo que tomaran las cosas, de algún modo encontráramos la manera de estar juntos.

Y teníamos que hacerlo. Porque…, porque…

Por mucho que hubiera tardado en llegar aquel momento, había llegado de golpe.

Quería a Maxon. Por primera vez estaba convencida de ello. No estaba manteniendo las distancias, agarrándome a Aspen y a todo lo que habría podido ser. No estaba tanteando el cariño de Maxon mientras dejaba una puerta abierta por si me fallaba. Simplemente me dejaba llevar.

Le quería.

No habría podido decir por qué estaba tan convencida, pero lo sabía, con tanta seguridad como sabía mi nombre, el color del cielo o cualquier hecho escrito en un libro.

¿Lo sentía él también?

Maxon puso fin al beso y me miró.

—Estás preciosa cuando estás hecha un asco.

Solté una risita nerviosa.

—Gracias. Por eso, por la lluvia y por no rendirte.

Él pasó los dedos por mi mejilla, mi nariz y mi barbilla.

—Valía la pena. No sé si eres consciente, pero para mí valía la pena.

Sentí como si el corazón estuviera a punto de estallarme. Era como si quisiera que el mundo se acabara aquel mismo día. Mi vida había tomado una nueva dirección. El único modo de sobrellevar aquel vértigo era que aquello, por fin, fuera real. Estaba segura de que llegaría el momento. Tenía que llegar. Muy pronto.

Maxon me besó en la punta de la nariz.

—Vamos a secarnos y a ver una película.

—De acuerdo.

Recogí con todo cuidado mi amor por Maxon y lo guardé en mi corazón, algo asustada de lo que sentía. Con el tiempo tendría que hacerlo público, pero de momento era un secreto. Intenté escurrir el vestido en el umbral de la puerta, pero no había modo. Iba a dejar un pequeño rastro de agua hasta mi habitación.

—Yo voto por una comedia —dije, mientras bajábamos las escaleras.

Maxon iba delante; yo, detrás.

—Yo voto por una de acción.

73

—Bueno, acabas de decir que valgo la pena, así que creo que esta vez gano yo.

Maxon se rio.

—Bien jugado.

Aún se sonreía cuando empujó el panel que nos llevaba de vuelta al salón de la chimenea, pero un segundo más tarde se quedó de piedra.

Miré por encima de su hombro y vi al rey Clarkson allí de pie, enfadado como nunca.

—Supongo que ha sido idea tuya —le dijo a Maxon.

—Sí.

—¿Tienes idea del peligro que has corrido?

—Padre, no hay rebeldes en el tejado, al acecho —replicó él, intentando parecer responsable, pero dando una imagen poco seria con aquellas ropas empapadas.

—Solo hace falta una bala y algo de puntería, Maxon —le dijo su padre, y dejó que las palabras surtieran su efecto—. Sabes que andamos cortos de personal, con todos los guardias que hemos tenido que enviar a vigilar las casas de las señoritas de la Élite. Y decenas de los que hemos enviado han desertado. Somos vulnerables. —Apartó la mirada de su hijo y la posó en mí—. ¿Y por qué será que últimamente, cuando pasa algo, ella siempre está en medio?

Nos quedamos allí de pie, en silencio, conscientes de que no había nada que pudiéramos decir.

—Límpiate —ordenó el rey—. Tienes trabajo.

—Pero yo…

Solo hizo falta otra mirada para que Maxon tuviera claro que todos sus planes para el día quedaban anulados.

—Muy bien —concedió.

El rey cogió a su hijo del brazo y se lo llevó, dejándome allí.

Maxon se giró y, por encima del hombro, dijo un «Lo siento» sin voz. Le sonreí tímidamente.

No me daba miedo el rey. Ni tampoco los rebeldes. Sabía lo mucho que me importaba Maxon. Estaba segura de que, de algún modo, todo iba a salir bien.

Capítulo 11

$\mathcal{T}$ras soportar la sonrisita de Mary mientras me ayudaba a arreglarme sin decir palabra, me dirigí a la Sala de las Mujeres, contenta de que aún lloviera. A partir de aquel momento, la lluvia siempre sería algo especial para mí.

Pero aunque Maxon y yo hubiéramos podido escapar por un breve instante, cuando salimos de nuestra burbuja volvimos a constatar que el ultimátum que los rebeldes habían lanzado sobre la Élite había provocado una gran tensión. Todas las chicas estaban distraídas y nerviosas.

Celeste estaba pintándose las uñas en silencio en una mesa cercana, y observé un leve temblor en su mano de vez en cuando. Me quedé mirando cómo se limpiaba los lugares donde se le había ido el pincel antes de seguir adelante. Elise sostenía un libro en las manos, pero tenía la mirada fija en la ventana, perdida en la lluvia. Ninguna de nosotras era capaz de llevar a cabo ni la más pequeña de las tareas.

—¿Cómo crees que irá ahí fuera? —me preguntó Kriss, haciendo una pausa en el bordado que tenía entre manos.

—No lo sé —respondí, sin levantar la voz—. No parece probable que puedan soltar esa gran amenaza y luego no hagan nada.

Estaba escribiendo en un papel pautado una melodía que me rondaba por la cabeza. No había escrito nada nuevo desde hacía casi seis meses. No tenía mucho sentido. En las fiestas, la gente prefería los clásicos.

—¿Crees que nos están ocultando el número de muertes? —se planteó.

—Es posible. Pero, si nos vamos, ellos ganan.

Kriss dio otra puntada.

—Yo me quedo, pase lo que pase —dijo, y había algo en aquella afirmación que me hizo pensar que iba dirigida específicamente a mí. Como si quisiera hacerme saber que no iba a rendirse.

—Yo también —respondí.

El día siguiente fue muy parecido, aunque nunca me había decepcionado tanto ver brillar el sol. La preocupación general era tan intensa que no podíamos pensar en otra cosa. Me moría por echar a correr, solo para dar salida a toda aquella energía reprimida.

Después del almuerzo, fuimos llegando de una en una a la Sala de las Mujeres. Elise estaba leyendo y yo seguía con mis partituras, pero Kriss y Celeste no estaban. Unos diez minutos más tarde entró Kriss, con las manos llenas. Se sentó y soltó el papel de dibujo y una serie de lápices de colores.

—¿Qué estás haciendo? —le pregunté.

Ella se encogió de hombros.

—Lo que sea, para mantenerme entretenida.

Se quedó sentada un buen rato, con un lápiz rojo en la mano, sin decidirse a colocarlo sobre el papel.

—No sé qué estoy haciendo —dijo por fin—. Sé que hay gente en peligro, pero le quiero. No deseo marcharme.

—El rey no dejará que muera nadie —la consoló Elise.

—Pero es que ya ha muerto gente —respondió Kriss; no parecía querer discutir, simplemente estaba preocupada—. Necesito encontrar otra cosa en que pensar.

—Seguro que Silvia tiene trabajo para nosotras —sugerí.

Kriss chasqueó la lengua.

—No estoy tan desesperada. —Apoyó la punta del lápiz en el papel y trazó una suave curva sobre la lámina. Era un inicio—. Todo irá bien. Estoy segura.

Me froté los ojos y volví a concentrarme en mi música. Tenía que hacer algo.

—Voy a echar un vistazo a una de las bibliotecas. Volveré enseguida.

Elise y Kriss asintieron y volvieron a concentrarse en sus tareas, y yo me puse en pie para salir.

Recorrí el pasillo hasta llegar a una de las salas del otro extremo de la planta. En las estanterías había unos cuantos libros que hacía tiempo que quería leer. La puerta se abrió sin hacer ruido, y me di cuenta de que no estaba sola. Alguien estaba llorando.

Busqué el origen del sonido y encontré a Celeste, sobre la amplia repisa de una ventana, sentada y abrazándose las rodillas con las manos. Aquello me resultaba muy incómodo. Ella no lloraba. Hasta aquel mismo momento, nunca me la hubiera imaginado de esa guisa.

Lo único que podía hacer era salir de allí, pero en el momento en que se limpió los ojos me vio.

—¡Vaya! —exclamó, entre sollozos—. ¿Qué quieres?

—Nada. Lo siento. Venía a buscar un libro.

—Bueno, pues cógelo y vete. Total, consigues todo lo que quieres.

Me quedé allí un momento, sin saber reaccionar, confusa ante aquellas palabras. Ella soltó un suspiro y se puso en pie. Cogió una de sus muchas revistas y me plantó aquellas páginas satinadas ante los ojos. La agarré torpemente.

—Mira tú misma. Tu discursito en el *Report* te ha colocado en cabeza. Te adoran. —Su tono era de enfado. Me acusaba de aquello, como si yo lo hubiera planeado.

Cogí la revista y vi que la mitad de la página estaba ocupada por fotos de las cuatro que quedábamos; cada una junto a un gráfico. Sobre la imagen, un elegante titular preguntaba: «¿Quién quieres TÚ que sea reina?». Junto a mi cara había una amplia barra de porcentajes que indicaba que el treinta y nueve por ciento de la gente me apoyaba. Siempre había pensado que quien ganara tendría que tener una ventaja destacada sobre las demás, ¡pero desde luego les sacaba ventaja a las otras tres!

Junto al gráfico había comentarios del autor del texto, que decía que Celeste tenía un porte regio, aunque estaba en tercera posición. Elise era la más recatada, decía, pero solo contaba con el ocho por ciento de apoyo. Junto a mi fotografía había opiniones que casi me daban ganas de llorar: «Lady America es exactamente como la reina. Es una luchadora. No es que la queramos. ¡Es que la necesitamos!».

Me quedé mirando aquellas palabras.

—¿Esto es… de verdad?

Celeste volvió a arrebatarme la revista de un zarpazo.

—Claro que es real. Así que venga, cásate con él o haz lo que quieras. Sé princesa. Todo el mundo estará encantado. La pobrecita Cinco conquista la corona.

Fue hacia la puerta, con tanto malhumor que no me dejaba disfrutar de la noticia más increíble que había recibido durante toda la Selección.

—La verdad es que no sé por qué te importa tanto. Tú te casarás igualmente con algún Dos que estará encantado de estar a tu lado. Y seguirás siendo famosa cuando todo esto acabe.

—Sí, pero solo por mi pasado, America.

—¡Pero si eres modelo! —dije, levantando la voz—. ¡Lo tienes todo!

—¿Y cuánto durará? —replicó. Bajó la voz y repitió—: ¿Cuánto?

—¿Qué quieres decir? —dije, bajando la voz yo también—. Celeste, eres preciosa. Y serás Dos el resto de tu vida.

Ella empezó a negar con la cabeza antes incluso de que yo hubiera acabado de hablar.

—¿Es que te crees que eres la única que se ha sentido atrapada alguna vez en su casta? Sí, soy modelo. No sé cantar. Ni actuar. Así que cuando mi cara deje de gustarles, se olvidarán de mí para siempre. Quizá me queden cinco años, diez si tengo suerte.

Me miró fijamente a los ojos.

—Tú te has pasado toda la vida en un segundo plano. Y veo que a veces lo echas de menos. Bueno, pues yo me he pasado la vida bajo los focos. Quizá para ti sea un miedo estúpido, pero para mí es muy real: no quiero perderlo.

—Bueno, eso tiene sentido.

—¿Ah, sí? —dijo, secándose las lágrimas y mirando por la ventana.

—Sí —respondí, y me acerqué—. Pero, Celeste, ¿tú has tenido alguna vez un interés real por él, te gusta como persona?

Ella ladeó la cabeza y se quedó pensando.

—Es mono. Y besa muy bien —añadió, con una sonrisa. Aquello me hizo sonreír.

—Ya. Lo sé.

—Ya sé que lo sabes. Eso fue un duro golpe para mi plan, cuando descubrí lo lejos que habíais llegado. Pensaba que lo tenía en la palma de la mano, haciéndole soñar con la posibilidad de ir más lejos.

—Esa no es manera de llegar al corazón de alguien.

—No necesito su corazón —confesó—. Solo necesito que me desee lo suficiente como para que no quiera separarse de mí. Sí, de acuerdo, no es amor. Pero necesito la fama mucho más de lo que necesito el amor.

Por primera vez, no era mi enemiga. Ahora lo entendía. Sí, a la hora de competir usaba todas sus armas, pero era por su desesperación. Simplemente necesitaba intimidarnos para quitarnos algo que la mayoría de nosotras deseaba pero que ella sentía que necesitaba.

—En primer lugar, sí que necesitas el amor. Todo el mundo lo necesita. Y no pasa nada por querer amor, además de fama.

Ella puso la mirada en el cielo, pero me dejó hablar.

—En segundo lugar, la Celeste Newsome que conozco no necesita un hombre para conseguir la fama.

Ella soltó una carcajada.

—La verdad es que he sido algo mala —confesó, más divertida que avergonzada.

—¡Me rompiste el vestido!

—¡Bueno, en aquella ocasión lo necesitaba!

De pronto todo aquello parecía de risa. Todas las discusiones, todas las malas caras, los trucos y argucias… Era como si todo fuera una broma. Nos quedamos allí un minuto, riéndonos de lo sucedido en los últimos meses, y de pronto sentí un instinto protector hacia ella, igual que lo había sentido por Marlee.

De repente, dejó de reírse y apartó la mirada.

—He hecho muchas cosas, America. Cosas horribles y vergonzosas. En parte era mi modo de reaccionar ante la tensión de todo esto, pero sobre todo era porque estaba dispuesta a hacer lo que fuera para lograr esa corona, para conseguir a Maxon.

Me sorprendí a mí misma levantando la mano para darle una palmadita en el hombro.

—De verdad —dije—, no creo que necesites a Maxon para conseguir todo lo que quieras en la vida. Tienes la determinación, el talento y, probablemente, la habilidad para conseguirlo, que es lo más importante. La mitad del país daría lo que fuera por tener lo que tienes tú.

—Lo sé —reconoció—. No es que no sea consciente de la suerte que tengo. Es que me resulta duro aceptar la posibilidad de…, no sé, de ser menos.

—Entonces no lo aceptes.

Ella meneó la cabeza.

—No he tenido ninguna oportunidad, ¿verdad? Estaba claro que tú serías la elegida.

—No solo yo —admití—. Kriss también está en cabeza.

—¿Quieres que le parta una pierna o algo? Podría hacerlo —dijo, sonriendo—. Es una broma.

—¿Quieres volver conmigo? Últimamente es muy desagradable sentarse sola, y la verdad es que tú le das cierta chispa al asunto.

—Ahora mismo no. No quiero que las otras sepan que he estado llorando —dijo, pidiéndome discreción con la mirada.

—Ni una palabra, te lo prometo.

—Gracias.

Se produjo un silencio tenso, como si una de las dos tuviera que decir algo más. Me gustó ver por fin a la verdadera Celeste. No estaba segura de que pudiera dejar atrás todo lo que me había hecho, pero al menos ahora la entendía. No había nada más que añadir, así que me despedí con un gesto de la mano y me fui.

Hasta que cerré la puerta no me di cuenta de que se me había olvidado coger un libro. Y entonces pensé en el gráfico de la revista, con mi rostro sonriente y el número bien visible al lado. Tendría que tirarme de la oreja a la hora de la cena. Maxon tenía que saberlo. Albergaba la esperanza de que, al enterarse de lo que pensaba de mí la gente, se sintiera más dispuesto a mostrar sus sentimientos.

Cuando llegué a la esquina, a punto de girar en dirección a la Sala de las Mujeres, un rostro familiar me recordó que tenía algo aún más importante en lo que pensar. Le había dicho a Maxon que encontraría el modo de contactar con August, y estaba segura de que la persona que tenía delante era mi única oportunidad de conseguirlo.

Aspen se acercaba por el pasillo. Me pareció aún más alto y corpulento que la última vez que lo había visto.

Miré alrededor para asegurarme de que estábamos solos. Había unos cuantos guardias algo más allá, tras él, pero desde aquella distancia no podían oírnos.

—Hola —le saludé. Me mordí el labio, esperando que lo que le iba a pedir estuviera en su mano—. Necesito tu ayuda.

—Lo que sea —respondió sin pestañear.

Capítulo 12

*E*staba en lo cierto. Aspen conocía de memoria hasta el último rincón del palacio, y sabía exactamente cómo sacarnos de allí.

—¿Estás segura de esto? —me preguntó, mientras nos vestíamos en mi habitación al caer la noche del día siguiente.

—Tenemos que saber qué pasa. Estaremos bien, de eso no tengo dudas —le aseguré.

Hablamos a través de la puerta del baño entreabierta, mientras él dejaba caer su traje al suelo y se enfundaba unos vaqueros y unas prendas de algodón, propias de un Seis. La ropa de Aspen le quedaría algo grande, pero serviría. Por suerte, había encontrado a un guardia más menudo a quien había podido pedirle ropa prestada para mí, pero, aun así, había tenido que doblar las perneras de los pantalones varias veces para encontrarme los pies.

—Parece que confías mucho en ese guardia —comentó Maxon, y no supe muy bien con qué tono lo decía. Quizás estuviera nervioso.

—Mis doncellas dicen que es uno de los mejores que tienes. Y fue él quien me llevó al refugio cuando atacaron los sureños y todo el mundo llegaba tarde. Siempre parece dispuesto, incluso cuando las cosas están tranquilas. Me da buenas sensaciones. Confía en mí.

Oí el roce de las ropas mientras se seguía cambiando.

—¿Cómo sabías que podría sacarnos de palacio?

—No lo sabía. Se lo pregunté.

—¿Y él te lo dijo, sin más? —respondió Maxon, asombrado.

—Bueno, yo no le dije que era para ti, claro.

Se oyó un sonido, como un suspiro.

—Sigo pensando que tú no deberías venir.

—Voy a ir, Maxon. ¿Has acabado?

—Sí, solo tengo que ponerme los zapatos.

Abrí la puerta y, después de echarme un vistazo rápido, Maxon se echó a reír.

—Lo siento, estoy acostumbrado a verte con vestidos largos.

—Pues tú también estás algo diferente cuando no llevas traje o casaca. —Era cierto, pero no por ello resultaba cómico. Aunque la ropa de Aspen le quedaba demasiado grande, Maxon estaba guapo vestido con ropa vaquera. La camisa era de manga corta, y me permitía ver aquellos fuertes brazos que solo había visto una vez en el refugio.

—Estos pantalones pesan muchísimo. ¿Por qué te gustan tanto los vaqueros? —preguntó, recordando lo que le había pedido el mismo día de mi llegada a palacio.

—No sé —respondí, encogiéndome de hombros—. Me gustan.

Me sonrió, sacudiendo la cabeza un poco. Se acercó a mi armario, sin preguntar si podía abrirlo:

—Necesitamos algo con lo que puedas sujetarte los pantalones, o vas a montar un escándalo. Bueno, más aún, quiero decir.

Maxon sacó una cinta granate de un vestido, volvió a mi lado y me la pasó por las trabillas del vaquero.

No sabía muy bien por qué, pero aquello me pareció muy íntimo. El corazón me latía con fuerza, como en un grito de amor tan fuerte que me preguntaba si no lo oiría. Si fue así, disimuló y siguió con lo suyo.

—Escucha —dijo entonces, haciendo un pequeño nudo en la cinta—, lo que vamos a hacer es muy peligroso. Si algo va mal, quiero que corras. No intentes siquiera volver a palacio. Busca a una familia que te oculte durante la noche.

Maxon dio un paso atrás y me miró a los ojos, que reflejaban mi preocupación. Ladeé la cabeza.

—Ahora mismo, pedirle a una familia que me oculte es casi tan peligroso como enfrentarme a los rebeldes. La gente puede

83

estar enfadada con nosotras por no abandonar la competición.

—Si el artículo que te enseñó Celeste dice la verdad, puede que la gente esté orgullosa de ti.

Yo quería decirle que no estaba de acuerdo, pero alguien llamó a la puerta y nos interrumpió. Maxon se acercó para responder, y enseguida Aspen y otro guardia entraron en la penumbra de mi habitación.

—Alteza —dijo Aspen, con una leve reverencia—, Lady America me ha informado de que necesitáis salir de los muros de palacio.

Maxon suspiró con fuerza.

—Sí. Y he oído que tú eres el hombre que necesito. Soldado… —buscó el nombre de Aspen en su placa— Leger.

Aspen asintió.

—En realidad no es muy difícil. Más complicado que salir es hacerlo en secreto.

—¿Y eso?

—Bueno, debo suponer que hay algún motivo por el que debéis hacerlo de noche, sin que lo sepa el rey. Si nos preguntara directamente —dijo Aspen, mirando de reojo al otro guardia—, no creo que pudiéramos mentirle.

—Y no os lo pediría. Espero poder revelar esto a mi padre muy pronto, pero de momento es imprescindible que seamos discretos.

—Eso no debería ser un problema —respondió Aspen. De pronto pareció vacilar, y dijo—: No creo que la señorita deba ir.

Satisfecho de encontrar respaldo a su opinión, Maxon me miró con una cara que decía «¿Lo ves?». Yo me mantuve todo lo firme que pude.

—No me voy a quedar aquí sentada. Los rebeldes ya me han perseguido una vez, y no me da miedo.

—Pero esos no eran sureños —replicó Maxon.

—Voy a ir —repetí—. Y estamos perdiendo el tiempo.

—Que quede claro que nadie más lo ve así.

—Que quede claro que no me importa.

Maxon suspiró y se colocó el gorro de lana en la cabeza.

—Bueno, ¿y qué tenemos que hacer?

—El plan es bastante sencillo —expuso Aspen—. Dos veces por semana sale un camión a por provisiones. En ocasiones, falta algo en la cocina, de modo que parte una segunda vez a buscar lo que les haga falta. Generalmente va gente de la cocina, acompañados de unos guardias.

—¿Y nadie sospechará? —pregunté yo.

Aspen negó con la cabeza.

—Muchas veces se hace por la noche. Si el cocinero dice que necesitamos más huevos para el desayuno, hay que ir antes de que salga el sol.

Maxon buscó entre los pantalones de su traje.

—Conseguí enviarle una nota a August. Dijo que nos encontraríamos en esta dirección —dijo.

Le dio la nota a Aspen, que se la enseñó al otro guardia.

—¿Sabes dónde es? —le preguntó Aspen.

El guardia, un hombre de tez oscura llamado Avery —lo supe por el nombre que mostraba la placa que, no sin esfuerzo, conseguí descifrar en la semioscuridad—, asintió.

—No es el mejor barrio de la ciudad, pero está lo suficientemente cerca del lugar de aprovisionamiento de víveres como para que no llamemos la atención.

—Muy bien —dijo Aspen, mirándome—. Métase el cabello bajo el gorro, señorita.

Me agarré el pelo e hice un ovillo con él, esperando que cupiera todo bajo el gorro de lana que Aspen me había proporcionado. Metí los últimos mechones dentro y miré a Maxon.

—¿Bien?

Él hizo una mueca divertida.

—Estupendo.

Fingí darle un puñetazo en el brazo y enseguida me giré hacia Aspen para recibir sus instrucciones.

En sus ojos percibí que le dolía ver la intimidad que tenía con Maxon. Y quizá fuera más que eso. Después de dos años escondiéndonos en la casa del árbol, ahí estaba yo, paseándome por las calles, pasado el toque de queda, con el hombre cuya muerte deseaban más que nada en el mundo los rebeldes sureños.

Aquel momento era un bofetón para él y para toda nuestra historia en común.

Y aunque ya no estaba enamorada de Aspen, aún me importaba, y no quería hacerle daño.

85

Antes de que Maxon se diera cuenta, Aspen se recompuso y retomó la iniciativa:

—Sígannos.

Aspen y el soldado Avery salieron al pasillo y nos condujeron por la escalera que llevaba al enorme refugio reservado para la familia real.

En lugar de dirigirnos hacia las grandes puertas de acero, recorrimos todo el palacio por debajo hasta llegar a otra escalera de caracol que subía. Supuse que llegaríamos a la planta baja, pero salimos a la cocina.

Inmediatamente sentí la calidez y el olor dulzón del pan durante la fermentación. Por un instante me sentí como en casa. Me esperaba algo aséptico, profesional, como las grandes panaderías que había en los barrios altos de Carolina. Pero allí encontré enormes mesas de madera con las verduras encima, listas para cocinar. Vi notas aquí y allá, recordatorios de lo que había que hacer para los trabajadores. En general, el ambiente de la cocina era acogedor, pese a lo grande que era.

—Mantengan la cabeza gacha —susurró el soldado Avery.

Nos quedamos mirando el suelo. En aquel momento, Aspen saludó a alguien.

—¿Delilah?

—¡Hola, guapo! —le respondió alguien con desparpajo. La mujer tenía una voz potente y un acento sureño que había oído algunas veces en Carolina.

Se oyeron unas pisadas decididas que se acercaban, pero evité levantar la mirada.

—Leger, cariño, ¿cómo va todo?

—Todo bien. He oído que había que recoger un pedido, y me preguntaba si tenías la lista.

—¿Un pedido? No me consta.

—Pues estaba seguro. Qué raro.

—Si quieres, ve a ver —dijo ella, sin el mínimo rastro de sospecha en la voz—. No quiero que se nos pase nada.

—Bien pensado. No tardaremos mucho —respondió Aspen. Oí que cogía unas llaves y se despidió—: Hasta luego, Delilah. Si te has ido a dormir, dejaré las llaves en el gancho.

—Muy bien, guapetón. Vuelve pronto. Hace mucho que no vienes a verme.

—Lo haré.

Aspen ya se había puesto en marcha, y nosotros le seguimos sin abrir la boca. Me sonreí. Aquella tal Delilah tenía una voz profunda, propia de una mujer madura. Pero, aun así, se mostraba muy cariñosa con Aspen.

Giramos una esquina y subimos una ancha rampa hasta llegar a unas grandes puertas. Aspen abrió la cerradura. Allí había un camión negro. El dulce aire de Angeles nos envolvió.

—No hay donde agarrarse, pero creo que los dos deberían ir en la parte de atrás —propuso Avery.

Miré el gran remolque. Al menos allí no nos reconocerían.

Rodeé el camión hasta la parte trasera, donde Aspen ya estaba abriendo las puertas.

—Señorita —dijo, ofreciéndome la mano, que le acepté—. Alteza —añadió después, al pasar Maxon, que no quiso ayuda.

Había un par de cajones en el interior, y unos estantes en una pared, pero, por lo demás, el remolque no era más que una enorme caja de metal vacía. Maxon pasó delante e inspeccionó el lugar.

—Ven aquí, America —dijo, señalando hacia un rincón—. Nos apoyaremos en los estantes.

—Intentaremos conducir con suavidad —señaló Aspen.

Maxon asintió. Aspen nos echó una mirada solemne y cerró las puertas.

En aquella completa oscuridad, me pegué a Maxon todo lo que puede.

—¿Tienes miedo? —preguntó él.

—No.

—Yo tampoco.

Pero estaba bastante segura de que ambos mentíamos.

Capítulo 13

No habría podido decir cuánto tiempo viajamos, pero notaba cada bandazo que daba aquel enorme camión. Para que no me cayera al suelo, Maxon había colocado la espalda contra los estantes y me rodeaba con una pierna, manteniéndome pegada a la pared, como enjaulada. Pero, aun así, a cada curva ambos nos deslizábamos un poco por el suelo de metal.

—No me gusta no saber dónde estoy —dijo Maxon, intentando recuperar la posición una vez más.

—¿No has estado nunca en la ciudad?

—Solo en coche —confesó.

—¿Te parece extraño que me sienta mejor yendo a la guarida de unos rebeldes que cuando tuve que hacer de anfitriona ante las mujeres de la familia real italiana?

Maxon se rio.

—Eso solo te puede pasar a ti.

Era difícil hablar con el ruido del motor y de las ruedas de fondo, así que estuvimos un rato en silencio. A oscuras, todos los sonidos parecían más intensos. Inspiré con fuerza, intentando concentrarme, y sentí el rastro de un aroma a café. No podía saber si sería un olor residual del camión o si era que estábamos pasando junto a una tienda que lo vendiera. Tras un rato que se me había hecho eterno, Maxon acercó sus labios a mi oído.

—Habría deseado que estuvieras segura, en palacio, pero me alegro mucho de tenerte aquí.

Me reí en voz baja. Dudaba de que lo oyera, pero estábamos tan cerca el uno del otro que probablemente lo notara.

—Eso sí, prométeme que correrás.

Decidí que, en caso de que ocurriera algo malo, tampoco le serviría de ninguna ayuda, así que estiré el cuello y coloqué la boca junto a su oído:

—Lo prometo.

Pasamos un bache bastante grande, y me agarró. Sentí el contacto de su nariz contra la mía. Noté unas irresistibles ganas de besarle. Aunque solo hacía tres días desde aquel beso en el tejado, me parecía que había pasado una eternidad. Me abrazó y sentí su respiración contra mi piel. Estaba llegando el momento; estaba segura.

Maxon apoyó la nariz contra mi mejilla y nuestros labios se acercaron. Igual que había notado el olor a café y hasta el mínimo ruidito en la oscuridad, la falta de luz hizo que notara con más fuerza el limpio aroma que desprendía Maxon, y sentí la presión de sus dedos, desplazándose por mi cuello hasta los mechones de cabello que asomaban bajo mi gorro.

Un segundo antes de que nuestros labios llegaran a tocarse, el camión se detuvo de pronto, lanzándonos hacia delante. Me golpeé la cabeza contra la pared y sentí los dientes de Maxon contra mi oreja.

—¡Au! —exclamó, y noté que recuperaba la postura en la oscuridad—. ¿Te has hecho daño?

—No. El pelo y el gorro han amortiguado el golpe —dije. Si no hubiera deseado tanto aquel beso, me habría reído.

El camión empezó a moverse marcha atrás. A los pocos segundos, se detuvo y el motor se apagó. Maxon cambió de postura, como si se pusiera en cuclillas, de cara a la puerta. Yo adopté una posición parecida, y sentí una de las manos de Maxon tendida en mi dirección, como para protegerme, por si acaso.

La luz de una farola entró en el remolque, sobresaltándonos. Entrecerré los ojos en dirección a la luz, al tiempo que alguien entraba.

—Estamos aquí —dijo el soldado Avery—. Síganme sin separarse de mí.

Maxon se puso en pie y me tendió una mano. Me la soltó para saltar al suelo y luego me la volvió a dar para ayudarme a bajar. Lo que observé desde el principio fue el gran

89

muro de ladrillo que flanqueaba el callejón, además del penetrante olor a podrido. Aspen estaba frente a nosotros, mirando atentamente alrededor, con una pistola en la mano, que mantenía baja.

Avery y Aspen se dirigieron hacia la entrada trasera del edificio, y nosotros les seguimos de cerca. Las paredes que nos rodeaban eran muy altas y me recordaban los bloques de apartamentos de mi barrio, con sus escaleras de incendios a los lados, aunque allí no parecía vivir nadie. Aspen llamó a una puerta mugrienta y esperó. La puerta se abrió y vimos una pequeña cadena de seguridad. Pero, antes de que volvieran a cerrar la puerta, vi también los ojos de August. Cuando volvió a abrirse, lo hizo completamente. Entonces, August nos hizo entrar a todos.

—Rápido —nos apremió.

En la sala, en penumbra, estaban Georgia y un chico más joven. Era evidente que Georgia estaba tan nerviosa como nosotros, y no pude evitar acercarme y abrazarla. Ella me correspondió. Me alegró descubrir que había hecho una amistad inesperada.

—¿Os han seguido? —preguntó.

—No —dijo Aspen, sacudiendo la cabeza—. Pero más vale que os deis prisa.

Georgia me condujo a una mesita. Maxon se sentó junto a mí, con August y el otro chico a su lado.

—¿Hasta qué punto es grave la situación? —preguntó Maxon—. Tengo la sensación de que mi padre no me cuenta toda la verdad.

August se encogió de hombros, sorprendido.

—Por lo que nosotros sabemos, las bajas son pocas. Los sureños están llevando a cabo sus típicas campañas de destrucción, pero los ataques parecen ir dirigidos específicamente a Doses; parece que han caído menos de trescientas personas.

Me quedé sin aliento.

—¿Trescientas personas? ¿Cómo puedes decir que son pocas?

—America, teniendo en cuenta la situación… —dijo Maxon, intentando reconfortarme y cogiéndome la mano otra vez.

—Tiene razón —intervino Georgia—. Podía haber sido mucho peor.

—Es lo que cabía esperar de ellos: que empiecen por arriba y vayan bajando. Suponemos que muy pronto irán cambiando de objetivo —explicó August—. Parece que los ataques aún son aislados y todos dirigidos a Doses, pero los observamos de cerca, y os avisaremos cuando cambie la cosa, si cambia. Tenemos aliados en todas las provincias, y todos están en guardia. No obstante, no pueden ir tan lo lejos como quisieran sin exponerse, y todos sabemos lo que ocurriría si los descubrieran.

Maxon asintió, muy serio.

—Morirían, por supuesto.

—¿Deberíamos ceder? —sugirió Maxon.

Le miré sorprendida.

—Confiad en nosotros —dijo Georgia—. Su actitud no va a cambiar si os rendís.

—Pero debe de haber algo más que podamos hacer —insistió Maxon.

—Ya habéis hecho algo bastante positivo. Bueno, ella lo ha hecho —dijo August, señalándome a mí—. Por lo que hemos oído, los granjeros salen con sus hachas cuando dejan sus campos: los sastres van por la calle con sus tijeras; y ya se ve a Doses por ahí con aerosoles de defensa en la mano. Gente de todas las castas parece haber encontrado el modo de armarse por si necesitan defenderse. Tu pueblo no quiere vivir con miedo, y no lo está haciendo. Están defendiéndose.

Tenía ganas de llorar. Quizá por primera vez durante toda la Selección, había hecho algo bien.

Maxon me apretó la mano, orgulloso.

—Es un consuelo. Pero sigue sin parecerme suficiente.

Asentí. Me alegraba mucho de que la gente no se sometiera, pero tenía que haber un modo de acabar con aquello de una vez por todas.

August suspiró.

—Nosotros también nos preguntábamos si podríamos encontrar el modo de atacarlos. No siguen ninguna estrategia de lucha: simplemente van a por la gente. A nuestros partidarios les preocupa que los identifiquen, pero están por todas partes. Y quizá sean el mejor recurso para un ataque por sorpresa. En

91

muchos sentidos somos una especie de ejército, pero estamos desarmados. No podemos vencer a los sureños cuando la mayoría de nuestra gente combate con ladrillos o rastrillos.

—¿Queréis armas?

—No nos irían mal.

Maxon se quedó pensando.

—Hay cosas que vosotros podéis hacer y que para nosotros, desde palacio, resultan imposibles. Pero no me gusta la idea de enviar a mi pueblo a combatir contra esos salvajes. Moriría mucha gente.

—Es posible —confesó August.

—También está el pequeño detalle de que no puedo estar seguro de que en un futuro no uséis las armas que os doy en mi contra.

August resopló.

—No sé cómo convencerte de que estamos de tu parte, pero es así. Lo único que hemos querido desde el principio es poner fin al sistema de castas, y estamos dispuestos a apoyarte para que lo hagas. No tengo ninguna intención de hacerte daño, Maxon, y creo que tú lo sabes —dijo. Maxon y él se miraron—. Si no, no estarías aquí ahora mismo.

—Alteza —intervino Aspen—, siento interrumpir, pero algunos de nosotros querríamos acabar con los rebeldes sureños tanto como usted. Yo mismo me presentaría voluntario para entrenar a cualquiera en el combate cuerpo a cuerpo.

Sentí que el pecho se me hinchaba de orgullo. Aquel era mi Aspen, siempre buscando el modo de arreglar las cosas.

Maxon asintió y se volvió hacia August.

—Eso es algo en lo que habrá que pensar. Quizá yo pudiera entrenar a tus hombres, pero no podría daros armas. Aunque estuviera seguro de vuestras intenciones, si mi padre se enterara de que estamos en contacto, no me puedo ni imaginar qué haría.

Sin pensarlo, Maxon tensó los músculos de la espalda. Caí en la cuenta de que quizás aquel fuera un gesto que había hecho a menudo en todo el tiempo que hacía que nos conocíamos, solo que yo no entendía su significado. Sería la tensión que suponía guardar su secreto.

—Cierto. De hecho, probablemente tendríais que iros ya.

En cuanto tengamos noticias, te las haré llegar, pero de momento todo va bien. Bueno, todo lo bien que cabría esperar. —August le pasó una nota a Maxon—. Tenemos una línea de teléfono fijo. Puedes llamarnos si hay algo urgente. Este es Micah, quien se encarga de estas cosas.

August señaló al chico, que no había dicho palabra en todo aquel rato. Este apretó los labios, como si se los estuviera mordiendo, y asintió. Su actitud denotaba timidez, pero al mismo tiempo una gran voluntad de actuar.

—Muy bien. La usaré con discreción —dijo Maxon, que se metió el papel en el bolsillo—. Hablaremos pronto. —Se puso en pie y yo le seguí, mirando a Georgia al mismo tiempo.

Ella rodeó la mesa y se me acercó.

—Id con cuidado al volver. Y ese número también puedes usarlo tú.

—Gracias —respondí.

Le di un abrazo rápido y salí con Maxon, Aspen y el soldado Avery. Eché un último vistazo a nuestros extraños amigos hasta que la puerta se cerró a nuestras espaldas.

—Apartaos del camión —dijo Aspen. Me giré para ver qué quería decir, ya que aún estábamos a cierta distancia.

Entonces vi que no me hablaba a mí. Un puñado de hombres rodeaban el vehículo. Uno llevaba una llave inglesa en la mano, y daba la impresión de que estaban a punto de robar las ruedas. Otros permanecían detrás, intentando abrir las puertas de metal.

—Dadnos la comida y nos iremos —dijo uno. Parecía más joven que el resto, quizá de la edad de Aspen. Su tono de voz era frío y desesperado.

Al salir del palacio no me había dado cuenta de que el camión en el que nos habíamos subido llevaba un enorme escudo de Illéa en el lateral. Ahora que lo veía, me pareció un descuido terrible. Y aunque Maxon y yo no íbamos vestidos como siempre, si alguien se acercaba demasiado resultaría evidente quiénes éramos. Deseé tener un arma, aunque no habría sabido qué hacer con ella.

—No hay comida —dijo Aspen, muy tranquilo—. Y si la hubiera, no podríais llevárosla.

—Qué bien entrenan a sus marionetas —observó otro

hombre. Cuando sonrió, me fijé en que le faltaban varios dientes—. ¿Qué eras tú antes de convertirte en esto?

—Apartaos del camión —ordenó Aspen.

—No puede ser que fueras un Dos o un Tres; habrías pagado para salir del cuerpo. Así pues, hombrecillo, ¿qué eras? —insistió el desdentado, acercándose.

—Atrás. Alejaos —insistió Aspen, mostrándoles una mano y llevándose la otra al cinto.

El hombre se detuvo y sacudió la cabeza.

—No sabes con quién te estás metiendo, muchacho.

—¡Mirad! —dijo alguien—. ¡Es ella! ¡Es una de las chicas!

Al oír la voz, me giré, descubriéndome.

—¡Cogedla! —dijo el más joven.

Antes de que pudiera reaccionar, Maxon tiró de mí hacia atrás. En un momento, Aspen y el soldado Avery sacaron las pistolas, y los fuertes brazos de Maxon hicieron que me diera la vuelta. Iba de lado, tambaleándome para mantener el equilibrio, mientras Aspen y Avery mantenían a los hombres a raya. Enseguida Maxon y yo nos encontramos atrapados contra la pared de ladrillo.

—No quiero mataros —dijo Aspen—. ¡Marchaos! ¡Ya!

El hombre desdentado chasqueó la lengua, con las manos levantadas hacia delante, como para mostrar sus buenas intenciones. Pero, en un movimiento tan rápido que casi no pude verlo, bajó una mano y sacó una pistola. Aspen disparó. Siguió un tiroteo.

—Ven, America —me apremió Maxon.

«¿Ir adónde?», pensé, con el corazón disparado por el miedo.

Le miré y vi que había entrecruzado los dedos de las manos, proporcionándome un apoyo para el pie. De pronto lo comprendí: apoyé el zapato en sus manos y él me levantó. Me agarré a la pared como pude y llegué a lo más alto. Sentí algo raro en el brazo al subir el cuerpo.

Sin pensar en nada más, trepé al saliente y bajé el cuerpo todo lo que pude hasta dejarme caer al otro lado. Caí de lado, convencida de que me había hecho daño en la cadera o en la pierna; pero Maxon me había dicho que corriera en caso de peligro, así que eso hice.

94

No sé por qué supuse que estaría justo detrás de mí. Cuando llegué al final de la calle y vi que no estaba allí, caí en la cuenta de que no había nadie más que le hubiera podido dar apoyo para trepar. Bajé la mirada y, a la tenue luz de una farola, vi algo húmedo que manaba de un desgarro en la tela de la manga.

Me habían disparado.

¿Me habían disparado?

Habían sacado las pistolas y yo estaba allí, pero no me parecía real. Aun así, no podía negar aquel dolor desgarrador, que iba en aumento a cada segundo. Me puse la mano sobre la herida, pero eso no hacía más que empeorar las cosas.

Miré alrededor. La ciudad estaba inmóvil.

Claro que lo estaba. Hacía tiempo que había pasado el toque de queda. Me había acostumbrado tanto al palacio que se me había olvidado que en el mundo exterior todo se detenía a las once.

Si me cruzaba con algún soldado, me meterían en la cárcel. ¿Cómo iba a explicárselo al rey? ¿Cómo iba a justificar una herida de bala?

Me puse en marcha, ocultándome en las sombras. No tenía ni idea de adónde ir. No sabía si sería buena idea intentar volver al palacio. Y, aunque lo fuera, no tenía ni idea de cómo llegar.

Dios, la herida me ardía. Me costaba pensar. Me abrí paso por un angosto callejón entre dos bloques de pisos. Aquello ya era un indicio de que no estaba en el mejor barrio de la ciudad. Normalmente, solo los Seises y los Sietes tenían que vivir hacinados en apartamentos minúsculos.

No tenía adónde ir, así que caminé por el callejón apenas iluminado y me escondí tras un montón de contenedores. La noche era fresca, pero durante el día había hecho mucho calor y los contenedores olían muy mal. Entre el olor y el dolor, sentí que estaba a punto de vomitar.

Me arremangué el brazo derecho, intentando no irritar la herida más de lo necesario. Las manos me temblaban, ya fuera del miedo o por la adrenalina. El simple hecho de flexionar el brazo me dolía tanto que me daban ganas de gritar. Me mordí los labios para no hacerlo, pero, aun así, no pude reprimir un gemido.

95

—¿Qué te ha pasado? —preguntó una vocecilla.

Levanté la cabeza de golpe, buscando el origen de aquella voz. Dos ojos brillaban en lo más oscuro del callejón.

—¿Quién anda ahí? —pregunté, con la voz temblorosa.

—No te haré daño —dijo ella, saliendo de la oscuridad—. Yo también estoy pasando una mala noche.

La chica, que debía de tener unos quince años, emergió de entre las sombras y se acercó a mirarme el brazo. Al verlo se encogió.

—Eso tiene que doler mucho —dijo.

—Me han disparado —contesté sin pensármelo dos veces, a punto de llorar. La herida me quemaba un montón.

—¿Disparado?

Asentí.

Ella me miró, vacilante, como si aún pensara en salir corriendo.

—No sé qué has hecho o quién eres, pero no te busques líos con los rebeldes...

—¿Cómo?

—No llevo aquí mucho tiempo, pero sé que los únicos que pueden conseguir pistolas son los rebeldes. Sea lo que sea lo que les has hecho, no vuelvas a hacerlo.

Con todas las veces que nos habían atacado, nunca me lo había planteado. Se suponía que solo los soldados podían tener armas. Nadie más, a menos que fuera un rebelde. Incluso August había dicho que los norteños estaban prácticamente desarmados. Me preguntaba si esa noche iría armado.

—¿Cómo te llamas? —me preguntó ella—. Sé que eres una chica.

—Mer.

—Yo soy Paige. Parece que tú también eres nueva en esto de ser una Ocho. Llevas la ropa bastante limpia —dijo, girándome el brazo con suavidad, observando la herida como si pudiera hacer algo, aunque las dos sabíamos que no.

—Algo así —respondí.

—Si te quedas sola, puedes morirte de hambre. ¿Tienes algún lugar a donde ir?

De pronto el dolor hizo que me estremeciera.

—No exactamente.

—Yo vivía con mi padre. Éramos Cuatros. Teníamos un restaurante, pero mi abuela había dispuesto que a la muerte de mi padre el restaurante pasara a mi tía, no a mí. Supongo que le preocuparía que mi tía se quedara sin nada, o algo así. Bueno, mi tía me odia; siempre me ha odiado. Se quedó el restaurante, pero también se quedó conmigo. Eso no le gustó.

»Dos semanas después de la muerte de mi padre, empezó a pegarme. Tenía que comer a escondidas, porque decía que me estaba poniendo gorda y no me daba de comer. Pensé en irme a casa de alguna amiga, pero mi tía podría ir a buscarme, así que hui. Cogí algo de dinero, pero no suficiente. Y aunque lo hubiera sido, hubiera dado igual, porque la segunda noche que pasaba en la calle me robaron.

Observé a Paige mientras hablaba. Bajo aquella capa de mugre se veía su pasado, una chica que estaba acostumbrada a vivir bien. Ahora intentaba hacerse la dura. No le quedaba más remedio. ¿Qué iba a hacer, si no?

—Esta semana he conocido a un grupo de chicas. Trabajamos juntas y compartimos lo que ganamos. Si puedes olvidarte de lo que estás haciendo, no está tan mal. Pero después me echo a llorar. Por eso estaba ahí escondida. Si las otras chicas me vieran llorar, harían que mi tía pareciera una santa. J. J. dice que solo están intentando endurecerme y que más vale que lo haga rápido, pero, aun así, es difícil… Eres muy guapa. Seguro que les encantaría que te unieras a su grupo.

El estómago se me encogió al contemplar aceptar su oferta. En cuestión de semanas había perdido su familia, su hogar y a sí misma. Y, aun así, estaba ahí delante —frente a alguien que había sido perseguida por los rebeldes, a alguien que solo podía traerle problemas— y se mostraba amable.

—No podemos ir a ver a un médico, pero podríamos encontrarte algo para aliviarte el dolor. Y un tipo que conocemos podría darte unos puntos. Pero tendrás que ser fuerte.

Me concentré en respirar. Aunque la conversación me distrajera, no me quitaba el dolor.

—Tú no hablas mucho, ¿verdad? —preguntó Paige.

—No cuando recibo balazos.

Paige se rio, y aquello me hizo reírme también un poco. Se sentó a mi lado un ratito y agradecí no estar sola.

97

—Si no quieres venir conmigo, lo entiendo. Pero es peligroso, y lo lamento.

—Yo… ¿No podemos quedarnos aquí un rato, en silencio?

—Sí. ¿Quieres que me quede contigo?

—Por favor.

Y eso hizo. Sin pedir explicaciones, se sentó a mi lado, callada como un ratón. Me pareció que pasaba una eternidad, aunque quizá no fueron más de veinte minutos. El dolor iba en aumento. Me estaba empezando a desesperar. Quizá pudiera ir a un médico. Por supuesto, tendría que encontrarlo. El palacio lo pagaría, pero no tenía ni idea de cómo contactar con Maxon.

¿Estaría bien Maxon? ¿Y Aspen?

Los otros eran muchos más, pero ellos iban armados. Si los rebeldes me habían reconocido tan rápidamente, ¿habrían reconocido también a Maxon? Y, si así era, ¿qué le harían? Me quedé inmóvil, intentando no pensar en todo aquello. Pero ¿qué iba a hacer si Aspen moría? ¿O si Maxon…?

—¡Chis! —dije, aunque Paige no había dicho nada—. ¿Oyes eso?

Ambas aguzamos el oído.

—¡… Max! —gritó alguien—. ¡Sal, Mer; soy Max!

Seguro que la idea de usar esos nombres había sido de Aspen.

Me puse en pie y fui a la salida del callejón, con Paige detrás de mí. Vi el camión que avanzaba por la calle a ritmo de tortuga. Unas cabezas asomaban por las ventanillas, buscando.

Me giré.

—Paige, ¿quieres venir conmigo?

—¿Adónde?

—Te prometo que tendrás un trabajo de verdad, te darán comida y nadie te pegará.

Los ojos se le llenaron de lágrimas.

—Entonces no me importa dónde sea. Iré.

La agarré con mi mano buena. La manga del abrigo aún me colgaba del brazo herido. Avanzamos por la calle, pegadas a los edificios.

—¡Max! —grité, al acercarnos—. ¡Max!

El enorme camión frenó de golpe. Maxon, Aspen y el soldado Avery salieron corriendo.

Solté la mano de Paige al ver los brazos abiertos de Maxon, que me abrazó, apretándome y haciéndome soltar un grito.

—¿Qué te pasa? —preguntó.

—Me han disparado.

Aspen nos separó y me agarró el brazo para ver.

—Podía haber sido mucho peor. Tenemos que volver enseguida y llevarte a que te curen eso. Supongo que no queremos que el médico sepa esto, ¿no? —dijo, mirando a Maxon.

—No quiero que sufra —respondió él.

—Alteza —dijo Paige, hincando una rodilla en el suelo. Los hombros le temblaron, como si estuviera llorando.

—Esta es Paige —señalé yo—. Entremos en el remolque.

—Estás a salvo —le dijo Aspen, tendiéndole una mano.

Maxon me rodeó con un brazo y me acompañó a la parte trasera del camión.

—Pensaba que tardaría toda la noche en encontrarte.

—Yo también. Pero me dolía demasiado como para ir a ninguna parte. Paige me ayudó.

—Entonces nos ocuparemos de ella, te lo prometo.

Maxon, Paige y yo trepamos al remolque del camión. El suelo de metal me pareció sorprendentemente confortable en el camino de vuelta al palacio.

Capítulo 14

*F*ue Aspen quien me cogió en brazos. Me sacó del remolque del camión y me llevó a toda prisa a una salita. Era más pequeña que mi baño, y solo contenía dos camas estrechas y un armario. Había unas notas y fotos en la pared, que le daban cierta personalidad, pero, por lo demás, estaba vacía. Eso, sin contar con que Aspen, yo, el soldado Avery, Maxon y Paige llenábamos hasta el último centímetro cuadrado de la estancia.

Me colocó sobre una cama con la máxima delicadeza posible, pero el brazo aún me dolía muchísimo.

—Tendríamos que buscar un médico —dijo, pero yo misma veía que no lo decía muy convencido. Llamar al doctor Ashlar significaría contarle toda la verdad o inventarse una enorme mentira, y ninguna de las dos opciones parecía aceptable.

—No lo hagáis —respondí, con poca voz—. Esto no me matará. Simplemente me dejará una cicatriz. Solo hay que limpiar la herida —señalé, con una mueca de dolor.

—Necesitarás algo para el dolor —añadió Maxon.

—Puede que se le infecte. Aquel callejón estaba muy sucio, y yo la toqué —confesó Paige.

La herida me quemaba.

—Anne. Id a buscar a Anne —susurré.

—¿A quién?

—A la jefa de sus doncellas —señaló Aspen—. Avery, ve a buscar a Anne y un botiquín. Tendremos que arreglárnoslas. Y debemos hacer algo con ella —añadió, señalando a Paige con un movimiento de cabeza.

Observé los ojos de Maxon, que, preocupado, dejó de mirar mi brazo ensangrentado para fijarse en el rostro compungido de Paige.

—¿Quién eres? ¿Una delincuente? ¿Una fugitiva? —le preguntó.

—No he cometido ningún delito. Y sí, me escapé, pero nadie me busca.

Maxon se quedó pensando un momento.

—Bienvenida a bordo. Ve con Avery a la cocina. Dile a la señora Woodard que el príncipe ordena que te dé trabajo. Y que venga inmediatamente al pabellón de los soldados.

—Woodard. Sí, alteza.

Paige hizo una gran reverencia y salió de la habitación tras el soldado Avery, dejándome sola con Maxon y Aspen. Había estado con ellos toda la noche, pero era la primera vez que estábamos los tres solos. Sentía el peso de nuestros secretos, que llenaba la ya de por sí estrecha habitación.

—¿Cómo os las habéis arreglado? —pregunté.

—August, Georgia y Micah oyeron los disparos y vinieron enseguida —dijo Maxon—. No bromeaba cuando decía que nunca nos harían daño. —Hizo una pausa, de pronto adoptando una expresión triste y distante—. Micah no sobrevivió.

Tuve que apartar la mirada. No sabía nada de él, pero esa noche había muerto por nosotros. Me sentí tan culpable como si yo misma le hubiera quitado la vida.

Quise limpiarme una lágrima, olvidándome de que tenía que usar el brazo izquierdo, y solté un gemido.

—Cálmate, America —dijo Aspen, olvidándose de las formalidades.

—Todo irá bien —prometió Maxon.

Asentí, apretando los labios para evitar echarme a llorar. ¿Para qué? No servía de nada. Estuvimos en silencio lo que a mí me pareció mucho rato, pero quizá fuera el dolor, que hacía más largos los minutos.

—Esa devoción es digna de elogio —dijo Maxon de pronto.

Al principio pensé que estaría hablando de Micah. Pero Aspen y yo levantamos la vista. Estaba mirando la pared que había detrás de mí.

Me giré, contenta de poder fijar la atención en algo que no

101

fuera el lacerante dolor del brazo. Allí, junto a un dibujo hecho por alguno de sus hermanos menores y una fotografía de su padre cuando tenía su edad, más o menos, había una nota: «Siempre te querré. Te esperaré lo que haga falta. Estoy contigo, pase lo que pase».

Mi caligrafía era algo más torpe un año atrás, cuando había dejado aquella nota junto a mi ventana para que Aspen la encontrara. Estaba decorada con unos corazoncitos ridículos que ya no se me ocurriría dibujar nunca más, pero era consciente del peso de aquellas palabras. Era la primera vez que las había puesto por escrito, temerosa de la importancia que adquirían aquellos mensajes una vez que tomaban forma. También recordaba el pánico que tenía a que mi madre pudiera encontrar la nota, un temor que superaba incluso al miedo enorme que me producía saber que, sin lugar a dudas, amaba a Aspen.

De pronto me entró miedo de que Maxon reconociera mi caligrafía.

—Debe de ser bonito tener a alguien a quien escribirle. Las cartas de amor son un lujo que nunca he tenido —dijo Maxon, esbozando una sonrisa triste—. ¿Ha mantenido su palabra?

Aspen estaba trayendo almohadas de la otra cama para ponérmelas bajo la cabeza, evitando que sus ojos se cruzaran con los míos y con los de Maxon.

—Le cuesta escribir —dijo—. Pero sé que está conmigo, pase lo que pase. No tengo dudas.

Me quedé mirando el cabello corto y oscuro de Aspen —la única parte de él que podía ver— y sentí un nuevo dolor. En cierto modo tenía razón. En el fondo nunca nos dejaríamos del todo el uno al otro. Pero… ¿qué quedaba de aquellas palabras en el papel? ¿Qué restaba de aquel amor arrebatador que me sobrecogía? Aquello ya no existía.

Y, sin embargo, parecía que Aspen aún contaba con él.

Miré por un momento a Maxon, y no supe muy bien si su expresión era de tristeza o de celos. No me sorprendía. Recordaba haberle dicho que había estado enamorada anteriormente; él en aquel momento daba la impresión de sentirse estafado, como si no tuviera nada claro que fuera a enamorarse nunca.

Si se hubiera enterado de que el amor del que le había hablado yo y el amor que le acababa de revelar Aspen eran el mismo, seguro que se habría hundido.

—Escríbele pronto —le aconsejó Maxon—. No dejes que se le olvide.

—¿Por qué tardan tanto? —murmuró Aspen, que salió de la habitación sin molestarse en responder.

Maxon se lo quedó mirando y se giró hacia mí.

—No sirvo para nada. No tengo ni idea de cómo ayudarte, así que pensaba que al menos podía intentar ayudarle a él. Esta noche nos ha salvado la vida a los dos. —Maxon sacudió la cabeza—. Y parece que solo he conseguido disgustarle más.

—Todo el mundo está preocupado. Lo has hecho bien —dije, para tranquilizarle.

Él soltó una risita nerviosa y se arrodilló junto a la cama.

—Estás ahí tendida, con una herida profunda en el brazo, y encima intentas consolarme. Eres de lo más absurdo.

—Si alguna vez decides escribirme una carta de amor, yo usaría ese encabezamiento: «Eres de lo más absurdo» —bromeé.

Sonrió.

—¿No puedo hacer nada por ti?

—Cogerme la mano. Aunque no aprietes mucho.

Maxon me rodeó la mano con sus dedos. Aquello no cambiaba nada, pero era agradable sentir que estaba allí al lado.

—Probablemente no lo haré. Lo de escribirte una carta de amor, quiero decir. Procuro evitar ponerme en ridículo siempre que puedo.

—O sea, que eres capaz de planear guerras pero no sabes cocinar y te niegas a escribir cartas de amor —bromeé.

—Exacto. Mi lista de defectos va en aumento. —Jugueteó con los dedos en mi mano. Agradecí aquella distracción.

—Está bien. Seguiré haciendo cábalas sobre tus sentimientos, ya que te niegas a escribirme una nota. Con un bolígrafo violeta. Y las íes con florecitas en lugar de puntos.

—Así es justo como la escribiría yo —dijo él, con un gesto pretendidamente serio. Solté una risita, pero me detuve en seco cuando el movimiento hizo que el brazo volviera a arderme—. Aunque no creo que tengas que hacer cábalas sobre mis sentimientos.

103

—Bueno —objeté, respirando cada vez con más dificultad—. No es que lo hayas dicho en voz alta.

Maxon abrió la boca para decir algo, pero no lo hizo. Fijó la mirada en el techo, repasando nuestra historia, intentando localizar el momento en que me había dicho que me quería.

En el refugio había quedado claro. Lo había dejado entrever con una docena de gestos románticos o con algún juego de palabras…, pero la declaración formal no había llegado nunca. No había ocurrido. Me acordaría de algo así. Aquello se habría convertido en un motivo para no cuestionarle nunca más y para confesarle yo también lo que sentía.

—¿Señorita? —dijo Anne. Su voz atravesó el umbral un poco antes que su cara de preocupación.

Maxon dio un paso atrás, soltándome la mano para dejarle espacio.

Anne fijó la mirada en la herida, y la tocó con cautela para intentar determinar su gravedad.

—Necesitará puntos. No estoy segura de que tengamos nada que la anestesie por completo.

—No pasa nada. Haz lo que puedas —dije, más tranquila ahora que estaba allí.

Anne asintió.

—Que alguien me traiga agua hirviendo. Deberíamos tener antiséptico en el botiquín, pero también quiero agua.

—Yo la traigo —dijo Marlee, que estaba de pie junto a la puerta, con cara de preocupación.

—¡Marlee! —exclamé, sin poder controlarme.

Entonces entendí lo de la tal señora Woodard. Claro: Carter y ella no podían dar a conocerse como Woodwork, si tenían que mantenerse ocultos ante las mismas narices del rey.

—Volveré enseguida, America. Aguanta —dijo, y desapareció de pronto, pero me sentí inmensamente aliviada sabiendo que estaría a mi lado.

Anne digirió la sorpresa de la presencia de Marlee enseguida, y observé que sacaba una aguja e hilo del botiquín de emergencia. Me consolé pensando que era ella quien me cosía casi todos los vestidos. El brazo no debería resultar un problema para ella. Antes de que pudiera darme cuenta, Marlee ya había vuelto con una jarra de agua humeante, un montón de toallas y una botella con un líquido de color ámbar. Colocó la jarra y las toallas sobre la cómoda, se acercó a mí y desenroscó el tapón de la botella.

—Para el dolor —dijo. Me levantó la cabeza para que bebiera, y yo obedecí.

El brebaje de la botella me produjo otro tipo de ardor, y me hizo toser al tiempo que tragaba. Marlee insistió en que diera otro sorbo. Obedecí, pero aquello era nauseabundo.

—Estoy muy contenta de que estés aquí —le susurré.

—Siempre estaré a tu lado, America. Ya lo sabes. —Sonrió, y, por primera vez desde que éramos amigas, me pareció mayor que yo, tan tranquila y segura de sí misma—. ¿Qué demonios estabas haciendo?

Puse una mueca.

—A mí me parecía una buena idea.

—America —respondió ella, con gesto comprensivo—, tú siempre tienes malas ideas. Tus intenciones son muy buenas, pero tus ideas siempre son horribles.

Por supuesto, tenía razón. Aquello era algo que a esas alturas yo ya debería saber. Pero tenerla allí, aunque solo fuera para decirme lo tonta que había sido, hacía que aquello resultara menos horrible.

—¿Son gruesas estas paredes? —preguntó Anne.

—Bastante —respondió Aspen—. En el resto del palacio no oyen lo que pasa aquí, tan adentro.

—Bien —dijo ella—. Bueno, necesito que todos salgan al pasillo. Señorita Marlee, voy a necesitar algo de espacio, pero puede quedarse.

Marlee asintió.

—Procuraré no estorbar, Anne.

Avery fue el primero en salir. Aspen el siguiente. Maxon fue el último. Su mirada me recordó el día que le había contado que en ocasiones había pasado hambre: aquella tristeza al enterarse y aquella frustración al darse cuenta de que no podía corregir el pasado.

La puerta se cerró con un clic. Anne se puso manos a la obra. Ya estaba preparado todo lo que necesitaba y le tendió la mano a Marlee para que le pasara la botella.

—Trague —ordenó, levantándome la cabeza.

Hice un esfuerzo. Tuve que apartarme de la botella y volver a llevármela a la boca varias veces a causa de la tos, pero conseguí tragar una buena cantidad. O eso me pareció, pues Anne parecía satisfecha.

—Coja esto —me dijo, pasándome una toallita—. Muérdalo cuando le duela.

Asentí.

—Los puntos no le dolerán tanto como la limpieza. Veo que la herida está sucia, así que voy a tener que limpiar a fondo. —Suspiró, examinando de nuevo la herida—. Le quedará una cicatriz, pero procuraré que sea lo más pequeña posible. Durante unas semanas le pondremos mangas anchas en los vestidos, para esconderla, mientras se cura. Nadie se enterará. Y ya que veo que estaba con el príncipe, no haré preguntas. Sea lo que fuera lo que estuviera haciendo, confío en que fuera importante.

—Eso creo —dije, aunque ya no estaba tan segura.

Mojó una toalla y la situó a unos centímetros de la herida.

—¿Lista?

Asentí.

Mordí la toalla, con la esperanza de que amortiguara los gritos. Estaba segura de que en el pasillo me oirían todos, aunque quizá no más allá. Era como si Anne me estuviera hurgando en todos los nervios del brazo. Marlee se me echó encima para evitar que me agitara.

—Enseguida habrá acabado, America —me prometió—. Piensa en tu familia.

Lo intenté. Hice un esfuerzo por situar la risa de May o la sonrisa cómplice de mi padre en la primera fila de mis pensamientos, pero no duraban mucho. En cuanto aferraba aquellas ideas, sentía que se me escapaban bajo una nueva oleada de dolor.

¿Cómo había podido soportar Marlee los azotes en público?

Una vez que la herida estaba curada, Anne se puso a cosérmela. Tenía razón: los puntos no me dolieron tanto. No estaba muy segura de si no dolían tanto o si era que el licor que me habían dado estaba haciendo efecto por fin. Era como si los bordes de la habitación ya no fueran tan rectos.

Entonces vi que volvían los demás, hablando de cosas, hablando de mí. De quién debía quedarse, de quién debía marcharse, de lo que dirían por la mañana… Un montón de cosas a las que yo no pude añadir nada.

Al final, fue Maxon quien me cogió en brazos y me llevó de vuelta a mi habitación. Me costaba un poco mantener la cabeza erguida, pero así me resultó más fácil oírle.

—¿Cómo te encuentras?

—Tus ojos tienen el color del chocolate —murmuré.

Él sonrió.

—Y los tuyos tienen el color del cielo de la mañana.

—¿Puedo tomar agua?

—Si, te darán toda la que quieras —me prometió—. Llevémosla arriba —oí que le decía a alguien.

Luego me dormí con el suave balanceo de sus pasos.

Capítulo 15

$\mathcal{M}$e desperté con dolor de cabeza. Solté un gemido al tiempo que me frotaba las sienes, y contuve un chillido al notar el dolor punzante que aquel movimiento me produjo en el brazo.

—Tenga —dijo Mary, acercándose hasta sentarse en el borde de mi cama. Me tendió dos pastillas y un vaso de agua.

Erguí el cuerpo lentamente para recogerlas, con un dolor palpitante en la cabeza.

—¿Qué hora es?

—Casi las once —dijo Mary—. Hemos informado de que no se encontraba bien y que no bajaría a desayunar. Si nos damos prisa, probablemente podamos ponerla a punto para almorzar con el resto de la Élite.

La idea de darnos prisa o incluso la de comer no me resultaban nada apetecibles, pero pensé que lo más sensato sería recuperar la rutina. Cada vez tenía más claro lo mucho que nos habíamos arriesgado la noche anterior, y no quería dar pie a que nadie pudiera imaginar todo lo que había ocurrido.

Asentí, y Mary y yo nos pusimos en pie. Mis piernas no tenían toda la estabilidad que me habría gustado, pero, aun así, me dirigí al baño. Anne estaba junto a la puerta, limpiando; Lucy permanecía sentada en un sillón, cosiéndole las mangas a un vestido que originalmente, supuse, llevaba unas simples tiras sobre los hombros.

—¿Está bien, señorita? —preguntó levantando la vista de su trabajo—. Nos dio un susto de muerte.

—Lo siento. Creo que estoy todo lo bien que puedo estar.

Me sonrió.

—Haremos todo lo que podamos para ayudarla, señorita. Solo tiene que pedírnoslo.

Yo no estaba muy segura de en qué consistía su oferta, pero cualquier ayuda para pasar los días siguientes sería bienvenida.

—Oh, el soldado Leger ha pasado por aquí, y el príncipe también. Ambos esperan que, en cuanto pueda, les haga saber cómo se encuentra.

Asentí.

—Lo haré después del almuerzo.

Antes de que me diera cuenta, alguien me sostenía el brazo. Anne me examinaba la herida atentamente, mirando por debajo de los vendajes para ver cómo iba.

—No parece que se haya infectado. Mientras lo mantengamos limpio, creo que se curará bien. Ojalá hubiera podido hacer algo más. Desde luego le quedará una marca —se lamentó.

—No te preocupes. Hasta las personas más nobles tienen algún tipo de cicatriz —dije, pensando en las manos de Marlee y en la espalda de Maxon. Ambos cargarían toda la vida con esas señales, testigos de su coraje. Para mí suponía un honor ser como ellos.

—Lady America, el baño está listo —anunció Mary, desde la puerta del baño.

Me la quedé mirando a la cara, y también a Lucy y a Anne. Siempre me había sentido próxima a mis doncellas, siempre había confiado en ellas. Pero algo había cambiado aquella noche: era como si se hubieran puesto a prueba aquellos vínculos. Y, al llegar la luz del día, seguían ahí, fuertes y resistentes.

No estaba segura de poder devolverles aquella lealtad. Pero esperaba que, algún día, pudiera hacerlo.

Si me concentraba, podía levantar el tenedor y llevármelo a la boca sin hacer una mueca de dolor. Me supuso un gran esfuerzo, hasta el punto de que, a media comida, ya estaba sudando. Decidí limitarme a picar un poco de pan. No necesitaba el brazo derecho para eso.

Kriss me preguntó cómo iba mi dolor de cabeza (supuse que era la excusa que habían hecho circular). Le dije que estaba mucho mejor, aunque me resultaba imposible hacer caso omiso del dolor que sentía tanto en la cabeza como en el brazo. No hubo más preguntas. Daba la impresión de que nadie se había percatado de nada.

Mientras masticaba un poco de pan, me pregunté cómo lo habrían hecho las otras chicas, de haber estado en mi lugar la noche anterior. Decidí que la única que lo habría hecho mejor habría sido Celeste. Sin duda, ella habría encontrado un modo de plantar cara. Por un momento, sentí algo de celos por no ser un poco más como ella.

Ya en la Sala de las Mujeres, nos trajeron nuestras carpetas en un carrito. Al cabo de un momento, Silvia entró y nos llamó la atención.

—Señoritas, se les presenta otra ocasión para brillar con luz propia. Dentro de una semana vamos a celebrar una pequeña merienda, y todas ustedes, por supuesto, están invitadas —anunció. Suspiré para mis adentros, preguntándome a quién tendríamos que hacer los honores ahora—. No tendrán que ocuparse de los preparativos esta vez, pero deberán comportarse como nunca, porque la fiesta se grabará para que la vea el público.

Me animé un poco. Aquello no me parecía mal.

—Cada una de ustedes invitará a dos personas para que sean sus invitadas personales. Esa será su única responsabilidad. Escojan bien. El viernes deberán comunicarme quiénes serán sus invitados.

Se alejó de allí, dejándonos a las cuatro pensando. Aquello era una prueba, y lo sabíamos. ¿Quién tendría los contactos más impresionantes, los más valiosos?

A lo mejor me estaba volviendo paranoica, pero tuve la impresión de que aquella tarea estaba dirigida específicamente a mí. El rey debía de estar buscando el modo de recordarle a todo el mundo que yo no valía para nada.

—¿A quién vas a escoger, Celeste? —preguntó Kriss.

—Aún no estoy segura —respondió ella, encogiéndose de hombros—. Pero os prometo que serán espectaculares.

Si yo tuviera la agenda de Celeste, tampoco estaría nerviosa. ¿A quién iba a invitar yo? ¿A mi madre?

Celeste se giró hacia mí.

—¿A quién crees que invitarás, America? —me preguntó, con tono amable.

Intenté ocultar mi sorpresa. Aunque nos hubiéramos sincerado un poco en la biblioteca, era la primera vez que se dirigía a mí del mismo modo en que se dirigiría a una amiga. Me aclaré la garganta.

—No tengo ni idea. No estoy segura de conocer a nadie apropiado para la ocasión. Quizá sea mejor que no traiga a nadie —reconocí. Probablemente no debería haber confesado de forma tan abierta mi propia desventaja, pero desde luego no era ningún secreto.

—Bueno, si de verdad no encuentras a nadie, dímelo —dijo Celeste—. Estoy segura de que tengo más de dos amigas que querrían visitar el palacio, y podríamos buscar a alguien que al menos conozcas de oídas. Si quieres, claro.

Me la quedé mirando. Me sentí tentada de preguntarle dónde estaba la trampa, pero al mirarla a los ojos me pareció intuir que no la había. Entonces vi que me guiñaba el ojo, el que quedaba fuera de la vista de Elise y Kriss. Celeste, la batalladora consumada, estaba poniéndose de mi lado.

—Gracias —respondí, algo avergonzada.

—No hay de qué —replicó ella, encogiéndose de hombros—. Si vamos a dar una fiesta, que sea de las buenas.

Se apoyó en el respaldo de la silla, sonriendo de satisfacción, y tuve la seguridad de que ya se imaginaba aquella celebración como su último golpe de efecto. Una parte de mí deseaba decirle que no se rindiera, pero no podía ser. Al final solo una de nosotras podría quedarse con Maxon.

111

Por la tarde ya tenía esbozado mi plan, pero dependía de un factor fundamental: necesitaba la ayuda de Maxon.

Estaba segura de que nos cruzaríamos antes de que acabara el día, así que decidí no preocuparme demasiado. De momento necesitaba descansar, así que me dirigí de nuevo a mi habitación.

Anne estaba allí, esperándome, con más pastillas y agua. No me podía creer lo bien que llevaba todo aquello.

—Te debo una —dije, tragándome la medicina.

—No —protestó Anne.

—¡Claro que sí! Anoche las cosas habrían sido muy diferentes sin ti.

Ella me cogió el vaso de agua con suavidad.

—Me alegro de que esté bien —se limitó a decir, y fue al baño para vaciar del todo el vaso.

La seguí.

—¿Hay algo que pueda hacer por ti, Anne? Lo que sea.

Ella se quedó allí de pie, junto al lavabo; era evidente que algo le rondaba por la cabeza.

—De verdad Anne. Me haría muy feliz.

Anne suspiró.

—Bueno, hay una cosa…

—Dímelo, por favor.

Anne levantó la vista del lavabo.

—Pero no se lo puede decir a nadie. Mary y Lucy me matarían.

—¿Qué quieres decir? —pregunté frunciendo el ceño.

—Es… muy personal —confesó, y empezó a juguetear nerviosamente con los dedos, algo que nunca hacía: estaba claro que aquello era importante para ella.

—Bueno, pues ven y cuéntamelo —la animé, pasándole el brazo bueno por encima del hombro y llevándola a la mesa, para que se sentara a mi lado.

Ella cruzó las piernas por los tobillos y apoyó las manos en el regazo.

—Bueno, es que usted se lleva muy bien con él. Parece que él le tiene mucho aprecio.

—¿Te refieres a Maxon?

—No —susurró ella, ruborizándose un poco.

—No entiendo.

Respiró hondo y cogió aire.

—El soldado Leger.

—Ooooh —dije, incapaz de reaccionar; aquello sí que era una sorpresa.

—Le parecerá que no tengo ninguna oportunidad, ¿verdad?

—Yo no diría que ninguna —la corregí. Pero la verdad era que no sabía cómo iba a decirle a la persona que me había prometido luchar por mí toda la vida que debía fijarse en ella.

—Él siempre habla muy bien de usted. Si pudiera hablarle de mí, o si al menos se enterara de si tiene alguna novia en casa…

Suspiré.

—Puedo intentarlo, pero no puedo prometerte nada.

—Oh, ya lo sé. No se preocupe. Una y otra vez me digo que es algo imposible, pero no puedo dejar de pensar en él.

—Sé lo que es eso —respondí, ladeando la cabeza.

—Y no es porque sea un Dos —apuntó ella, extendiendo una mano—. Aunque fuera un Ocho, querría a un hombre como él.

—Mucha gente lo haría —repliqué.

Y era cierto. Celeste se había fijado en él, Kriss había dicho que era divertido, e incluso aquella tal Delilah se había prendado de Aspen. Y eso por no hablar de todas las chicas que le iban detrás antes de llegar al palacio. Aquello ya no me preocupaba demasiado, aunque se tratara de una persona tan cercana a mí como Anne.

Era uno de los motivos por los que estaba tan segura de que mis sentimientos hacia Aspen habían desaparecido. Si no tenía ningún problema en plantear que otra persona ocupara mi lugar, era porque mis sentimientos habían cambiado.

Aun así, no estaba muy segura de cómo abordar el tema. Alargué un brazo por encima de la madera pulida y apoyé una mano en la suya.

—Lo intentaré, Anne. Te lo juro.

Ella sonrió, pero se mordió el labio, nerviosa.

—Pero no se lo diga a las otras, por favor.

Le apreté la mano aún más.

—Tú siempre has guardado mis secretos. Y yo siempre guardaré los tuyos.

113

Capítulo 16

$\mathcal{A}$ las pocas horas, Aspen llamó a mi puerta. Mis doncellas hicieron una reverencia y salieron, conscientes de que, fuera lo que fuera lo que nos dijéramos, sería privado. Era curioso ver el nivel de compenetración que había entre nosotras, casi tenía la sensación de que era algo natural.

—¿Cómo te encuentras?

—No estoy mal —reconocí—. El brazo me molesta un poco y aún me duele la cabeza, pero, por lo demás, estoy bien.

—No debería haberte dejado ir —dijo él, meneando la cabeza.

Di una palmadita sobre la cama, a mi lado.

—Ven, siéntate.

Dudó un momento, pero yo tenía claro que ya no tenía que esconderse. Maxon y mis doncellas sabían que nos comunicábamos, y había sido él quien nos había sacado de palacio la noche anterior. ¿Qué peligro había? Aspen debió de pensar lo mismo, porque enseguida se sentó, aunque dejó una distancia de cortesía, por si acaso.

—Yo era parte de ello, Aspen. No podía mantenerme al margen. Y estoy bien. Gracias a ti. Anoche me salvaste.

—Si hubiera llegado un momento más tarde, o si Maxon no te hubiera hecho saltar aquel muro, ahora mismo estarías prisionera en algún lugar. Casi dejé que murieras. Casi dejé que muriera Maxon —dijo, con la mirada en el suelo y meneando la cabeza—. ¿Sabes lo que nos habría pasado a Avery y a mí si no hubierais regresado? ¿Sabes lo que…? —Hizo una pausa, como si se aguantara las lágrimas—. ¿Sabes lo que me habría pasado si no te hubiéramos encontrado?

Aspen me miró a los ojos. Aquella mirada me llegó bien adentro. El dolor que reflejaban sus ojos era evidente.

—Pero lo hiciste. Me encontraste, me protegiste y fuiste a buscar ayuda. Estuviste increíble. —Le puse la mano en la espalda, pasándola arriba y abajo, intentando reconfortarle.

—Me estoy dando cuenta, Mer, de que, pase lo que pase..., siempre estaremos unidos por un hilo invisible. Siempre serás importante para mí.

Le pasé la mano por el brazo y apoyé la cabeza en su hombro.

—Sé qué quieres decir.

Nos quedamos así un rato, y supuse que Aspen estaría haciendo lo mismo que yo. Estaría pensando en cuando, de niños, nos evitábamos el uno al otro; y en cuando no podíamos dejar de mirarnos; en los mil encuentros furtivos en la casa del árbol... En todo aquello que hacía de nosotros lo que éramos.

—America, necesito decirte algo —dijo. Levanté la cabeza. Aspen se giró hacia mí, agarrándome suavemente por los brazos—. Cuando te dije que siempre te querría, era de verdad. Y yo..., yo...

No conseguía encontrar las palabras, cosa que agradecí. Sí, me sentía unida a él, pero ya no éramos la pareja de la casa del árbol.

Soltó una risita fatigada.

—Supongo que necesito dormir un poco. Me siento un poco confuso.

—Los dos lo necesitamos. Y hay mucho en lo que pensar.

Asintió.

—Mira, Mer, no podemos hacer eso otra vez. No le digas a Maxon que le ayudaré en algo tan arriesgado, y no me pidas que te lleve a ningún sitio de tapadillo.

—En todo caso, no estoy segura de que sirviera de mucho. No creo que Maxon quiera volver a hacerlo.

—Bien. —Recogió su gorra, se la colocó en la cabeza y se puso en pie. Me cogió la mano y me la besó—. *Milady*... —bromeó para despedirse.

115

Sonreí y le apreté la mano un poco. Él me devolvió el gesto. Al sentir el tacto de su mano sobre la mía, me di cuenta de que muy pronto tendría que decirle adiós. Debía separarme de él.

Lo miré a los ojos y sentí la presión de las lágrimas que amenazaban con asomar. «¿Cómo te digo adiós?»

Aspen me pasó el pulgar por el dorso de la mano y me la colocó sobre el regazo. Se agachó y me besó en el pelo.

—Tómatelo con calma. Volveré mañana para ver cómo estás.

Tras el leve tirón de oreja en la cena, Maxon sabía que estaría esperándole. Me senté frente al espejo, deseando que el tiempo pasara más rápido. Mary me estaba cepillando el cabello, tarareando algo casi inaudible. Me pareció reconocer la melodía: era algo que había tocado una vez en la boda de alguien. Cuando supe que me habían escogido para la Selección, deseaba desesperadamente volver a mi vida anterior. Echaba de menos mi mundo, lleno de la música que tanto me gustaba.

Sin embargo, lo cierto era que aquello no habría podido conservarlo de ningún modo. Cualquiera que fuera el camino que tomara mi vida, la música no sería más que un recurso para agasajar a mis invitados o un entretenimiento que me distrajera los fines de semana.

Me miré al espejo y me di cuenta de que aquello no me dolía especialmente. Al menos no tanto como pensaba. Se me abrían numerosas posibilidades, independientemente de cómo se desarrollara la Selección.

Yo era más que lo que decía mi casta.

Maxon llamó suavemente a la puerta y me distrajo de mis pensamientos. Mary fue a abrir.

—Buenas noches —la saludó al entrar, y la chica respondió con una reverencia.

Sus ojos se cruzaron con los míos por un momento, y una vez más me pregunté si sería consciente de mis sentimientos, si para él aquello era tan real como lo era para mí.

—Alteza —dijo Mary, despidiéndose.

Estaba a punto de salir de la habitación cuando Maxon levantó una mano.

—Perdona, ¿me puedes decir tu nombre?

Ella se lo quedó mirando un momento, me miró a mí y luego volvió a mirar a Maxon.

—Soy Mary, alteza.

—Mary. Y Anne. Nos vimos anoche. —La saludó con un gesto de la cabeza—. ¿Y tú?

—Lucy. —La voz le salió como un hilillo, pero era evidente que estaba contenta de que la tuvieran en cuenta.

—Excelente. Anne, Mary y Lucy. Es un placer conoceros formalmente. Estoy seguro de que Anne os ha puesto al día de lo de anoche, para que podáis atender a Lady America de la mejor manera posible. Quiero daros las gracias por vuestra dedicación y discreción.

Miró a una tras otra con intensidad.

—Soy consciente de que os he puesto en una situación comprometida. Si alguien os hace alguna pregunta sobre lo sucedido, podéis enviármelo directamente a mí. Fue decisión mía, y no debéis cargar con ninguna consecuencia.

—Gracias, alteza —respondió Lucy.

Siempre había tenido la convicción de que mis doncellas sentían una profunda devoción por Maxon, pero esa noche me pareció que aquello iba más allá del sentido del deber. En el pasado me había parecido que su mayor lealtad era hacia el rey, pero ahora me preguntaba si aquello sería cierto. Cada vez más, veía pequeños detalles que me hacían pensar que la gente prefería al príncipe.

A lo mejor no era yo la única que pensaba que los métodos del rey Clarkson eran salvajes, y que su modo de actuar era cruel. Quizá los rebeldes no eran los únicos que preferían a Maxon. A lo mejor había más gente que buscaba algo más.

Mis doncellas hicieron una reverencia y se fueron. Maxon se quedó de pie a mi lado.

—¿De qué iba eso? Lo de aprenderse los nombres, quiero decir.

Él suspiró.

—Anoche, cuando el soldado Leger dijo el nombre de Anne y yo no sabía a quién se refería…, me resultó violento. ¿No debería conocer a la gente que cuida de ti mejor que un guardia cualquiera?

Pero es que Aspen no era un guardia cualquiera.

—Lo cierto es que las doncellas siempre cotillean sobre los guardias. No me extrañaría que ellos hicieran lo mismo.

—Aun así, están contigo todos los días. Debería haberme aprendido sus nombres hace meses.

Sonreí y me puse en pie, aunque a él no parecía que le hiciera gracia que me moviera.

—Estoy bien, Maxon —insistí, aceptando la mano que me tendía.

—Anoche recibiste un balazo, si mal no recuerdo. Lo normal es que me preocupe.

—No fue un balazo. Solo fue un rasguño.

—En cualquier caso, no olvidaré fácilmente el sonido de tus gritos ahogados mientras Anne te cosía. Ven, deberías estar descansando.

Maxon me llevó hasta la cama, y yo me metí entre las sábanas. Me tapó bien y luego se tumbó sobre la colcha, de cara a mí. Esperaba que me contara todo lo ocurrido, o que me explicara lo que iba a pasar. Pero no dijo nada. Se quedó allí, pasándome los dedos por entre el cabello y acariciándome la mejilla de vez en cuando.

Era como si en aquel momento no existiera nada más que nosotros.

—Si te hubiera pasado algo…

—Pero no pasó.

Maxon levantó la vista. Su voz adoptó un tono serio.

—¡Claro que sí! Llegaste a palacio sangrando. Casi te perdemos por la calle.

—Mira, no me arrepiento de haber tomado esa decisión —dije, intentando tranquilizarle—. Quería ir, oír todo aquello por mí misma. Además, no podía dejarte ir sin mí.

—No puedo creer lo poco preparados que fuimos, saliendo en un camión de palacio sin más guardias. Y hay rebeldes caminando por las calles. ¿Desde cuándo no se ocultan? ¿De dónde sacan esas armas? Estoy desconcertado y no sé qué hacer. Amo a mi país, y noto que lo pierdo cada día, poco a poco. Casi te pierdo a ti, y yo…

Maxon se detuvo en seco. La frustración daba paso a otro sentimiento. Me acarició la mejilla con la mano.

—Anoche dijiste algo… sobre el amor.

Bajé la mirada.

—Lo recuerdo —dije, intentando no ruborizarme.

—Es curioso que uno pueda pensar que ha dicho algo que en realidad no ha dicho nunca.

Solté una risita nerviosa, con la sensación de que las palabras estaban por fin a punto de llegar, pero no fue así.

—También es curioso que se pueda pensar que se ha oído algo, cuando no se ha oído.

De repente, su tono se volvió más serio.

—Ya sé qué quieres decir. —Tragué saliva y me quedé mirando su mano, que abandonó mi mejilla para ir a cruzarse con la mía—. Quizás habrá gente a quien le cueste confesar algo así. Que tenga miedo de no poder llegar al final.

Suspiró.

—O quizás haya a quien le cueste decirlo, porque le preocupe que la otra persona no quiera llegar al final… o que quizá no haya dejado atrás una historia pasada.

—Eso no es… —repliqué, negando con la cabeza.

—Está bien.

Después de todo lo que nos habíamos dicho en el refugio, de todo lo que nos habíamos confesado, de todo lo que se había ido afianzando en mi corazón, aquellas palabras daban mucho miedo. Porque una vez que salieran de nuestras bocas, no podríamos borrarlas.

No entendía del todo por qué dudaba tanto, pero sí entendía por qué yo lo hacía. Si acababa con Kriss después de desnudar mi corazón ante él, estaría disgustada con Maxon, pero, sobre todo, me odiaría a mí misma. Me aterraba arriesgarme hasta ese punto.

El silencio me estaba incomodando. Llegó a un punto en que se hizo insoportable y tuve que hablar.

—¿Quieres que sigamos hablando de esto cuando me encuentre mejor?

—Por supuesto —dijo él, suspirando—. He sido un desconsiderado, perdona.

—No, no. Es que hay otra cosa que te quiero consultar —respondí. Había cosas en las que pensar que eran más importantes que nosotros mismos.

119

—Adelante.

—He tenido una idea sobre los invitados que querría traer a la fiesta, pero necesito que me des tu aprobación.

Él me miró, confundido.

—Y quiero que sepas todo lo que tengo pensado hablar con ellos. Podríamos estar infringiendo varias leyes, así que no lo haré si me dices que no lo haga.

Intrigado, Maxon levantó la cabeza y se apoyó en un brazo, dispuesto a escucharme:

—Cuéntamelo todo.

Capítulo 17

*E*l fondo que pusieron para la sesión de fotos era de color azul claro liso. Mis doncellas me habían confeccionado un vestido precioso, con unas mangas cortas que apenas me cubrían la cicatriz. De momento, los vestidos sin mangas estaban vetados.

Aunque no tenía mal aspecto, desde luego Nicoletta me eclipsaba, y hasta Georgia estaba imponente con su vestido largo.

—Lady America —dijo la mujer que estaba al lado del cámara—. Recordamos a la princesa Nicoletta de cuando las mujeres de la familia real italiana vinieron de visita a palacio, pero... ¿quién es su otra invitada?

—Es Georgia, una amiga íntima —respondí, con voz dulce—. Una de las cosas que he aprendido hasta ahora en la Selección es que avanzar significa saber conjugar la vida de antes de la llegada al palacio con el futuro que se presenta ante nosotras. Hoy espero dar un paso más para combinar esos dos mundos.

Algunos de los que nos rodeaban mostraron su satisfacción, mientras las cámaras seguían tomando instantáneas de las tres.

—Excelente, señoritas —dijo el fotógrafo—. Ya pueden ir a disfrutar de la fiesta. Más tarde tomaremos alguna foto más.

—Será divertido —respondí, indicando a mis invitadas que me siguieran.

Maxon había dejado claro que, de todos los días, aquel sería el que debía estar más atenta. Esperaba poder resultar el mejor ejemplo de lo que debía ser una de las integrantes de la Élite, pero me suponía un gran esfuerzo intentar estar perfecta.

—Baja el tono, America, o van a empezar a salirte arcoíris de los ojos. —Me encantaba la idea de que, pese a lo reciente que era nuestra amistad, Georgia supiera entenderme más allá de las apariencias.

Me reí, igual que Nicoletta.

—Tiene razón. Es verdad que se te ve algo excitada.

Suspiré, con una sonrisa.

—Lo siento. Hoy es uno de esos días en que me juego mucho.

Georgia me pasó un brazo sobre el hombro mientras nos adentrábamos en el salón.

—Después de todo lo que habéis pasado Maxon y tú, dudo mucho de que te mande a casa por lo que pueda pasar en una fiesta de tarde.

—No me refería a eso exactamente. Pero tendremos que hablar de ello más tarde —dije, girándome hacia ellas—. Ahora mismo, me iría muy bien que nos relacionáramos con el resto de los invitados. Cuando el ambiente esté más tranquilo, tendremos que mantener una charla bastante seria.

Nicoletta se quedó mirando a Georgia, y luego me miró a mí.

—¿Y qué me dices de esta amiga que tienes que presentarme?

—Que tiene un gran valor para mí. Te lo prometo. Te lo explicaré más tarde.

Por su parte, Georgia y Nicoletta me hicieron brillar como nunca. Nicoletta era una princesa, y posiblemente eso la convertía en la mejor invitada de la sala. En los ojos de Kriss vi que lamentaba no haber pensado en ello. Por supuesto, ella no tenía contacto directo con la realeza italiana, como yo. La propia Nicoletta me había dado un número de contacto para cuando la necesitara.

Nadie sabía quién era Georgia, pero después de oír mi planteamiento —ideado por Maxon personalmente— sobre combinar mi pasado y mi futuro, todos pensaron que la idea era espectacular.

Las invitadas de Elise eran predecibles. Potentes, pero nada que no se pudiera esperar. Dos primas muy distantes de Nueva Asia, en representación de sus vínculos con los líderes de la nación, la acompañaban ataviadas con sus vestidos tradicionales. Kriss había elegido a una profesora de la universidad en la que trabajaba su padre, y a su madre. Por mi parte, temblaba pensando en el momento en que mi familia se enterara. Cuando mamá o May se dieran cuenta de que habían perdido una ocasión de estar allí, estaba segura de que no tardarían en escribirme una carta para decirme lo desilusionadas que estaban.

Celeste, cumpliendo lo prometido, trajo a dos famosas de gran renombre: Tessa Tamble —que supuestamente había actuado en el último cumpleaños de Celeste— estaba allí, con un vestido muy corto pero glamuroso. Su otra invitada era Kirstie Summer, otra cantante, conocida sobre todo por sus conciertos surrealistas, que llevaba un vestido que más bien parecía un disfraz. Supuse que sería uno de los atuendos que solía llevar en sus conciertos, o algún vestido experimental en piel pintada. En cualquier caso, me sorprendió que hubiera podido pasar por la puerta, tanto por su atuendo como por el olor a alcohol que desprendía y que se notaba a medio metro de distancia.

—¡Nicoletta! —dijo la reina Amberly, acercándose a nosotras—. Qué alegría volver a verte.

Se besaron en las mejillas.

—La alegría es mía. Me hizo mucha ilusión recibir la invitación de America. En nuestra última visita nos lo pasamos de maravilla.

—Me alegro —respondió la reina—. Pero me temo que hoy va a ser algo más tranquilo.

—Eso no lo sé —respondió Nicoletta, señalando hacia el rincón donde estaban Kirstie y Tessa, hablando en voz alta—. Apuesto a que esas dos me van a proporcionar más de una anécdota que explicar cuando vuelva a casa.

Todas nos reímos, aunque noté cierta ansiedad en los ojos de la reina.

—Supongo que debería ir a presentarme.

—Hay que echarle voluntad —bromeé.

Ella sonrió.

—Por favor, poneos cómodas y disfrutad de la fiesta. America, espero que conozcas a gente nueva, pero, por favor, dedícales tiempo a tus amigas.

Asentí. La reina se fue a conocer a las invitadas de Celeste.

Tessa no tenía mal aspecto, pero Kirstie estaba toqueteando los canapés de una mesa, olisqueándolos uno tras otro. Decidí que no comería nada que hubiera estado cerca de ella.

Paseé la mirada por el salón. Todo el mundo parecía ocupado, comiendo o hablando, así que decidí que aquella era una buena ocasión.

—Seguidme —dije, dirigiéndome a una mesita en la parte de atrás.

Nos sentamos, y una criada nos trajo té. Cuando estuvimos solas, no esperé más y entré en materia.

—Georgia, en primer lugar, quería disculparme por lo de Micah.

—Siempre quiso ser un héroe —respondió ella, meneando la cabeza—. Todos aceptamos la posibilidad de... acabar así. Pero creo que estaba orgulloso.

—Aun así, lo siento mucho. ¿Hay algo que pueda hacer?

—No. Ya nos hemos ocupado de todo. Créeme, él no habría elegido otro final.

Pensé en aquel chico con cara de ratón. No había dudado en salir a dar la cara por mí, por todos nosotros. La valentía a veces se esconde en lugares insospechados.

Entonces pasé al tema que nos ocupaba.

—Como ves, Nicoletta es la princesa de Italia. Nos visitó hace unas semanas —dije, mirándolas a ambas—. En aquella ocasión me dejó claro que Italia querría ser aliada de Illéa si cambiaban ciertas cosas.

—¡America! —protestó Nicoletta en voz baja.

Levanté una mano.

—Confía en mí. Georgia es amiga mía, pero no la conozco de Carolina. Es una de los líderes de los rebeldes norteños.

Nicoletta, sentada en su silla, se puso rígida de repente. Georgia asintió con timidez, confirmando lo que acababa de decir.

—Vino en nuestra ayuda hace poco. Y perdió a un ser querido al hacerlo —expliqué.

Nicoletta apoyó una mano sobre la de Georgia.

—Lo siento —dijo, y se giró hacia mí, intrigada sobre el motivo de todo aquello.

—Lo que digamos aquí debe quedar entre nosotras, pero he

124

pensado que quizá podríamos hablar de cosas que podrían beneficiarnos a todas —añadí.

—¿Estáis pensando en derrocar al rey? —preguntó Nicoletta.

—No —la tranquilizó Georgia—. Lo que esperamos es alinearnos con Maxon, y trabajar por la eliminación de las castas. Quizá durante su reinado. Parece mucho más compasivo respecto a su pueblo.

—Lo es —confirmé yo.

—Entonces, ¿por qué atacáis el palacio? ¿Y toda esa gente? —replicó Nicoletta.

Negué con la cabeza.

—No son como los rebeldes sureños. Ellos no matan a nadie. A veces aplican la justicia como consideran...

—Hemos sacado a madres solteras de la cárcel, cosas así —explicó Georgia.

—Han entrado en palacio, pero nunca con la intención de matar —apunté yo.

Nicoletta soltó un suspiro.

—Eso no me preocupa demasiado, pero no tengo claro por qué quieres que los conozca.

—Yo tampoco —confesó Georgia.

Me tomé un respiro y proseguí:

—Los rebeldes sureños están volviéndose cada vez más agresivos. En los últimos meses, sus ataques han ido en aumento, no solo al palacio, sino por todo el país. Son implacables. Me preocupa, igual que a Maxon, que estén a punto de hacer algún movimiento del que no nos podamos recuperar. La idea de ir matando a gente de cada una de las castas a las que pertenecen las chicas de la Élite es bastante... drástica, y todos tememos que esos ataques crezcan.

—Ya lo han hecho —dijo Georgia, más para mí que para Nicoletta—. Cuando me invitaste, me alegré, porque al menos así podría darte más noticias. Los rebeldes sureños han pasado a atacar a los Treses.

Me llevé una mano a la boca. No me lo podía creer.

—¿Estás segura?

—Del todo —confirmó Georgia—. Ayer cambiaron de número.

Tras un momento de silencio, Nicoletta reaccionó, preocupada:

—¿Por qué lo hacen?

Georgia se giró hacia ella.

—Para asustar a la Élite y que abandonen; para asustar a la familia real en general. Deben de pensar que, si pueden evitar que la Selección llegue a su fin y consiguen aislar a Maxon, solo necesitarán librarse de él para tomar el control.

—Y eso es lo realmente preocupante. Si alcanzan el poder, Maxon no podrá ofreceros nada. Los rebeldes sureños solo oprimirían aún más al pueblo.

—Así pues, ¿qué propones? —preguntó Nicoletta.

Intenté moverme con cuidado ante el peligroso terreno que se abría ante mí:

—Georgia y los otros norteños tienen más posibilidades de detener a los rebeldes sureños que ninguno de los que estamos en palacio. Pueden ver más fácilmente sus movimientos y tienen ocasión de plantarles cara…, pero les falta entrenamiento y armas.

Ambas se quedaron esperando. No entendían qué quería decir.

—Maxon no puede pasarles dinero de palacio para ayudarlos a comprar armas —añadí, bajando la voz.

—Ya veo —dijo por fin Nicoletta.

—Queda claro que esas armas solo se usarían para detener a los sureños. Nunca contra un miembro del Gobierno o del Ejército —dije yo, mirando a Georgia.

—Eso no sería problema —respondió, y en sus ojos vi que lo decía de corazón.

Confiaba en ella. Si hubiera querido, podría haberme descubierto cuando me encontró en el bosque, o podía no haber salido en nuestra ayuda en el callejón. Pero ella nunca había querido hacerme daño.

Nicoletta movía los dedos de una mano sobre sus labios, pensando. Le estábamos pidiendo demasiado, pero no sabía qué otra cosa hacer.

—Si alguien se enterara… —dijo.

—Tienes razón. Eso lo he pensado. —Si el rey se enterara, desde luego no le bastaría con azotarme en público.

126

—Ojalá pudiéramos asegurarnos de no dejar rastro. —Nicoletta seguía jugueteando con los dedos.

—Al menos tendría que ser en efectivo —propuso Georgia—. Así sería más difícil seguirle el rastro.

Nicoletta asintió y posó una mano sobre la mesa.

—Dije que, si podía hacer algo por ti, lo haría. Nos iría bien tener un aliado poderoso. Si tu país cae, me temo que lo único que conseguiríamos es otro enemigo.

La miré con una sonrisa triste. Ella se giró hacia Georgia.

—Puedo conseguir el dinero hoy mismo, pero habría que cambiarlo.

—Nosotros podemos encargarnos —dijo Georgia con una sonrisa.

Mirando por encima de su hombro vi que se acercaba un fotógrafo. Cogí mi taza de té y susurré:

—¡Cámara!

—Y siempre he considerado que America era una dama. Creo que a veces se nos olvidan esas cosas porque vemos a las Cincos como intérpretes o cantantes, y a las Seis como amas de casa. Pero fijaos en la reina Amberly. Es mucho más que una Cuatro —observó Georgia.

Nicoletta y yo asentimos.

—Es una mujer increíble —dije—. Para mí es un privilegio vivir bajo el mismo techo que ella.

—¡A lo mejor acabas quedándote! —respondió Nicoletta, guiñándome el ojo.

—¡Sonrían, señoritas! —nos pidió el fotógrafo, y las tres le mostramos nuestras mejores sonrisas, esperando que ocultaran nuestro peligroso secreto.

Capítulo 18

Al día siguiente, sentí que no podía dejar de mirar hacia atrás por encima del hombro. Estaba segura de que alguien sabría lo que había dicho, lo que había ayudado a los rebeldes en solo una tarde. No obstante, no dejaba de recordarme que, si alguien lo hubiera oído, ya estaría arrestada. Y como en aquel momento seguía disfrutando de un magnífico desayuno con el resto de la Élite y con la familia real, tenía que convencerme de que todo iba bien. Además, Maxon me defendería si tuviera que hacerlo.

Tras el desayuno volví a mi habitación para retocarme el maquillaje. Mientras estaba en el baño, dándome otra capa de pintalabios, alguien llamó a la puerta. Solo estábamos Lucy y yo. Fue a ver quién era. Al cabo de un instante, asomó la cabeza por la puerta.

—Es el príncipe Maxon —me susurró.

—¿Está aquí? —pregunté, girándome de golpe.

Ella asintió, radiante.

—Y se acuerda de mi nombre.

—Claro que se acuerda —respondí con una sonrisa. Lo dejé todo y me pasé los dedos por el cabello—. Vamos. Y luego vete sin decir nada.

—Como desee, señorita.

Maxon estaba junto a la puerta, esperando a que le hiciera entrar, algo poco habitual en él. Tenía en la mano una cajita fina y tamborileaba los dedos sobre ella, nervioso.

—Siento interrumpir. ¿Tienes un momento?

—Por supuesto. Pasa —respondí, acercándome.

Nos sentamos en el borde de mi cama.

—Quería venir a verte a ti primero —dijo, acomodándose—. Quería explicártelo antes de que vieras presumir a las otras.

¿Explicármelo? Por algún motivo, aquellas palabras me pusieron a la defensiva. Si las otras iban a presumir de algo, es que se me iba a excluir de algo.

—¿Qué quieres decir? —reaccioné, y me di cuenta de que me estaba mordiendo el brillo de labios recién aplicado.

Maxon me pasó la cajita.

—Te lo aclararé, te lo prometo. Pero antes que nada, esto es para ti.

Cogí la cajita y presioné el botoncito que tenía delante para abrirla. Me daba la impresión de estar aspirando hasta el último gramo de aire de la habitación.

En el interior de la cajita había un impresionante par de pendientes y una pulsera a juego. El conjunto era precioso, con piedras azules y verdes formando un sutil diseño floral.

—Maxon, me encanta, pero no puedo aceptarlo. Es demasiado…, demasiado…

129

—Al contrario, tienes que aceptarlo. Es un regalo, y es tradición que lo lleves en el Día de las Sentencias.

—¿El qué?

—Silvia os lo explicará todo —dijo él, meneando la cabeza—. El caso es que es tradición que el príncipe le regale a cada miembro de la Élite una joya y que ella la lleve en la ceremonia. Habrá muchos cargos oficiales, y tendrás que ofrecer tu mejor imagen. Y, a diferencia de todas las joyas que has recibido hasta ahora, estas son de verdad y te las puedes quedar.

Sonreí. Estaba claro que no nos iban a dar joyas de verdad a todas. Me pregunté cuántas chicas se habrían llevado las suyas a casa, pensando que, si no habían conseguido a Maxon, al menos sí que se habían llevado algo de dinero en joyas.

—Son preciosas, Maxon. Me encantan. Gracias.

Él levantó un dedo.

—De nada. Y eso es en parte de lo que quería hablar. He escogido los regalos de cada una de vosotras personalmente, y he querido que todos fueran iguales. No obstante, sé que tú prefieres ponerte el collar de tu padre. Estoy seguro de que te resultará más cómodo, en una ceremonia tan grande como la del Día de las Sentencias. Así que, en lugar de los collares de las otras, tú tienes una pulsera.

Me cogió la mano y me la levantó.

—Y veo que aún le tienes cariño a tu botón. Me alegra ver que aún te gusta la pulsera que te traje de Nueva Asia, pero la verdad es que no son adecuados para la ocasión. Pruébate esto y veamos cómo te queda.

Me quité la pulsera de Maxon y la dejé en el borde de la mesilla. Pero el botón de Aspen lo metí en el frasco con el céntimo solitario. Me pareció que era el lugar que debía ocupar.

Volví a girarme y vi que Maxon miraba fijamente el frasco, con una mirada dura en los ojos. No obstante, enseguida sacó la pulsera del estuche. Sus dedos me rozaron la piel y, cuando apartó la mano, casi me quedo sin habla al ver lo bonita que era.

—Esperaba que te gustara. Pero eso es precisamente por lo que tengo que hablar contigo. Me propuse gastar la misma cantidad en cada una de vosotras. Quería ser justo.

Asentí. Me parecía razonable.

—El problema es que tienes unos gustos mucho más sencillos que las otras. Y tienes una pulsera en lugar de un collar. Acabé gastando la mitad en ti que en las demás, y quería que lo supieras antes de que vieras lo que les regalo a ellas. Y quería que supieras que se debe a que deseaba regalarte lo que me parecía que te gustaría más, no por tu casta ni por nada así —se sinceró.

—Gracias, Maxon. No querría que fuera de otro modo —respondí, apoyando una mano en su brazo.

Como siempre, parecía encantado de que le tocara.

—Eso me parecía. Gracias por decirlo. Tenía miedo de herir tus sentimientos.

—En absoluto.

Aquello le hizo sonreír con ganas.

—Por supuesto, para mí es importante ser justo, así que se me había ocurrido una cosa. —Se llevó la mano al bolsillo y sacó un sobre fino—. Quizá querrías enviarles la diferencia a tu familia.

—¿Lo dices en serio? —pregunté, sin poder apartar la mirada del sobre.

—Claro. Quiero ser imparcial, y he pensado que tal vez sería el mejor modo de resolver el problema. Y esperaba que eso te hiciera feliz.

Colocó el sobre en mis manos. Lo cogí, aún sorprendida.

—No tenías que hacerlo.

—Lo sé. Pero a veces es más importante lo que quieres hacer, no lo que tienes que hacer.

Nuestras miradas se cruzaron. Me di cuenta de que hacía muchas cosas por mí solo porque deseaba hacerlas: conseguirme unos pantalones cuando no me estaba permitido llevarlos, traerme una pulsera desde la otra punta del mundo…

Sin duda me quería. ¿No? ¿Y por qué no lo decía?

«Estamos solos, Maxon. Si me lo dices, yo también te lo diré.»

Nada.

—No sé cómo darte las gracias, Maxon.

—Me basta con oírtelo decir —dijo él, sonriendo, y se aclaró la garganta—. Siempre me gusta saber cómo te sientes.

Oh, no. Ni hablar. No iba a ser yo la primera que lo dijera.

—Bueno, me siento muy agradecida, como siempre.

Maxon suspiró.

—Me alegro de que te guste —dijo, y bajó la mirada a la alfombra, evidentemente insatisfecho—. Tengo que irme. Aún tengo que darles sus regalos a las otras.

Nos pusimos en pie los dos y le acompañé a la puerta. Antes de irse se giró y me besó en la mano. Se despidió con un gesto de la cabeza y desapareció por el pasillo, en busca de las otras chicas.

Volví a la cama y miré mis regalos. No podía creer que algo tan bonito fuera mío, para siempre. Me juré que, aunque volviera a casa y me quedara sin dinero y nos faltara de todo, nunca vendería aquellas joyas ni me separaría de ellas; tampoco de la pulsera que me había traído de Nueva Asia. Me aferraría a todo aquello pasara lo que pasara.

—El Día de las Sentencias es en realidad algo bastante sencillo —nos explicó Silvia la tarde del día siguiente, mientras nos dirigíamos al Gran Salón—. Es una de esas cosas que sue-

131

nan mucho más complicadas de lo que son. Se trata de algo más bien simbólico. Será un gran evento. Habrá varios magistrados, por no hablar de la familia real en pleno, y tantas cámaras que no sabréis adónde mirar.

Hasta el momento aquello no parecía nada sencillo. Dimos la vuelta a la esquina y Silvia abrió las puertas del Gran Salón de par en par. En el centro estaba la reina Amberly, dando instrucciones a unos hombres que iban colocando filas de sillas a modo de gradas. En otra esquina, alguien debatía sobre qué alfombra desenrollar, y dos floristas discutían sobre qué flores serían más apropiadas. Aparentemente, no les parecía adecuado mantener la decoración navideña. Estaban pasando tantas cosas a la vez que casi se me había olvidado de que se acercaba la Navidad.

Al fondo del salón estaban instalando un escenario con unas escaleras. En el centro habían situado tres tronos enormes. A nuestra derecha había cuatro pequeñas tarimas con un único asiento en cada una, bonitas pero aisladas. Solo con aquello el salón ya estaba decorado: no me imaginaba qué aspecto tendría una vez que acabaran de colocarlo todo.

—Majestad —saludó Silvia con una reverencia, y todas la imitamos.

La reina se nos acercó, con una sonrisa luminosa en el rostro.

—Hola, señoritas —dijo—. Silvia, ¿hasta dónde les has explicado?

—No mucho, majestad.

—Excelente. Dejadme que os explique vuestra próxima tarea en el proceso de la Selección —dijo, indicándonos que la siguiéramos—. El Día de las Sentencias está pensado como un símbolo de vuestro sometimiento a la ley. Solo una de vosotras se convertirá en princesa, y algún día en reina. La ley marca nuestro modo de vida, y será vuestro deber no solo vivir de acuerdo con ella, sino también defenderla. Y por eso —dijo, deteniéndose para mirarnos a la cara— empezaréis con las sentencias.

»Traerán a un hombre que haya cometido un delito, probablemente un ladrón. Hay casos que merecen latigazos, pero estos hombres serán condenados a penas de cárcel. Y seréis vosotras quienes los condenen.

La reina sonrió al ver nuestras caras de asombro.

—Ya sé que suena duro, pero no lo es. Todos estos hombres han cometido un delito y, en lugar de sufrir un castigo físico, pagarán su deuda con tiempo de reclusión. Ya habéis visto de primera mano lo dolorosa que puede ser una condena de azotes en público. Y los latigazos no son mucho mejor. Les vais a hacer un favor.

Aun así, a mí no me gustaba nada esa idea.

Los que robaban estaban arruinados. Los Doses y los Treses que infringían la ley pagaban sus condenas con dinero. Los pobres pagaban en carne o con tiempo. Recordé a Jemmy, el hermano pequeño de Aspen, apoyado en un bloque de piedra mientras le azotaban hasta arrancarle la piel de la espalda a tiras para cobrarse un puñado de comida que había robado. Aquello era horrible, pero, aun así, era mejor que encerrarlo en una cárcel. Su familia le necesitaba para que trabajara, por joven que fuera, y daba la impresión de que la gente de castas superiores se olvidaba de eso.

Silvia y la reina Amberly nos hicieron repasar la ceremonia una y otra vez hasta que nos aprendimos nuestro papel perfectamente. Yo intenté decir mis frases con la misma gracia que Elise o Kriss, pero no lo conseguía.

No quería mandar a un hombre a la cárcel.

Cuando nos dieron permiso para marcharnos, las otras chicas se dirigieron hacia la puerta, pero yo me fui hacia donde estaba la reina. Estaba acabando de charlar con Silvia. Debía de haber aprovechado aquel tiempo para pensar en algo más elocuente, pero, cuando Silvia se apartó y la reina me atendió, no pude más que rogarle:

—Por favor, no me obligue a hacer esto.

—¿Perdona?

—No tengo ningún problema en acatar la ley, lo juro. Y no intento poner problemas, pero no puedo mandar a un hombre a la cárcel. A mí no me ha hecho nada.

La reina alargó la mano y me tocó el rostro con suavidad.

—Es que sí que te lo ha hecho, cariño. Si llegas a ser princesa, serás la encarnación de la ley. Cada vez que alguien rompe la más pequeña de las normas, te está asestando una puñalada. El único modo de evitar el sangrado es plantar cara a los que ya te han hecho daño para que otros no se atrevan a hacerlo.

—¡Pero yo no soy la princesa! —le imploré—. ¡A mí nadie me está haciendo nada!

Ella sonrió y me miró a los ojos.

—Ahora no eres la princesa —susurró—, pero no me sorprendería que eso cambiara con el tiempo.

La reina Amberly dio un paso atrás y me guiñó el ojo.

Suspiré, cada vez más desesperada.

—Pues que me traigan a otra persona. No a un ladronzuelo de poca monta que probablemente robó algo porque tenía hambre. —El gesto de la reina se volvió rígido—. No quiero decir que esté bien robar. Sé que no lo está. Pero que me traigan a alguien que haya hecho algo realmente malo. Que me traigan a la persona que mató al guardia que consiguió meternos a Maxon y a mí en el refugio la última vez que vinieron los rebeldes. Esa persona debería pasar la vida entre rejas. Y no tendré ningún problema en decirlo. Pero no puedo hacerle esto a un pobre Siete hambriento. No puedo.

134

Era evidente que quería ser amable conmigo, pero también que no iba a cambiar de idea.

—Permíteme que sea muy directa, Lady America. De todas las chicas, tú eres la que más necesitas esto. La gente te ha visto salir corriendo para detener la ejecución de unos azotes, sugerir que hay que eliminar las castas en la televisión nacional y animar al pueblo a luchar cuando ven amenazadas sus vidas —dijo muy seria—. Yo no digo que todas esas cosas sean malas, pero a la mayoría le ha dado la impresión de que eres una indisciplinada.

Agité las manos, nerviosa, sabiendo que al final iba a tener que participar en el Día de las Sentencias dijera lo que dijera.

—Si quieres quedarte, si te importa Maxon —añadió, e hizo una pausa para que pudiera pensar lo que iba a responder—, es imprescindible que lo hagas. Tienes que demostrar que eres capaz de ser obediente.

—Lo soy. Pero es que no quiero mandar a nadie a la cárcel. Esa no es la función de una princesa. Ya se ocupan los jueces.

La reina Amberly me dio una palmadita en el hombro.

—Puedes hacerlo. Y lo harás. Si quieres a Maxon, tienes

que estar perfecta. Estoy segura de que entiendes que hay gente en tu contra.

Asentí.

—Pues hazlo.

Se alejó, dejándome sola en el Gran Salón. Me subí a mi asiento, que prácticamente era un trono, y repasé mis frases en un murmullo. Intenté convencerme de que aquello no era tan importante. La gente que infringía la ley acababa en la cárcel. No era algo tan extraño. Y yo tenía que estar perfecta.

No me quedaba más remedio.

135

Capítulo 19

*E*l Día de las Sentencias estaba de los nervios. Tenía miedo de tropezar o de olvidarme de lo que tenía que decir. O, peor aún, de fracasar. Lo único de lo que no tenía que preocuparme era de mi ropa. Mis doncellas tuvieron que hablar con el jefe de peluquería para hacerme algo adecuado para la ocasión, aunque quizá no lo definiría simplemente como «adecuado».

Siguiendo con la tradición, los vestidos eran todos blancos y dorados. El mío tenía la cintura alta y llevaba el hombro izquierdo descubierto, aunque sí tenía una pequeña tira en el hombro derecho que me cubría la cicatriz y al mismo tiempo creaba un efecto precioso. El top era ajustado, pero la falda era amplia y acariciaba el suelo con ondas de encaje dorado. Por detrás acababa en una cola corta que recogía los pliegues del tejido. Cuando me miré al espejo, fue la primera vez que me vi con aspecto de princesa.

Anne cogió la rama de olivo que debía llevar y me la puso sobre el brazo. La tradición decía que teníamos que poner las ramas de olivo a los pies del rey como señal de paz y como muestra de nuestra voluntad de acatar la ley.

—Está preciosa, señorita —dijo Lucy. Reparé en lo tranquila y confiada que se la veía últimamente.

Sonreí.

—Gracias. Ojalá pudierais estar las tres allí.

—Ojalá —respondió Mary con un suspiro.

Anne, siempre correcta, volvió a centrar la atención en mí:

—No se preocupe, señorita, lo hará perfectamente. Y nosotras estaremos mirando, con el resto del servicio.

—¿Ah, sí? —Aquello me animaba, aunque no fueran a estar en el salón.

—No nos lo perderíamos por nada del mundo —me aseguró Lucy.

Unos toques en la puerta interrumpieron nuestra conversación. Mary abrió. Era Aspen. Me alegré de verlo.

—He venido a escoltarla hasta el Salón de las Sentencias, Lady America —anunció.

—¿Qué le parece el vestido que hemos hecho, soldado Leger? —dijo de pronto Lucy.

Él sonrió.

—Se han superado una vez más.

Lucy soltó una risita nerviosa. Anne le chistó en voz baja para que se callara, mientras le hacía los últimos arreglos a mi peinado. Ahora que sabía lo que sentía Anne por Aspen, me resultaba evidente que intentaba mostrarse impecable delante de él.

Respiré hondo, recordando la cantidad de gente que me esperaba abajo.

—¿Lista? —preguntó Aspen.

Asentí, me coloqué bien la rama de olivo y me dirigí hacia la puerta, girándome una sola vez para ver las caras de felicidad de mis doncellas. Pasé la mano alrededor del brazo de Aspen y nos dirigimos al salón.

—¿Cómo va todo? —pregunté, por decir algo.

—No puedo creer que vayas a pasar por esto —me espetó él.

Tragué saliva, de pronto nerviosa otra vez.

—No tengo elección.

—Siempre hay elección, Mer.

—Aspen, tú sabes que a mí esto no me gusta. Pero en el fondo no es más que una persona. Y es culpable.

—Igual que los simpatizantes de los rebeldes a los que el rey degradó una casta. Igual que Marlee y Carter —dijo. Y no tuve que mirarle a la cara para ver lo disgustado que estaba.

—Eso era diferente —murmuré sin demasiada convicción.

Aspen se detuvo de golpe y me obligó a mirarle a la cara.

—Con él nunca es diferente.

Lo decía muy serio. Aspen sabía más que la mayoría, porque hacía guardia durante las reuniones y a veces entregaba mensajes en persona. Y ahora mismo estaba ocultándome algo.

—¿Es que no son ladrones? —pregunté en voz baja, mientras nos poníamos de nuevo en marcha.

—Sí, pero no se merecen los años de cárcel a los que van a ser sentenciados hoy. Y el mensaje a sus amigos va a quedar muy claro.

—¿Qué quieres decir?

—Son personas incómodas para él, Mer. Simpatizantes de los rebeldes, hombres que han manifestado con demasiada claridad lo tirano que es. Esto va a emitirse en todo el país. Todo ha de servir de advertencia para que la gente sepa lo que le pasa a cualquiera que se atreva a oponerse al rey. No es algo casual.

Separé mi brazo del suyo y le repliqué furiosa:

—Tú llevas aquí casi tanto tiempo como yo. En todo ese tiempo, ¿es que has dejado de comunicar alguna sentencia cuando te lo han ordenado?

—No, pero…

—Pues no me juzgues. Si no tiene ningún problema en meter a sus enemigos en la cárcel sin motivo, ¿qué crees que me hará a mí? ¡Me odia!

Aspen me miraba con ojos suplicantes.

—Mer, sé que da miedo, pero tienes…

Le interrumpí levantando la mano.

—Haz tu trabajo. Llévame abajo.

Tragó saliva, se giró y me volvió a tender el brazo. Se lo agarré y seguimos adelante en silencio.

A medio camino, mientras bajábamos las escaleras y el murmullo de voces se hacía cada vez más evidente, volvió a hablar:

—Siempre me pregunté si conseguirían cambiarte.

No respondí. ¿Qué iba a decirle?

En el gran vestíbulo, las otras chicas estaban repasando sus frases, con la vista perdida en la distancia. Me separé de Aspen y me fui con ellas.

Elise me había hablado tanto de su vestido que tenía la impresión de que no era la primera vez que lo veía. Era un diseño ajustado en el que se entretejían el dorado y el crema. Sus guantes, del color del oro, creaban un efecto espectacular. Las joyas que le había regalado Maxon tenían unas piedras oscuras y llamativas que resaltaban su lacia melena y sus ojos oscuros.

Kriss, una vez más, había conseguido adoptar un aire regio. Además, daba la impresión de que no le costaba esfuerzo alguno. El vestido ajustado por la cintura se abría hacia abajo en una falda amplia como una flor. Y el collar y los pendientes de Maxon tenían gemas iridiscentes, redondeadas y perfectas. Por un momento, lamenté que las mías fueran tan simples.

El vestido de Celeste…, bueno, desde luego causaría sensación. Tenía el escote algo abierto. Me pareció algo inapropiado para la ocasión. Al darse cuenta de que la miraba, frunció los labios y agitó los hombros, como lanzándome un beso.

Se me acercó, balanceando su rama de olivo a cada paso.

—¿Qué te pasa?

—Nada. No me encuentro muy bien, supongo.

—Ni se te ocurra vomitar —me ordenó—. Y sobre todo no lo hagas encima de mí.

—No vomitaré —le aseguré.

—¿Quién ha vomitado? —preguntó Kriss, uniéndose a la conversación.

Elise llegó tras ella.

—Nadie —dije—. Es solo que estoy cansada.

—Esto no durará mucho —apuntó Kriss.

«Durará una eternidad», pensé, mirándolas a la cara. Ahora las tenía al lado. ¿No habría hecho yo lo mismo por ellas? Quizá…

—¿A alguna de vosotras os parece bien hacer esto? —pregunté.

Todas se miraron entre sí, o al suelo, pero no respondieron.

—Bueno, pues no lo hagamos.

—¿Que no lo hagamos? —reaccionó Kriss—. America, es la tradición. Tenemos que hacerlo.

—No, no tenemos que hacerlo…, si todas decidimos que no lo hacemos.

—¿Y qué propones? ¿Nos negamos a entrar ahí? —preguntó Celeste.

—Es una opción.

—¿Quieres que nos sentemos ahí y no hagamos nada? —dijo Elise, que no parecía dar crédito.

—No lo he pensado. Lo que sí sé es que no creo que sea una buena idea.

Vi que Kriss estaba planteándoselo seriamente.

—¡Es un truco! —estalló Elise de pronto.

—¿Qué?

¿Cómo podía haber llegado a esa conclusión?

—Ella va la última. Si ninguna hacemos nada y luego le toca a ella, se mostrará obediente y nosotras tres quedaremos como unas idiotas —dijo, agitando la rama de olivo en un gesto acusatorio.

—¿America? —dijo Kriss, mirándome a los ojos, decepcionada.

—¡No, lo juro! ¡Ni se me pasa por la cabeza una idea así!

—¡Señoritas! —nos reprendió Silvia. Nos giramos hacia ella, que nos estaba fulminando con la mirada—. Entiendo que estén nerviosas, pero no hay motivo para gritar.

Nos miramos, mientras las otras decidían si secundarme o no.

140

—Muy bien —ordenó Silvia—. Elise, tú serás la primera, tal como ensayamos. Celeste y Kriss, vosotras iréis detrás; America, tú serás la última. Una a una, llevad vuestra rama hasta la alfombra roja y ponedla a los pies del rey. Luego volved atrás y ocupad vuestro sitio. El rey dirá unas palabras. Entonces, empezará la ceremonia.

Se dirigió a algo que parecía una cajita sobre un soporte y la giró. Era un monitor de televisión, donde se veía todo lo que ocurría en el Gran Salón. Era imponente. Una alfombra roja dividía la estancia en dos. A un lado, estaban las gradas para la prensa y los invitados; al otro, un asiento para cada una de nosotras. Al fondo estaban los tronos, esperando la llegada de la familia real.

Mientras observábamos, se abrió una puerta lateral y entraron el rey, la reina y Maxon, entre los aplausos y las fanfarrias. Una vez que estuvieron sentados, sonó una melodía más lenta y digna.

—Ya está. Venga, cabezas en alto —dijo Silvia.

Elise me lanzó una mirada penetrante y empezó a caminar. A la música se unió el sonido de cientos de cámaras que la fotografiaban. Aquello creaba una banda sonora de lo más peculiar. Lo hizo estupendamente, tal como pudimos ver en el monitor de Silvia. Celeste fue la siguiente: se alisó el cabello y salió tras ella. Y luego Kriss, que recorrió la alfombra con una sonrisa absolutamente natural.

—America —susurró Silvia—. Te toca.

Intenté que la preocupación que sentía no se viera en mi rostro y concentrarme en lo positivo de todo aquello, pero me di cuenta de que no tenía nada de bueno. Estaba a punto de aniquilar parte de mi ser castigando a alguien mucho más de lo que se merecía y, al mismo tiempo, dándole al rey lo que quería.

Las cámaras sonaron, los flashes se dispararon y la gente murmuró sus cumplidos mientras yo avanzaba en silencio hacia la familia real. Mis ojos se encontraron con los de Maxon, que era la viva imagen de la calma. ¿Serían los años de disciplina o la felicidad? Su expresión era tranquila, pero estaba segura de que percibía la ansiedad en mi mirada. Vi el lugar asignado para dejar mi rama de olivo e hice una reverencia antes de colocar mi ofrenda a los pies del rey, aunque no pude mirarle a los ojos.

Justo en cuanto llegué a mi lugar, la música cesó. El rey Clarkson dio unos pasos y se situó al borde del estrado, con las ramas de olivo a sus pies.

—Damas y caballeros de Illéa, hoy las preciosas jóvenes finalistas de la Selección se presentan ante nosotros y ante la ley. Nuestra gran ley, que es la que mantiene al país unido, que asegura la paz de la que disfrutamos desde hace tanto tiempo.

«¿Paz? ¿Estás de broma?», pensé.

—Una de estas jóvenes se presentará muy pronto ante todos ustedes no ya como plebeya, sino como princesa. Como miembro de la familia real, será su obligación defender lo correcto, y no en beneficio suyo, sino del pueblo.

¿Cómo iba a hacerlo?

—Por favor, aplaudan conmigo su humildad y su sumisión ante la ley, y también su coraje al defenderla.

El rey se puso a aplaudir. Y todos los allí presentes se unieron a él. El aplauso continuó mientras se retiraba. Miré a las chicas. La única cara que pude ver bien fue la de Kriss, que se encogió de hombros y esbozó una media sonrisa, antes de volver a mirar adelante y erguirse.

141

Un guardia junto a la puerta tocó la corneta.

—Llamamos a presentarse ante sus majestades el rey Clarkson, la reina Amberly y su alteza el príncipe Maxon al delincuente Jacob Digger.

Lentamente, y desde luego sobrecogido por aquel espectáculo, el hombre entró en el Gran Salón. Llevaba esposas en las muñecas y se encogía ante los flashes de las cámaras. Asustado, se situó ante Elise. Yo no podía verla a ella muy bien sin echar el cuerpo adelante, así que me giré un poco para escuchar las frases que todas debíamos pronunciar.

—Jacob, ¿por qué delito se te condena? —preguntó con un tono seguro, nada habitual en ella.

—Robo, mi señora —respondió él, sumiso.

—¿Y qué sentencia has de cumplir?

—Doce años, mi señora.

Lentamente, con disimulo, Kriss me miró. Sin apenas cambiar su expresión, me preguntó qué estaba pasando. Yo asentí.

Era un ladrón de poca monta. O eso nos habían dicho. Si era cierto, aquel hombre habría sido azotado en la plaza del pueblo o, de haberlo enviado a la cárcel, sería para dos o tres años como mucho. O sea, que la presencia allí de Jacob confirmaba mis temores.

Miré al rey de soslayo. Era evidente que disfrutaba con aquello. Fuera quien fuera aquel hombre, no era un simple ladrón. El rey estaba deleitándose hundiéndolo.

Elise se puso en pie y se acercó a Jacob. Le apoyó la mano en el hombro. Él no le había mirado a los ojos hasta aquel momento.

—Ve, súbdito fiel, y paga tu deuda para con el rey —dijo ella, haciéndose oír en el silencio del salón.

Jacob asintió. Miró al rey. Era evidente que habría querido hacer algo, debatirse o protestar, pero no lo hizo. Tenía claro que algún otro podría pagar por cualquier error que cometiera en aquel momento. Jacob se puso en pie y salió del salón, mientras el público aplaudía.

Al hombre que llegó después le costaba moverse. Al girar para avanzar por la alfombra en dirección a Celeste, trastabilló y se cayó. Toda la sala contuvo el aire, pero, antes de que pudiera darles pena, dos guardias acudieron a levantarlo y lo llevaron frente a Celeste. Ella no habló con su seguridad habitual cuando ordenó que el hombre pagara su deuda. Eso había que reconocérselo.

Kriss aguantó el tipo como siempre mientras se acercaba el condenado. Era más joven, de nuestra edad, más o menos. Caminaba con paso firme, casi con decisión. Cuando se giró hacia Kriss, observé que llevaba un tatuaje en el cuello. Parecía una cruz, aunque no se la habían hecho muy bien.

Kriss dijo sus frases igual de bien. Cualquiera que no la conociera no habría podido notar la mínima pena en su voz. Los presentes aplaudieron. Ella volvió a sentarse, con esa sonrisa suya tan brillante.

El guardia llamó al siguiente: Adam Carver. Era mi turno. Adam, Adam, Adam. Tenía que recordar su nombre. Porque tenía que hacerlo, ¿no? Las otras chicas lo habían hecho. Maxon quizá me perdonara si no lo hacía. Además, al rey nunca le caería bien, pasara lo que pasara. Sin embargo, desde luego que perdería el apoyo de la reina, y eso sí que no podía permitírmelo. Si quería tener la mínima oportunidad, tenía que cumplir con mi papel.

Adam era mayor, quizá de la edad de mi padre. Tenía algún problema en la pierna. No se cayó, pero tardó tanto en llegar hasta mí que me lo hizo pasar aún peor. No veía el momento de acabar con aquello.

El hombre se arrodilló ante mí. Me concentré en lo que tenía que decir.

—Adam, ¿por qué delito se te condena?

—Por robo, mi señora.

—¿Y qué sentencia has de cumplir?

—Cadena perpetua —respondió él, casi sin voz.

Un murmullo se extendió por la sala. Algunos pensaron que no habían oído bien.

Aunque odiaba apartarme del guion, yo también necesitaba corroborar que lo había escuchado bien.

—¿Qué sentencia has dicho?

—Cadena perpetua, mi señora —repitió, al borde del llanto.

Eché una mirada a Maxon, que parecía incómodo. Le miré rogándole que me ayudara. Sin embargo, con la mirada, él solo podía disculparse, pero no podía hacer nada por mí.

143

Antes de centrarme otra vez en Adam, la vista se me fue al rey, que se había movido en el trono, expectante. Vi que se pasaba la mano por la boca, como para ocultar su sonrisa.

Me había tendido una trampa.

Quizá sospechaba que odiaría aquella parte de la Selección. Lo había planeado todo para mostrarme al público como una indisciplinada. Podía aceptarlo, pero ¿qué tipo de persona sería yo si mandaba a un hombre a la cárcel de por vida? Nadie podría quererme.

—Adam —dije en voz baja. Él levantó la vista, a punto de echarse a llorar. En la sala, se hizo el silencio más absoluto—. ¿Cuánto robaste?

—Algo de ropa para mis hijas.

—Pero no se trata de eso, ¿verdad? —dije, sin perder tiempo.

Él asintió con un movimiento tan imperceptible que apenas pude verlo.

No podía hacerlo. No podía. Pero tenía que hacer algo.

La idea me vino de pronto. Era la única salida. No estaba segura de que aquello le diera a Adam la libertad, e intenté no pensar en lo triste que sería para mí. Pero era lo correcto. Tenía que hacerlo.

144

Me puse en pie y me acerqué a Adam. Lo toqué en el hombro. Él se encogió, esperando que le mandara a la cárcel.

—Ponte en pie —dije.

Adam me miró, confuso.

—Por favor —insistí, y le cogí sus manos esposadas para que me siguiera.

Adam caminó a mi lado por la alfombra, hasta la tarima donde estaba la familia real. Cuando llegué a las escaleras, me giré hacia él y suspiré. Me quité uno de los preciosos pendientes que Maxon me había dado, luego el otro. Los coloqué en las manos de Adam, que estaba estupefacto. Luego le puse mi preciosa pulsera. Y entonces —porque, si iba a hacer aquello, no quería dejarme nada—, me llevé las manos a la nuca y me desabroché el collar del ruiseñor, el que me había dado mi padre. Esperaba que estuviera viéndolo y que no me odiara por desprenderme de él. Después de colocárselo a Adam en las manos, le cerré los dedos para que no se le cayeran las joyas. Me hice a un lado, dejándolo justo frente al rey Clarkson.

—Ve, súbdito fiel, y paga tu deuda para con el rey —dije, señalando hacia los tronos.

Se oyeron murmullos y expresiones de asombro entre el público, pero hice caso omiso. Lo único que veía era la expresión de amargura en la cara del rey. Si quería jugar conmigo, yo estaba dispuesta a responder.

Adam subió los escalones lentamente. En sus ojos, vi mezclada la alegría y el miedo. Al acercarse al rey, cayó de rodillas y le mostró las manos, llenas de joyas.

El rey Clarkson me lanzó una mirada furiosa, dejando claro que aquello no acababa allí, pero luego tendió la mano y cogió las joyas de las manos de Adam.

El público estalló en gritos de alegría. Cuando volví atrás, vi que las otras chicas no sabían muy bien qué cara poner. Adam se retiró del estrado rápidamente, quizá temeroso de que el rey cambiara de opinión. Yo esperaba que, con tantas cámaras delante y tantos periodistas tomando nota, alguien siguiera a Adam y se asegurara de que volvía a casa. Cuando pasó de nuevo a mi lado intentó abrazarme, aún con las esposas puestas. Lloró y me bendijo. Abandonó el salón convertido en el hombre más feliz del mundo.

145

Capítulo 20

La familia real salió por la puerta lateral. Las chicas y yo, por donde habíamos entrado, mientras las cámaras seguían grabando y el público aplaudía.

Silvia nos recibió con una mirada fulminante. Era como si estuviera haciendo un esfuerzo sobrehumano para no estrangularme. Giró la esquina y nos condujo a una pequeña salita.

—Entrad —ordenó, como si no pudiera pronunciar una palabra más. Cerró las puertas, dejándonos allí solas.

—¿Es que siempre tienes que ser el centro de atención? —me espetó Elise.

—No he hecho nada más que lo que os he pedido que hicierais vosotras. ¡Eras tú la que no me creías!

—Te quieres hacer la santa, y esos hombres eran delincuentes. No estamos haciendo nada que no hubiera hecho un juez; la única diferencia son los vestidos bonitos.

—Elise, ¿has visto a esos hombres? Algunos estaban enfermos. ¡Y las sentencias que les han dictado son exageradamente largas! —imploré.

—Tiene razón —dijo Kriss—. ¿Cadena perpetua por un robo? Si no se ha llevado el palacio entero, ¿qué es lo que habrá tenido que robar para que le apliquen esa condena?

—Nada —solté yo—. Cogió algo de ropa para su familia. Mirad, chicas, vosotras tenéis suerte. Nacisteis en castas altas. Cuando eres de una casta baja y pierdes a la persona que trae el sustento a la familia…, las cosas no van bien. No podía enviarlo a la cárcel para toda la vida y sentenciar al mismo tiempo a su familia a convertirse en Ochos. No podía.

—¿Dónde está tu orgullo, America? —insistió Elise—. ¿Y tu sentido del deber y del honor? No eres más que una chica; ni siquiera eres princesa. Y si lo fueras, no se te permitiría tomar decisiones así. ¡Estás aquí para obedecer las normas del rey! ¡Y nunca lo has hecho, desde el día en que llegaste!

—¡A lo mejor las normas del rey no están bien! —respondí, a voz en grito, quizás en el peor momento posible.

Las puertas se abrieron de par en par y el rey entró hecho una furia. La reina y Maxon esperaban en el pasillo. Me agarró del brazo con fuerza —por suerte no el de la herida— y me sacó de la habitación a rastras.

—¿Adónde me lleva? —pregunté, con la voz entrecortada por el miedo.

No respondió.

Miré por detrás del hombro a las chicas, mientras el rey tiraba de mí por el pasillo. Celeste se agarró el cuerpo con los brazos. Elise le cogió la mano a Kriss, porque, pese a su enfado, no quería verme así.

—Clarkson, no te precipites —le rogó la reina.

Dimos la vuelta a la esquina y me metió en una sala. La reina y Maxon aparecieron un momento después, mientras el rey me empujaba, haciéndome sentar en un pequeño sofá.

—Siéntate —ordenó, aunque ya no hacía falta. Se puso a caminar arriba y abajo, como un león enjaulado. Cuando paró, se dirigió a Maxon.

—¡Me lo juraste! —le gritó—. Dijiste que estaba controlada. Primero la salida de tono en el *Report*. Luego casi consigues que te maten…, ¿y ahora esto? Esto se acaba hoy mismo, Maxon.

—Padre, ¿y los vítores? La gente aprecia su compasión. Ahora mismo es nuestro mayor activo.

—¿Cómo dices? —respondió su padre, gélido como un iceberg.

Maxon se quedó sin habla un momento, pero luego prosiguió:

—Cuando sugirió que la gente se defendiera, el público respondió positivamente. Me atrevería a decir que eso ha evitado que haya aún más muertos. ¿Y esto? Padre, yo no podría mandar a un hombre a cadena perpetua por lo que se supone

147

que es un delito menor. ¿Cómo puede esperar que lo haga alguien que probablemente ha visto a más de un amigo suyo azotado por menos que eso? Es un soplo de aire fresco. La mayoría de la población es de las castas más bajas, y se siente identificada con ella.

El rey sacudió la cabeza y se puso a caminar arriba y abajo otra vez.

—Le dejé quedarse porque te salvó la vida. Tú eres mi mejor activo, no ella. Si te perdemos a ti, lo perdemos todo. Y no hablo simplemente de que mueras. Si no te comprometes con esta vida, si te dispersas, todo se vendrá abajo —dijo, señalando con los brazos a su alrededor—. Te están lavando el cerebro —añadió el rey—. Estás cambiando día a día. Estas chicas no valen para nada. Y esta menos que ninguna.

—Clarkson, quizá… —quiso decir la reina, pero él la hizo callar con una mirada.

Se giró hacia Maxon.

—Tengo una propuesta que hacerte

—No me interesa —respondió él.

El rey levantó los brazos, como para indicarle que no tenía nada que temer.

—Escúchame.

Maxon suspiró.

—Estas chicas han sido un desastre. Ni siquiera los contactos con Asia me han servido de nada. La Dos está demasiado pendiente de ser famosa; y la otra, bueno, no es de lo peor, pero en mi opinión tampoco vale lo suficiente. Esta —dijo, señalándome a mí—, aunque tuviera algún valor, lo echa todo a perder con su incapacidad para contenerse. Todo ha ido terriblemente mal. Y te conozco. Sé que tienes miedo de hacer algo de lo que puedas arrepentirte, así que esto es lo que pienso…

Me quedé mirando al rey mientras caminaba alrededor de Maxon.

—Pongamos fin a todo esto. Despidamos a todas las chicas.

Maxon abrió la boca para protestar, pero su padre levantó una mano.

—No estoy sugiriendo que te quedes soltero. Aún tenemos los datos de las chicas aptas para la Selección de todo el país. ¿No te gustaría escoger a unas cuantas chicas e invitarlas a palacio? Tal vez encontrarías a alguna que se parezca a la hija del rey de Francia. ¿Te acuerdas de cómo te gustaba?

Bajé la mirada. Maxon nunca había mencionado a aquella princesa francesa.

Me sentí como si alguien estuviera haciéndome saltar esquirlas del corazón con un escoplo.

—Padre, no podría.

—Oh, claro que sí. Eres el príncipe. Y creo que hemos tenido bastantes pruebas de que estas chicas no son aptas. Esta vez podrías elegir tú mismo.

Volví a levantar la mirada. Maxon tenía la vista fija en el suelo. Era evidente que estaba debatiéndose.

—Esto podría incluso calmar a los rebeldes temporalmente. ¡Piénsalo! —añadió el rey—. Enviamos a estas chicas a casa y esperamos unos días, como si diéramos por cancelada la Selección. Luego traemos a un nuevo grupo de mujeres educadas, agradables y encantadoras... Eso podría cambiar muchas cosas.

Maxon intentó decir algo, pero volvió a cerrar la boca.

—En cualquier caso, deberías preguntarte si esta —dijo, señalándome de nuevo— es una persona con la que podrías pasar toda tu vida. Teatral, egoísta, interesada en el dinero y, para ser honesto, muy simplona. Mírala bien, hijo.

Los ojos de Maxon fueron a cruzarse con los míos. Nos miramos un segundo, y luego tuve que apartar la mirada, humillada.

—Te daré unos días. Ahora hemos de enfrentarnos a la prensa. Amberly.

La reina fue a su lado de inmediato y lo tomó del brazo. No sabíamos qué decir.

Tras un breve instante, Maxon se acercó y me ayudó a ponerme en pie.

—Gracias.

Él se limitó a asentir.

—Probablemente debería ir con ellos. Seguro que también tienen preguntas para mí.

—Esa es una oferta bastante buena —comenté.

—Probablemente la más generosa que ha hecho nunca.

No quería saber si se planteaba aquello en serio. No había

149

nada más que decir, así que pasé a su lado y volví a mi habitación, esperando poder superar todos aquellos sentimientos.

Mis doncellas me informaron de que la cena se serviría en las habitaciones. Cuando vieron que no tenía ánimos ni de hablar con ellas, se excusaron hábilmente y desaparecieron. Me quedé tendida en la cama, perdida en mis pensamientos.

Había hecho lo correcto, ¿no? Creía en la justicia, pero el Día de las Sentencias no tenía nada que ver con ella. Aun así, no dejaba de preguntarme si habría conseguido algo. Si aquel hombre era enemigo del rey por algún motivo, lo cual era probable, seguramente acabarían castigándolo de otro modo. ¿Sería todo en balde?

Por otro lado, y por frívolo que resultara en comparación con todo lo demás, no podía dejar de pensar en aquella chica francesa. ¿Por qué no me había hablado Maxon de ella? ¿Habría venido mucho a palacio? ¿Por qué iba él a mantenerlo en secreto?

Oí que llamaban a la puerta y supuse que sería la comida, aunque me pareció un poco pronto.

—Adelante —dije, sin ánimo de levantarme de la cama.

Se abrió la puerta y apareció la oscura melena de Celeste.

—¿Te apetece un poco de compañía? —preguntó.

Kriss asomó tras ella, y luego vi el brazo de Elise detrás.

—Claro —dije, irguiéndome.

Entraron y dejaron la puerta abierta. Celeste, que no dejaba de sorprenderme cada vez que sonreía tan abiertamente, se subió a mi cama sin preguntar siquiera. No es que me importara. Kriss también lo hizo, sentándose más cerca de mis pies. Elise se situó en el borde, tan elegante como siempre.

Kriss me preguntó suavemente lo que estaba segura de que todas se preguntaban:

—¿Te ha hecho daño?

—No —dije, pero entonces me di cuenta de que aquello no era cierto del todo—. No me ha pegado ni nada; solo ha tirado de mí con cierta violencia.

—¿Qué te ha dicho? —preguntó Elise, jugueteando nerviosamente con el borde de su vestido.

150

—No le ha gustado nada mi salida de tono. Si fuera por él, yo ya estaría fuera hace tiempo.

—Pero no depende de él —respondió Celeste, tocándome el brazo—. A Maxon le gustas, y también al pueblo.

—No sé si con eso es suficiente —dije. Y añadí mentalmente: «para ninguna de nosotras».

—Siento haberte gritado —se disculpó Elise, bajando la voz—. Es muy frustrante. Me esfuerzo mucho por mostrarme segura, pero tengo la sensación de que nada de lo que hago importa. Todas me eclipsáis.

—Eso no es cierto —protestó Kriss—. Ahora mismo todas significamos algo para Maxon. Si no, no estaríamos aquí.

—Tiene miedo de llegar a quedarse con tres —rebatió Elise—. Se supone que cuando queden tres tiene que elegir en los cuatro días siguientes, ¿no? Me retiene aquí para evitar tomar esa decisión.

—¿Quién dice que no es a mí a quien retiene para no decidirse? —sugirió Celeste.

—Escuchad —las interrumpí—. Después de lo de hoy, es más que probable que sea yo la primera que se vaya. Tenía que ocurrir, antes o después. Sencillamente, no estoy hecha para esto.

Kriss soltó una risita.

—Ninguna de nosotras es una Amberly, ¿no?

—A mí me gusta demasiado impresionar a la gente —confesó Celeste con una sonrisa.

—Y yo preferiría esconderme que hacer la mitad de las cosas que tiene que hacer ella —dijo Elise, bajando la cabeza.

—Yo soy demasiado indómita —reconocí, encogiéndome de hombros.

—Y yo nunca tendré la confianza que tiene ella —lamentó Kriss.

—Bueno, pues sí que vamos bien… Pero Maxon tiene que escoger a una de nosotras, así que no sirve de nada preocuparse —decidió Celeste, jugueteando con la manta—. Pero creo que podemos estar seguras de que cualquiera de vosotras sería mejor opción que yo.

Tras un silencio incómodo, Kriss preguntó:

—¿Qué quieres decir?

151

Celeste la miró a los ojos.

—Tú lo sabes. Todo el mundo lo sabe. —Respiró hondo y continuó—. Esto ya lo he hablado con America, más o menos, y se lo confesé a mis doncellas el otro día, pero con vosotras nunca me he disculpado.

Kriss y Elise intercambiaron una mirada, antes de volver a centrarse en Celeste.

—Kriss, te agüé la fiesta de cumpleaños —explicó—. Tú eres la única que ha podido celebrarlo en el palacio, y yo te robé el protagonismo. Lo siento muchísimo.

—Al final salió bien —respondió Kriss, encogiéndose de hombros—. Maxon y yo tuvimos una conversación estupenda gracias a ti. Hace tiempo que te perdoné por eso.

Celeste daba la impresión de que podía echarse a llorar en cualquier momento, pero apretó los labios y forzó una sonrisa.

—Eso es muy generoso, teniendo en cuenta que me ha costado mucho perdonarme a mí misma —dijo, pasándose un dedo por las pestañas—. No sabía cómo llamar su atención, así que te lo quité de las manos.

Kriss respiró hondo.

—En aquel momento me sentí fatal, pero no pasa nada. Estoy bien. Al menos no fue como lo de Anna.

Celeste puso la mirada en el cielo.

—No me hables de eso. A veces me pregunto hasta dónde habría llegado si yo no... —Meneó la cabeza y miró a Elise—. Y no sé si podrás perdonarme nunca todas las cosas que te he hecho. Incluso las que no sabes que te hice yo.

Elise, siempre impecable, no explotó como podría haberlo hecho yo en su lugar.

—¿Quieres decir lo de los cristales en los zapatos, lo de los vestidos rotos de mi armario y lo de la lejía en mi champú?

—¡Lejía! —exclamé asombrada.

La expresión abatida de Celeste me lo confirmó.

Elise asintió.

—Una mañana no pude asistir a la Sala de las Mujeres porque mis doncellas tuvieron que volver a teñirme. —Se giró hacia Celeste—. Sabía que habías sido tú —confesó sin inmutarse.

Celeste dejó caer la cabeza, mortificada.

—No hablabas, no hacías nada… A mi modo de ver, eras el blanco más fácil. Me sorprendió que no te vinieras abajo.

—Nunca deshonraría a mi familia abandonando —respondió Elise. Me encantaba su firmeza de carácter, aunque no la entendía del todo.

—Deberían estar orgullosos de todo lo que has soportado. Si mis padres tuvieran idea de lo bajo que he caído… No sé qué dirían. Si los reyes lo supieran, estoy segura de que ya me habrían echado. No estoy a la altura —dijo por fin, desnudándose ante nosotras.

Eché el cuerpo adelante y apoyé mis manos en las suyas.

—Creo que este cambio de actitud demuestra otra cosa completamente diferente, Celeste.

Ella ladeó la cabeza y esbozó una sonrisa triste.

—En cualquier caso, no creo que me quiera. Y, aunque lo hiciera —dijo, retirando las manos para arreglarse el maquillaje—, alguien me ha recordado recientemente que no necesito un hombre para conseguir lo que quiero de la vida.

Compartimos una sonrisa cómplice, antes de que volviera a mirar a Elise.

—No sé ni cómo disculparme por todo lo que te he hecho, pero necesito que sepas que lo lamento mucho. Lo siento, Elise.

Ella no cedió; se quedó mirando a Celeste. Me preparé para su respuesta airada, ahora que tenía por fin a Celeste a su merced.

—Podría decírselo. America y Kriss serían testigos, y Maxon tendría que enviarte a casa.

Celeste tragó saliva. ¡Qué humillante sería tener que irse de aquella manera!

—Pero no lo haré —decidió Elise—. Nunca condicionaría a Maxon y, gane o pierda, quiero hacerlo con integridad. Así que pasemos página.

No era una declaración de perdón en toda regla, pero era mucho más de lo que se esperaba Celeste. Hizo lo que pudo por mantener la compostura, asintió y le dio las gracias a Elise con un susurro.

—Bueno —dijo Kriss, intentando cambiar de tema—. En fin… Yo tampoco quería chivarme, Celeste, pero… no pensaba que esa decisión fuera un acto de honor —apuntó, girándose hacia Elise, pensando en lo que acababa de oír.

—Yo siempre tengo presentes esas cosas —confesó Elise—. Y las respeto siempre que puedo, especialmente porque, si no gano, será una vergüenza para mi familia.

—¿Cómo puede ser que te sientas responsable si no eres tú la elegida? —preguntó Kriss, acomodándose sobre la cama—. ¿Por qué iba a ser eso motivo de vergüenza?

Elise se giró un poco más y se explicó, pasando de un tema a otro.

—Por eso de los matrimonios concertados. Las mejores chicas consiguen a los mejores hombres, y viceversa. Maxon es el súmmum de la perfección. Si pierdo, significa que no era lo suficientemente buena. Mi familia no pensará en los sentimientos, que es lo que a Maxon le hará decantarse por una o por otra. Lo analizarán lógicamente. Mi origen, mi talento... Me educaron para ser digna de lo mejor, así que, si no lo soy, ¿quién me querrá cuando salga de aquí?

Yo había pensado un millón de veces en cómo me cambiaría la vida si ganaba o si perdía, pero nunca me había planteado qué significaría para las demás. Después de todo lo sucedido con Celeste, quizá debería haberlo hecho.

Kriss apoyó una mano sobre la de Elise.

—Casi todas las chicas que han vuelto a casa ya están comprometidas con unos hombres estupendos. Formar parte de la Selección ya te convierte en algo especial. Y al menos has llegado a ser una de las cuatro finalistas de la Élite. Créeme, Elise: los chicos harán cola frente a tu casa.

Ella sonrió.

—No necesito una cola. Solo necesito a uno.

—Bueno, todas necesitamos una cola —dijo Celeste, haciéndonos sonreír a todas, incluso a Elise.

—Yo preferiría un puñado —matizó Kriss—. Una cola me impondría un poco.

Entonces me miraron a mí.

—A mí me basta con uno.

—Estás loca —decidió Celeste.

Hablamos un rato sobre Maxon, acerca de nuestras casas y nuestras esperanzas. En realidad, nunca habíamos hablado así, sin ningún tipo de barrera entre nosotras. Kriss y yo habíamos intentado hacerlo, ser honestas y francas sobre la competición;

154

pero, ahora que podíamos hablar tranquilamente sobre la vida, estaba convencida de que nuestra amistad perviviría con el tiempo. Elise era una sorpresa, pero el hecho de que tuviera una perspectiva tan diferente a la mía me hacía pensar en las cosas desde otra perspectiva.

Y la carga de profundidad: Celeste. Si alguien me hubiera dicho que aquella morenita que caminaba con aquellos tacones altos y aquel aire amenazante en el aeropuerto el primer día iba a ser la chica con quien más a gusto estaba en aquel mismo momento, me habría reído en su cara. Aquello me habría resultado casi tan increíble como el hecho de que aún siguiera ahí, convertida en una de las finalistas, con el corazón partido por lo cerca que estaba de perder a Maxon.

A medida que hablábamos vi que las otras la iban aceptando tan abiertamente como yo. Incluso tenía un aspecto diferente, ahora que se había quitado de encima el peso de sus secretos. Celeste había sido educada para hacer gala de una belleza muy concreta, basada en ocultar cosas, en presentar las cosas a su manera y en procurar estar perfecta en todo momento. Pero hay otro tipo de belleza procedente de la humildad y la honestidad. Esa era la que lucía en aquel momento.

Maxon debió de acercarse muy silenciosamente. Cuando me di cuenta de que estaba allí, debía de llevar ya un rato. Fue Elise la primera en verle en el umbral y ponerse rígida.

—Alteza —saludó, inclinando la cabeza.

Todas miramos hacia allí, seguras de que la habíamos entendido mal.

—Señoritas. —Nos devolvió el saludo—. No quería interrumpiros. Creo que acabo de estropear la reunión.

Nos miramos entre nosotras. Seguro que no era la única que pensaba: «No, has hecho algo realmente asombroso».

—No pasa nada —dije.

—Bueno, siento interrumpiros. Pero necesito hablar con America. A solas.

Celeste suspiró y se dispuso a levantarse, girándose para guiñarme un ojo antes de ponerse en pie. Elise saltó como un resorte, y Kriss la siguió, apretándome ligeramente la pierna en el momento en que saltaba de la cama. Elise le hizo una reverencia a Maxon al salir, y Kriss se paró a alisarle la solapa.

Celeste se acercó, decidida como nunca, y le susurró algo al oído a Maxon.

Cuando acabó, él sonrió.

—No creo que eso sea necesario.

—Bien —respondió ella, cerrando la puerta al salir.

Me puse en pie, preparada para cualquier cosa.

—¿Qué era eso? —le pregunté, haciendo un gesto con la cabeza hacia la puerta.

—Oh, Celeste quería dejarme claro que, si te hacía algún daño, me haría llorar —me dijo con una sonrisa.

Me reí.

—¡Sé lo que duelen esas uñas, así que cuidado!

—Sí, señora.

Respiré hondo y mi sonrisa desapareció.

—¿Y bien?

—¿Y bien, qué?

—¿Vas a hacerlo?

Maxon sonrió y meneó la cabeza.

156

—No. Por un momento, me ha hecho pensar, pero no quiero empezar de nuevo. Me gustan mis chicas imperfectas —dijo, encogiéndose de hombros y con una expresión satisfecha—. Además, mi padre no sabe nada de August, ni de cuáles son los objetivos de los rebeldes norteños, ni nada de eso. Sus soluciones son de corto alcance. Abandonar el barco no solucionaría nada.

Suspiré, aliviada. Esperaba importarle lo suficiente como para que no me echara, pero después de mi charla con las chicas tampoco quería que las echara a ellas.

—Además —añadió, complacido—, deberías haber visto la prensa.

—¿Por qué? ¿Qué ha pasado? —pregunté acercándome a él.

—Los has impresionado, otra vez. Me parece que no entiendo muy bien lo que piensa la gente ahora mismo. Es como si…, como si supieran que las cosas pueden ser de otro modo. Él gobierna el país como me gobierna a mí. Tiene la sensación de que nadie más que él es capaz de tomar decisiones acertadas, así que obliga a la gente a pensar como él. Y, después de leer los diarios de Gregory, parece que las cosas son así desde hace ya un tiempo. Pero ya nadie quiere eso. La gente desea una oportunidad. —Maxon meneó la cabeza—. Tú le aterras, pero no puede echarte. La gente te adora, America.

Tragué saliva.

—¿Me adoran?

Asintió.

—Y… yo siento algo parecido. Así que, diga lo que diga o haga lo que haga, no pierdas la fe. Esto no ha acabado.

Me llevé los dedos a la boca, impresionada. La Selección seguiría, las chicas y yo tendríamos nuestra oportunidad. Además, por lo que decía, a la gente le caía cada vez mejor.

Sin embargo, a pesar de todas las buenas noticias, había una cosa que no dejaba de rondarme por la cabeza.

Bajé la vista a la manta, casi con miedo de preguntar.

—Sé que te parecerá estúpido, pero… ¿quién es la hija del rey francés?

Maxon guardó silencio un momento antes de sentarse en la cama.

—Se llama Daphne. Antes de la Selección fue la única chica a la que conocí de verdad.

—¿Y?

Soltó una risa silenciosa.

—Y descubrí que sus sentimientos por mí iban más allá de la amistad, pero lo descubrí un poco tarde. Y yo no compartía aquellos sentimientos. No podía.

—¿Tenía algo de malo o…?

—America, no. —Maxon me cogió la mano y me obligó a mirarle—. Daphne es mi amiga. Es todo lo que puede ser. Me pasé la vida esperándoos a vosotras. Esta es mi ocasión de encontrar esposa, y eso lo sé desde que tengo uso de razón. No tenía ningún interés por Daphne, no en ese aspecto. Nunca se me habría ocurrido hablarte de ella. Estoy seguro de que mi padre lo hizo para hacerte dudar una vez más.

Me mordí el labio. El rey conocía mis puntos débiles demasiado bien.

—Te he visto hacerlo, America. Te comparas con mi madre, con las otras chicas de la Élite, con una versión de ti misma que crees que deberías ser, y ahora estás a punto de hacer lo mismo con una persona que hace unas horas no sabías ni que existía.

157

Era cierto. Ya me estaba preguntando si sería más guapa que yo, si sería más lista, si pronunciaba el nombre de Maxon con un acento ridículo pero irresistible.

—America —dijo, apoyando su mano en mi rostro—, si hubiera sido importante, te lo habría contado. Igual que tú lo habrías hecho.

El estómago se me encogió. En realidad, yo no había sido completamente sincera con Maxon. Pero viendo aquellos ojos que me miraban y se colaban en los míos, era fácil olvidarse de aquello. Cuando me miraba así, podía olvidarme de todo lo que nos rodeaba. Y lo hice.

Caí en sus brazos y lo abracé con fuerza. Era el único sitio del mundo en el que quería estar en aquel momento.

Capítulo 21

Celeste se había convertido en la líder de nuestra nueva hermandad. La idea de llevar a todas nuestras doncellas y unos cuantos espejos enormes a la Sala de las Mujeres y pasarnos el día arreglándonos las unas a las otras fue suya. No tenía mucho sentido, ya que ninguna iba a hacerlo mejor que el personal de palacio, pero era divertido.

Kriss me pasó el pelo por la frente.

—¿Nunca te has planteado hacerte un flequillo?

—Un par de veces —admití, ahuecándome el pelo que me caía sobre los ojos—. Pero mi hermana se agobia con el suyo, así que nunca me he decidido.

—Creo que estarías muy guapa —dijo Kriss, animada—. A mi prima le corté el pelo una vez. Puedo cortártelo a ti, si quieres.

—Sí. —Celeste se rio—. Tú déjala que se te acerque con unas tijeras, America. Excelente idea.

Todas estallamos en una carcajada. Incluso en el otro extremo de la sala se oyó una risita contenida. Eché un vistazo y vi a la reina frunciendo los labios mientras intentaba leer el informe que tenía delante. Me preocupaba que todo aquello le pareciera inapropiado, pero lo cierto es que nunca la había visto tan contenta.

—¡Deberíamos hacernos fotos! —propuso Elise.

—¿Alguien tiene una cámara? —preguntó Celeste—. Yo soy una profesional en esto.

—¡Maxon sí! —exclamó Kriss—. Ven aquí un momento —le dijo a una doncella, haciéndole gestos con la mano.

—Un momento —dije yo, cogiendo papel—. Muy bien, veamos: «Sus reales y magníficas altezas, las damas de la Élite requieren inmediatamente la peor de sus cámaras para…».

Kriss soltó una risita. Celeste meneó la cabeza.

—¡Oh! Todo un alarde de diplomacia femenina —comentó Elise.

—¿Eso va en serio? —preguntó Kriss.

—¿A quién le importa? —respondió Celeste, echándose el pelo hacia detrás.

Unos veinte minutos más tarde, Maxon llamó a la puerta y la abrió unos centímetros.

—¿Puedo pasar?

Kriss se le acercó corriendo.

—No. Solo queremos la cámara. —Se la arrancó de las manos y le cerró la puerta en las narices.

Celeste se retorcía de risa.

—¿Qué estáis haciendo ahí? —dijo él, tras la puerta.

Pero todas estábamos demasiado ocupadas desternillándonos como para responder.

160

Practicamos numerosas poses y lanzamos mil besos a la cámara. Celeste nos enseñó cómo «buscar la luz».

Mientras Kriss y Elise se tiraban sobre el sofá y Celeste se acercaba para hacer más fotos, miré al otro extremo de la sala y vi la sonrisa de satisfacción en el rostro de la reina. Me disgustaba que no pudiera participar de aquello. Cogí uno de los cepillos y me acerqué a ella.

—Hola, Lady America —me saludó.

—¿Podría cepillarle el cabello?

Su cara registró diversas emociones, pero se limitó a asentir y respondió con suavidad:

—Por supuesto.

Me coloqué tras ella y cogí un mechón de su espléndida melena. Le pasé el cepillo una y otra vez, observando a las chicas al mismo tiempo.

—Me alegro de ver que os lleváis bien —comentó.

—Yo también. Me gustan —dije, y callé por un momento—. Siento lo del Día de las Sentencias. Sé que no debería haberlo hecho, pero…

—Lo sé, querida. Ya me lo explicaste antes. Es una tarea difícil. Y parece que tuviste muy mala suerte.

Me di cuenta de lo ajena que estaba a todo. O quizá prefería creer a toda costa que su marido no tenía mala intención.

Como si pudiera leerme la mente, añadió:

—Sé que piensas que Clarkson es duro, pero es un buen hombre. No tienes idea de la tensión que tiene que soportar. Cada uno lo llevamos como podemos. A veces, él saca su temperamento; yo necesito mucho descanso; Maxon se ríe para no pensar en ello.

—Es cierto, eso es lo que hace, ¿verdad? —dije yo, con una risita.

—La cuestión es… ¿cómo lo llevarás tú? —Se giró—. Creo que la pasión que pones en las cosas es una de tus mejores virtudes. Si aprendieras a controlarla, serías una princesa magnífica.

Asentí.

—Siento haberla decepcionado.

—No, no, querida —me contestó mirando de nuevo hacia delante—. Veo en ti muchas posibilidades. Cuando tenía tu edad, trabajaba en una fábrica. Iba sucia y pasaba hambre, y a veces me enfadaba. Pero estaba loca por el príncipe de Illéa. Cuando tuve la ocasión de conquistarlo, aprendí a controlar esos sentimientos. Desde aquí se puede hacer mucho, pero quizá no del modo que tú quieres. Has de aprender a aceptarlo, ¿de acuerdo?

—Sí, mamá —bromeé.

Ella se giró y me miró de nuevo, con el rostro pétreo.

—Quiero decir señora. Señora.

Los ojos le brillaron y parpadeó unas cuantas veces, girándose de nuevo hacia delante.

—Si las cosas acaban como sospecho, «mamá» estará bien.

Entonces fui yo la que tuve que parpadear para contener las lágrimas. Desde luego, ella nunca iba a ocupar el lugar de mi madre; pero me sentí especial al ver que la madre de la persona con la que quizás acabara casándome me aceptaba, con todos mis defectos.

Celeste se giró y nos vio, y acudió a la carrera.

—¡Estáis estupendas! ¡Sonreíd!

Me agaché y le pasé los brazos a la reina alrededor del cuello. Ella levantó una mano para coger las mías. Después, fuimos colocándonos a su alrededor por turnos, hasta conseguir que hiciera muecas a la cámara. Las doncellas también colaboraron, tomándonos fotos para que pudiéramos aparecer todas juntas. Cuando acabamos, pensé que aquel había sido sin duda mi mejor día en el palacio. Aunque no sabía si lo sería por mucho tiempo. La Navidad estaba a la vuelta de la esquina.

Mis doncellas me estaban arreglando el peinado después de un último intento fallido de Elise de hacerme un recogido cuando, de pronto, llamaron a la puerta.

Mary fue corriendo a abrir. Un guardia que no conocía entró en la habitación. Lo había visto muchas veces, eso sí, casi siempre al lado del rey.

Mis doncellas hicieron una reverencia y él se acercó. Me puso algo nerviosa tenerlo ahí delante.

—Lady America, el rey requiere su presencia de inmediato —dijo, sin inflexiones en la voz.

—¿Pasa algo? —pregunté sorprendida.

—El rey responderá a sus preguntas.

Tragué saliva. Se me pasaron por la cabeza todo tipo de cosas horribles: que mi familia estaba en peligro; que el rey había encontrado un modo de castigarme por todas las veces que le había llevado la contraria; o, quizá, lo peor de todo, que alguien había descubierto mi vínculo con Aspen y que ambos íbamos a pagar por ello.

Intenté ahuyentar el miedo. No quería parecer asustada.

—Entonces vamos —dije.

Me puse en pie y seguí al guardia, echando una última mirada a las chicas al salir. Cuando vi la preocupación en sus rostros, deseé no haberlo hecho.

Recorrimos el pasillo y subimos las escaleras hasta la segunda planta. No sabía muy bien qué hacer con las manos, y no dejaba de tocarme el pelo y el vestido, o de entrecruzar los dedos.

Cuando estábamos a medio pasillo vi a Maxon. Aquello me tranquilizó. Se detuvo a la puerta de una sala, esperándome. No parecía preocupado, pero a él se le daba mejor ocultar el miedo que a mí.

—¿De qué va esto? —le susurré.

—Yo sé lo mismo que tú.

El guardia ocupó su lugar junto a la puerta. Maxon me hizo pasar delante. Era un amplio salón con largas estanterías llenas de libros en una de las paredes. También había mapas colgados de caballetes. Había al menos tres de Illéa, con marcas de diferentes colores. El rey estaba sentado frente a una amplia mesa de despacho, con un papel en la mano.

Cuando nos vio entrar a Maxon y a mí, se puso en pie.

—¿Qué es lo que has hecho exactamente con la princesa italiana? —me preguntó mirándome fijamente.

Me quedé de piedra. El dinero. Se me había olvidado por completo. Conspirar para vender armas a una gente que él consideraba enemigos era mucho peor que cualquier otra cosa para la que me hubiera podido preparar.

—No estoy segura de qué quiere decir —mentí, mirando a Maxon.

Aunque él lo sabía todo, mantuvo la calma.

—Llevamos décadas intentando forjar una alianza con los italianos, y de pronto la familia real está muy interesada en que los visitemos. No obstante… —Recogió la carta, buscando un fragmento en concreto—. Ah, aquí: «Aunque será un verdadero privilegio que su majestad y su familia nos honren con su compañía, esperamos que Lady America también pueda acompañarlos. Tras nuestra reunión con toda la Élite, no nos imaginamos a nadie capaz de seguir los pasos de la reina tan bien como ella».

El rey levantó la vista y me miró de nuevo.

—¿Qué es lo que has hecho?

Consciente de que había esquivado un problema inmenso, me relajé un poco.

—Lo único que he hecho es intentar ser amable con la princesa y con su madre durante su visita. No sabía que les caía tan bien.

El rey levantó la mirada.

—Eres una rebelde. Te he estado observando. Estás aquí por algo, y estoy segurísimo de que no es él.

Maxon se giró hacia mí al oír aquello. Ojalá no hubiera visto la sombra de una duda en sus ojos. Negué con la cabeza.

—¡Eso no es cierto!

—¿Cómo puede ser que una chica sin medios, sin contactos y sin poder haya conseguido poner al alcance del país algo que llevamos buscando desde hace años? ¿Cómo?

En el fondo sabía que había factores que él no tenía en cuenta. Pero había sido Nicoletta la que se había ofrecido a ayudarme, a hacer lo que estuviera en su mano por una causa que estaba dispuesta a apoyar. Si me estuviera acusando de algo que fuera realmente culpa mía, su voz airada me habría asustado. Pero, tal como estaban las cosas, no me impresionaba en absoluto.

—Fueron ustedes los que nos asignaron los visitantes extranjeros que querían que atendiéramos —respondí con tranquilidad—. De no ser así, nunca habría conocido a esas señoras. Y la que ha escrito y me ha invitado ha sido ella. Yo no le he pedido a nadie que me llevara de viaje a Italia. Quizá si se hubiera mostrado más abierto, habría conseguido esa alianza con Italia hace años.

Él se puso en pie de golpe.

—Cuida… esa… boca.

Maxon me pasó un brazo por la cintura.

—Quizá sería mejor que te fueras, America.

Me dispuse a hacer lo que me pedía, encantada de ir a cualquier sitio donde no estuviera el rey, pero no iba a ser tan fácil.

—Para. Hay más —ordenó—. Esto cambia las cosas. No podemos volver a empezar con la Selección de cero y disgustar a los italianos. Tienen muchas influencias. Si los ponemos de nuestra parte, se nos abrirán muchas puertas.

Maxon asintió, nada disgustado al oír la notica. Él ya había decidido no echarnos, pero teníamos que seguirle el juego al rey y dejarle pensar que era él quien tenía el control.

—Sencillamente, tendremos que prolongar la Selección —concluyó. Sentí que se me encogía el estómago—. Hemos de darles tiempo a los italianos para que acepten otras opciones, sin que se ofendan. Quizá deberíamos programar un viaje pronto, para que todas tengan oportunidad de brillar.

Parecía encantado consigo mismo, orgulloso de su solución. Me preguntaba hasta dónde llegaría. Quizá prepararía a Celeste. O quedaría a solas con Kriss y Nicoletta. No me extrañaría que organizara algo para hacerme quedar mal, como había intentado con el Día de las Sentencias. Si estaba dispuesto a aplicarse a fondo, probablemente yo no tendría ninguna oportunidad.

Y la política no tenía nada que ver. Más tiempo significaba más ocasiones para ponerme en evidencia.

—Padre, no creo que eso sirva de nada —intervino Maxon—. Las damas italianas ya han conocido a todas las candidatas. Si han mostrado su preferencia por America, debe de ser por algo que han visto en ella y no en las otras. Y no podemos inventarnos algo que no existe.

El rey miró a Maxon con una mirada venenosa.

—¿Estás diciendo que has elegido? ¿Ha acabado la Selección?

Pensé que se me paraba el corazón.

—No —respondió Maxon, como si aquello fuera ridículo—. Simplemente, no estoy seguro de que lo que sugieres sea lo mejor.

El rey apoyó la barbilla en la mano, mirándonos a Maxon y a mí por turnos, como si fuéramos una ecuación que no conseguía resolver.

—Aún tiene que demostrar que es digna de confianza. Hasta entonces, no puedes elegirla —replicó con dureza.

—¿Y cómo sugieres que lo haga? —preguntó Maxon—. ¿Qué necesitas exactamente?

El rey levantó las cejas, aparentemente divertido ante las preguntas de su hijo. Después de pensárselo un momento, sacó una pequeña carpeta de su cajón.

—Sea o no por tu reciente intervención en el *Report*, parece que hay cierto desasosiego entre las castas. Llevo tiempo intentando encontrar un modo de... aplacar a la opinión pública, pero se me ha ocurrido que una personalidad joven y fresca como tú (popular diría) quizá tenga más posibilidades de conseguirlo que yo mismo.

Colocó la carpeta sobre la mesa y prosiguió:

—Parece que la gente baila al son de tu música. Quizá podrías tocar una melodía para mí.

Abrí la carpeta y leí los documentos.

—¿Qué es esto?

165

—Solo unos anuncios públicos que haremos pronto. Conocemos, por supuesto, la distribución de castas de cada provincia y de cada comunidad, así que haremos anuncios específicos para cada zona. Para animarlos.

—¿Qué es eso, America? —preguntó Maxon, confuso por las palabras de su padre.

—Son como… anuncios publicitarios —respondí—. Para que la gente esté contenta en su casta y no se relacione demasiado con los de las otras.

—Padre, ¿de qué va todo esto?

El rey se apoyó en el respaldo de su silla, poniéndose cómodo.

—Nada serio. Simplemente intento apaciguar los ánimos. Si no lo hago, para cuando la corona llegue a tus manos, te enfrentarás a un alzamiento en toda regla.

—¿Y eso?

—De vez en cuando, las castas más bajas se alborotan. Es natural. Pero tenemos que acabar con la rabia y con las ideas de sublevación enseguida, antes de que esos elementos se unan y acaben con nuestra gran nación.

Maxon se quedó mirando a su padre, sin acabar de entenderle. Si Aspen no me hubiera hablado de los simpatizantes de aquellas ideas, quizá yo también estaría igual de confusa. El rey planeaba dividir para vencer: hacer que las castas se sintieran absurdamente agradecidas por lo que tenían (aunque los estuvieran tratando como si no importaran nada) y advertirlos de que no se asociaran con los de otras castas, pues solo los miembros de una misma casta podían entenderse entre sí.

—Esto es propaganda —espeté, recordando el término usado en el viejo libro de historia de papá.

—No, no. Es una sugerencia —dijo el rey, intentando tranquilizarme—. Es seguridad. Es una visión del mundo que hará que nuestros conciudadanos se sientan felices.

—¿Felices? ¿Así que quiere que le diga a un pobre Siete que… «vuestra labor es posiblemente la más grande de todo el país. Trabajáis con vuestro cuerpo y construís las carreteras y los edificios que dan forma a nuestra nación»? —añadí mirando la hoja. Seguí buscando—. «Ningún Dos ni ningún Tres tiene un talento comparable, así que apartad la vista de ellos por la calle. Por no hablar de los que quizá tengan un mayor rango, pero no el orgullo de contribuir como vosotros al país.»

Maxon miró a su padre.

—Eso causará un mayor enfrentamiento interno entre el pueblo.

—Al contrario. Los ayudará a quedarse en su sitio y a convencerse de que la Corona vela por sus intereses.

—¿Eso hace? —pregunté.

—¡Por supuesto! —exclamó el rey, haciéndome dar unos pasos atrás—. La gente necesita que los lleven de las riendas, como los caballos. Si no guías sus pasos, se desvían y acaban dando con lo que es peor para ellos. Puede que no te gusten estos discursos, pero salvarán más vidas de lo que te imaginas.

Cuando acabó su alegato, aún no me había recuperado del todo, y me quedé allí en silencio, con los papeles en las manos.

Sabía que estaba preocupado. Cada vez que llegaba un informe de algo que se le escapaba de las manos, lo arrugaba en una bola de papel. Todo lo que supusiera un cambio lo ponía en un mismo saco, y a todo lo llamaba traición, sin analizarlo. Su respuesta esta vez había sido obligarme a hacer lo que hacía Gregory. Quería aislar a su pueblo.

—No puedo decir esto —susurré.

—Pues no puedes casarte con mi hijo —respondió tranquilamente.

—¡Padre!

El rey levantó una mano.

—Esta es la situación, Maxon: te he dejado hacer lo que has querido, y ahora hemos de negociar. Si quieres que esta chica se quede, debe ser obediente. Si no puede ejecutar la más sencilla de las tareas, la única conclusión que puedo sacar es que no te quiere. Y, si es ese el caso, no veo por qué ibas a quererla tú.

Mi mirada se cruzó con la del rey. Le odié por sembrar aquella idea en Maxon.

—¿Le quieres? ¿Le quieres aunque solo sea un poco?

No, no era así como iba a decirlo. No como respuesta a un ultimátum, a una negociación.

El rey ladeó la cabeza.

167

—Qué triste, Maxon. Parece que tiene que pensárselo.

«No llores. No llores».

—Te daré un tiempo para que te decidas. Si no haces esto, me dan igual las normas: para el día de Navidad estarás fuera. Será un regalo estupendo para tus padres.

Tres días.

Sonrió. Dejé la carpeta sobre su mesa y me marché, haciendo un esfuerzo para no echar a correr.

Lo único que me faltaba era otra excusa para que pudiera criticarme.

—¡America! —gritó Maxon—. ¡Para!

Seguí caminando hasta que me agarró por la cintura, obligándome a parar.

—¿Qué demonios ha sido eso? —preguntó.

—¡Está loco! —Estaba a punto de echarme a llorar, pero contuve el llanto. Si el rey salía y me veía así, me hundiría.

—Él no. Tú. ¿Por qué no le has dicho que sí?

Me lo quedé mirando, atónita.

—Es un truco, Maxon. Todo lo que hace es un truco.

—Si hubieras dicho que sí, habría puesto fin a todo eso.

No podía creérmelo.

—Dos segundos antes has tenido ocasión de hacerlo tú, y no lo has hecho. ¿Cómo es que es culpa mía?

—Porque… —respondió agitado— me niegas tu amor. Es lo único que he querido durante toda la competición, y sigues negándomelo. No hago más que esperar que lo digas, y no lo dices. Que no hayas podido decirlo en voz alta delante de él me parece bien. Pero solo con que hubieras dicho que sí, me habría bastado.

—¿Y por qué iba a hacerlo, si en cualquier momento puede echarme? ¿Si me humilla constantemente y tú no haces más que mantenerte al margen? Eso no es amor, Maxon. Ni siquiera sabes lo que es.

—¡Claro que lo sé! ¿Tienes idea de lo que he pasado…?

—Maxon, fuiste tú quien dijiste que querías dejar de discutir, ¿no? ¡Pues deja de darme motivos para discutir contigo!

Salí corriendo. ¿Qué hacía yo allí? No dejaba de torturarme por alguien que no tenía ni idea de lo que significaba ser leal a una persona. Y nunca lo sabría, porque su idea de amor giraba por completo alrededor de la Selección. No lo entendería nunca.

Cuando estaba a punto de bajar las escaleras, volví a sentir un tirón. Maxon me agarraba con fuerza, cogiéndome los brazos con ambas manos. Sin duda veía lo furiosa que estaba, pero en los segundos que habían pasado su actitud había cambiado por completo.

—Yo no soy él —dijo.

—¿Qué? —pregunté, al tiempo que intentaba soltarme.

—America, para.

Resoplé y dejé de forcejear. No me quedaba más remedio que mirarlo a los ojos.

—Yo no soy él. ¿De acuerdo?

—No sé qué quieres decir.

Maxon suspiró.

—Sé que has pasado años volcándote en otra persona que pensabas que te querría para siempre, y que, cuando se enfrentó a la realidad del mundo, te abandonó. —Me quedé helada, asimilando aquellas palabras—. Yo no soy él, America. No tengo ninguna intención de abandonarte.

—No lo ves, Maxon —respondí, sacudiendo la cabeza—. Puede que me decepcionara, pero al menos lo conocía. Después de todo este tiempo, aún siento que hay un espacio entre nosotros. La Selección te ha obligado a dispensar tu cariño en porciones. Nunca te he tenido por completo. Ninguna de nosotras te tendrá nunca por completo.

Esta vez, cuando me zafé de él, no opuso resistencia.

169

Capítulo 22

De lo que pasó en el *Report* apenas me di cuenta. Estaba sentada en mi pedestal, pensando que con cada segundo que pasaba estaba cada vez más cerca de que me mandaran a casa. Entonces se me ocurrió que quedarse no era una opción mucho mejor. Si cedía y leía aquellos mensajes horribles, el rey habría ganado. Quizá Maxon me quisiera, pero, si no era lo suficientemente hombre como para decirlo en voz alta, ¿cómo iba a protegerme nunca de lo que más miedo me daba en esta vida, su padre?

Tendría que ceder constantemente a la voluntad del rey Clarkson. Así pues, pese al apoyo que tuviera Maxon de los rebeldes norteños, en el interior de aquellos muros estaría solo ante el peligro.

Estaba enfadada con Maxon, y con su padre, y con la Selección, y con todo lo que tenía que ver con ella. Toda aquella frustración me oprimía el corazón, hasta el punto de que todo perdía el sentido. Lo que quería era hablar con las chicas sobre lo que estaba pasando.

Pero eso no podía ser. Las cosas no mejorarían para mí, y para ellas solo empeorarían. Antes o después tendría que enfrentarme a mis preocupaciones por mí misma.

Eché un vistazo a mi izquierda, en dirección a las otras chicas de la Élite. Me di cuenta de que quien acabara quedándose tendría que enfrentarse a aquello sola, sin las otras. La presión que ejercería el público, imponiéndose como parte de nuestras vidas, así como las órdenes del rey, que intentaría usar a todo el que pudiera como una herramienta en su beneficio…, toda aquella carga sobre los hombros de una chica.

Alargué la mano hacia la de Celeste, rozándole los dedos con los míos. En el momento en que los notó me los agarró. Me miró a los ojos, preocupada.

—¿Qué pasa? —me preguntó articulando las palabras, pero en silencio.

Me encogí de hombros.

Así que se limitó a cogerme la mano.

Al cabo de un minuto, daba la impresión de que ella también se ponía un poco triste. Mientras los hombres de traje seguían parloteando, irguió el cuerpo y le tendió la mano a Kriss. Esta no se lo pensó dos veces y se la sujetó. Al cabo de unos segundos, tenía cogida la de Elise.

Y ahí estábamos las cuatro, en segundo plano de todo aquello, cogidas la una a la otra.

La Perfeccionista, la Encantadora, la Diva… y yo.

Pasé la mañana siguiente en la Sala de las Mujeres, mostrándome todo lo obediente que pude. Muchos de nuestros familiares y parientes habían venido a la ciudad para pasar un día de Navidad con clase. Aquella noche iba a celebrarse una magnífica cena en la que se cantarían villancicos. La Nochebuena solía ser una de mis noches favoritas del año, pero estaba demasiado desanimada como para estar siquiera nerviosa.

Sirvieron una comida fantástica que no probé. Presentaron unos regalos preciosos del público que apenas vi. Estaba desolada.

Mientras nuestros parientes iban achispándose a base de ponche, yo desaparecí: no tenía ánimos para fingir que estaba alegre. Al final de la noche tendría que acceder a presentar aquellos ridículos anuncios del rey Clarkson o me mandarían de vuelta a casa. Necesitaba pensar.

Ya en mi habitación, despedí a mis doncellas y me senté frente a mi mesa. No quería hacerlo. No quería decirle a la gente que se conformara con lo que tenía, aunque no tuviera nada. No quería decirles que no se ayudaran los unos a los otros. No quería eliminar la posibilidad de ir más allá, de ser la cara y la voz de una campaña que decía: «Quedaos quietos. Dejad que el rey controle vuestras vidas. Es lo más a lo que podéis aspirar».

Pero... ¿es que no quería a Maxon?

Un segundo más tarde alguien llamó a la puerta. Fui a abrir no muy convencida. Temía encontrarme con los fríos ojos del rey Clarkson, dispuesto a cumplir su ultimátum.

Abrí y apareció Maxon. Estaba allí de pie, sin decir palabra.

Era lógico que estuviera furiosa. Lo quería todo de él. Y también deseaba que él lo tuviera todo. No podía soportar que todo el mundo tuviera algo que decir sobre aquello: las chicas, sus padres e incluso Aspen. Demasiadas condiciones, opiniones y obligaciones.

Odiaba a Maxon por eso. Y, aun así, le quería.

Estaba a punto de acceder a hacer aquellos horribles anuncios cuando de pronto, sin decir nada, me tendió la mano.

—¿Quieres venir conmigo?

—Vale.

Cerré la puerta tras de mí y lo seguí por el pasillo.

—Lo que dices tiene sentido. Tengo miedo de mostrarme ante vosotras por completo. Tú tienes una parte de mí, Kriss tiene otra, etcétera, en función de lo que me parece adecuado para cada una de vosotras. Respecto a ti, siempre me gusta ir a verte, ir a tu habitación. Es como si me colara un poco en tu mundo, como si al hacerlo muchas veces pudiera obtenerlo todo de ti. ¿Tiene sentido lo que digo?

—Puede ser —dije, mientras subíamos las escaleras.

—Pero eso no es justo, ni siquiera tiene razón de ser. Una vez me dejaste claro que todas estas habitaciones son nuestras, no vuestras. El caso es que he pensado que ya va siendo hora de que te muestre otra parte de mi mundo, quizá la última que tiene que ver contigo.

—¿Cómo?

Él asintió mientras nos parábamos frente a una puerta.

—Mi habitación.

—¿De verdad?

—Solo la ha visto Kriss, y fue cosa de un impulso. No lamento habérsela enseñado, pero me parece que eso aceleró demasiado las cosas. Ya sabes lo reservado que puedo llegar a ser.

—Sí, lo sé.

Agarró la manija con los dedos.

—Quería compartir esto contigo. Creo que ya era hora. No es que sea nada especial, pero es mía. Así que, no sé, quería que la vieras.

—De acuerdo —dije.

Noté que estaba algo avergonzado; quizá pensaba que estaba dándole más importancia de la que tenía, o que tal vez acabaría por lamentar habérmela enseñado.

Respiró hondo y abrió la puerta. Me hizo pasar delante.

Era inmensa. Las paredes estaban revestidas de una madera oscura que no me sonaba. En la pared más alejada había un hogar que no parecía usarse nunca. Debía de ser para decorar, porque no parecía que allí hiciera nunca suficiente frío como para justificar que se encendiera fuego.

La puerta de su baño estaba abierta. Pude ver una bañera de porcelana sobre las elaboradas baldosas del suelo. Tenía su propia colección de libros y una mesa junto a la chimenea que parecía más bien pensada para cenar que para trabajar. Me pregunté cuántas cenas solitarias habría tomado allí. Cerca de las puertas que daban a su balcón privado había una vitrina llena de pistolas perfectamente alineadas. Se me había olvidado su pasión por la caza.

Su cama, también hecha de madera oscura, era inmensa. Me dieron ganas de acercarme a tocarla, para ver si tenía un tacto tan estupendo como sugería la vista.

—Maxon, aquí podrías meter a todo un equipo de fútbol —bromeé.

—Una vez lo intenté. No es tan cómodo como pueda parecer.

Me giré para darle una bofetada cariñosa, contenta de ver que estaba de buen humor. Fue entonces cuando, detrás de su rostro sonriente, vi las fotografías. Cogí aire, observando la bonita presentación.

En la pared, junto a la puerta, había un enorme *collage* que cubriría una pared entera de mi habitación de casa. No parecía que siguiera ningún orden; solo eran unas fotografías solapando otras, colocadas allí por puro gusto.

Vi fotos que sin duda tenía que haber tomado él mismo,

porque eran del palacio, que era donde pasaba la mayor parte del tiempo. Primeros planos de tapices, fotografías del techo para las que habría tenido que echarse en la alfombra, y muchísimas de los jardines. Había otras, quizá de lugares que esperaba ver o que al menos había visitado. Vi un océano tan azul que no parecía real. Había unos cuantos puentes y una estructura con forma de pared que parecía tener kilómetros de largo.

Sin embargo, por encima de todo aquello vi mi cara una docena de veces. Estaba la fotografía que me habían tomado para la solicitud de ingreso en la Selección, y la que nos habían tomado a los dos para la revista, en la que llevaba aquella banda en la cintura. No la había visto nunca, ni tampoco la del artículo sobre Halloween. Recordaba que Maxon estaba detrás de mí cuando observábamos los diseños para mi vestido. Mientras yo miraba los bocetos, Maxon tenía los ojos puestos en mí.

Luego estaban las fotos que había tomado él. Una en la que tenía cara de sorpresa, tomada con ocasión de la visita de los reyes de Swendway, cuando nos había gritado de pronto «Sonreíd». Una mía sentada en el estudio donde se grababa el *Report*, riéndome por algo que decía Marlee. Debía de estar oculto tras la luz cegadora de los focos, tomándonos fotografías a escondidas, aprovechando que en aquellos momentos no interpretábamos ningún papel. Y había otra fotografía mía de noche, de pie en mi balcón, mirando la luna.

También había fotos de las otras chicas; más de las que aún quedaban en competición que de las otras, pero aquí y allá aparecían los ojos de Anna asomando bajo un paisaje, o la sonrisa de Marlee oculta en una esquina. Y aunque fueran recientes, también había fotografías de Kriss y Celeste posando en la Sala de las Mujeres, junto a Elise, fingiendo desmayarse en un sofá, o la foto mía con los brazos alrededor de su madre.

—Maxon. —Suspiré—. ¡Es precioso!

—¿Te gusta?

—Estoy impresionada. ¿Cuántas de estas fotos son tuyas?

—Casi todas, pero algunas como esta —dijo, señalando una de las fotografías usadas en las revistas— las pedí. Señaló otra—. Esta la tomé en el sur de Honduragua. Antes me parecía interesante, pero ahora me pone triste. —La imagen mostraba unas chimeneas vertiendo humo al cielo—. Quería hacer una fotografía del cielo, pero ahora recuerdo lo mal que olía. Y hay gente que se pasa allí la vida. Es increíble lo absorto que estaba en lo que yo veía.

—¿Dónde es esto? —pregunté, señalando un gran muro de ladrillo.

—En Nueva Asia. Antes era la frontera norte de China. Lo llamaban la Gran Muralla. Creo que en su día era bastante espectacular, pero ahora ha desaparecido casi del todo. Recorre la mitad del país, por el centro de Nueva Asia. Así que fíjate en lo que se han expandido.

—Vaya.

Maxon puso las manos tras la espalda.

—La verdad es que esperaba que te gustara.

—Me encanta. Quiero que me hagas uno igual.

—¿De verdad?

—Sí. O que me enseñes a hacerlo. No sabes la de veces que he deseado poder recopilar trocitos de mi vida y ponerlos todos juntos, así. Tengo unas cuantas fotografías rotas de mi familia y la nueva del bebé de mi hermana, pero eso es todo. Incluso había pensado en escribir un diario y tomar nota de las cosas… Ahora mismo me da la impresión de que te conozco mucho más.

Aquello era la esencia de su vida. Me daba cuenta de las cosas que eran permanentes, como su constante confinamiento en palacio y algunos viajes breves. Pero también había elementos que habían variado. Las chicas y yo estábamos en la pared porque habíamos invadido su mundo. Incluso después de irnos, no desaparecíamos del todo.

Me acerqué y le pasé un brazo por la espalda. Él hizo lo mismo. Nos quedamos allí un minuto, asimilando todo aquello. Entonces, de pronto, se me ocurrió algo que debía haber sido una obviedad desde el principio.

—¿Maxon?

—¿Sí?

—Si las cosas fueran de otro modo, si no fueras príncipe y pudieras escoger el trabajo que quisieras, ¿sería esto lo que harías?

—¿Tomar fotos, quieres decir?

—Sí. —Apenas tuvo que pensárselo un segundo—. Por

175

supuesto. Fuera fotografía artística o solo retratos familiares. Haría publicidad, lo que fuera. Me encanta. Creo que ya lo has notado.

—Sí, lo he notado. —Sonreí, satisfecha de saber algo de él.

—¿Por qué me lo preguntas?

—Es que… —Me acerqué y le miré a los ojos—. Serías un Cinco.

Maxon procesó mis palabras y sonrió, tranquilo.

—Me parece bien.

—A mí también.

De pronto, con decisión, Maxon se colocó delante de mí y cubrió mis manos con las suyas.

—Dilo, America. Por favor. Dime que me quieres, que quieres ser solo mía.

—No puedo ser solo tuya mientras estén aquí las otras chicas.

—Y yo no puedo enviarlas a casa hasta estar seguro de tus sentimientos.

—Y yo no puedo darte lo que quieres mientras sepa que mañana podrías estar haciendo esto mismo con Kriss.

—¿Haciendo qué, con Kriss? Ella ya ha visto mi habitación, ya te lo he dicho.

—No. Me refiero a darle un trato especial, a hacerle sentir…

Él se quedó esperando un rato.

—Hacerle sentir… ¿cómo? —susurró.

—Como si fuera la única que importa. Está loca por ti. Me lo ha dicho. Y no creo que sea un sentimiento tan poco correspondido.

Él suspiró, buscando las palabras.

—No puedo decirte que no me importa nada. Pero sí te puedo decir que tú me importas más.

—¿Y cómo voy a estar segura de eso si no la envías a casa?

En su rostro asomó una sonrisa pícara. Acercó los labios a mi oído.

—Se me ocurren unas cuantas maneras de demostrarte lo que me haces sentir —susurró.

Yo tragué saliva, esperando y a la vez temerosa de que dijera algo más. Ahora su cuerpo estaba frente al mío, y tenía la mano en la parte baja de mi espalda, sujetándome. Con la otra mano apartaba el cabello de mi cuello. Apoyó sus labios abiertos sobre un punto minúsculo de mi piel y me hizo temblar al sentir su aliento, tan tentador.

Era como si se me hubiera olvidado cómo usar las extremidades. No podía agarrarme a él ni pensar en cómo moverme. Pero Maxon tomó la iniciativa, haciéndome retroceder unos pasos hasta situarme contra su colección de fotografías.

—Te quiero para mí, América —me murmuró al oído—. Quiero que seas solo mía. Y quiero dártelo todo. —Sus besos recorrieron mi mejilla, parándose en la comisura de mi boca—. Quiero darte cosas que no sabías que deseabas siquiera. Quiero… —dijo, respirando del aire de mi boca—. Deseo tan desesperadamente…

Alguien llamó a la puerta con decisión.

Estaba tan perdida en las palabras de Maxon, en su tacto y en su olor que aquel ruido me cayó encima como un jarro de agua fría. Ambos nos giramos en dirección a la puerta, pero Maxon enseguida volvió a apoyar sus labios en los míos.

—No te muevas. Quiero acabar esta conversación —dijo. Me besó lentamente y luego se apartó.

Me quedé allí de pie, con la respiración entrecortada. Me dije que probablemente aquello sería una mala idea, dejar que me besara hasta que confesara. Pero lo cierto es que, si había algún modo de conseguirlo, era aquel.

Abrió la puerta, colocándose de forma que quedara lejos de la vista del visitante. Me pasé las manos por el pelo, arreglándomelo.

—Perdone, alteza —dijo alguien—. Estamos buscando a Lady America, y sus doncellas nos han dicho que estaría con usted.

Me pregunté cómo lo habrían adivinado, pero me gustó constatar la sintonía que esas chicas tenían conmigo. Maxon frunció el ceño, miró hacia mí y abrió la puerta del todo, dejando pasar al guardia. Este entró. Me miró de arriba abajo, como inspeccionándome. Una vez satisfecho, acercó la boca al oído de Maxon y le susurró algo.

Maxon bajó los hombros y se llevó la mano a los ojos, como si no fuera capaz de asumir la noticia.

—¿Estás bien? —le pregunté; no quería verle sufrir así.

Él se giró hacia mí, compungido.

—Lo siento muchísimo, America. Odio ser quien tenga que decirte esto. Tu padre ha muerto.

Durante unos instantes no entendí muy bien las palabras. Pero, por muchas vueltas que les diera, la conclusión solo podía ser una.

Entonces la habitación empezó a dar vueltas. Maxon se acercó a mí corriendo. Lo último que sentí fueron sus brazos agarrándome para evitar que me cayera al suelo.

Capítulo 24

—… entender. Querrá visitar a su familia.

—Si lo hace, tiene que ser como mucho por un día. A mí esta chica no me gusta, pero al pueblo sí, por no mencionar a los italianos. Sería un engorro que muriera.

Abrí los ojos. Estaba en mi cama, pero no bajo las sábanas. Por el rabillo del ojo vi que Mary estaba en la habitación conmigo.

Aquellas voces airadas me llegaban amortiguadas. Venían del otro lado de la puerta.

—No bastará. Adoraba a su padre. Querrá más tiempo —replicó Maxon.

Oí algo como un puñetazo en la pared. Tanto Mary como yo dimos un respingo.

—De acuerdo —accedió el rey, refunfuñando—. Cuatro días. No más.

—¿Y si decide no volver? Aunque no haya sido cosa de los rebeldes, puede que quiera quedarse en su casa.

—Si es tan tonta, mejor para nosotros. En todo caso, tenía que darme una respuesta a lo de los anuncios. Si no está dispuesta a hacerlo, ya se puede quedar en casa.

—Me dijo que lo haría. Me lo dijo anoche —mintió Maxon. Pero lo sabía, ¿no?

—Pues ya era hora. En cuanto vuelva, la llevaremos al estudio. Quiero que estén hechos antes de Año Nuevo —dijo, irritado, a pesar de haber conseguido lo que quería.

Hubo un silencio antes de que Maxon se atreviera a hablar.

—Quiero ir con ella.

—¡De ningún modo! —exclamó el rey.

—Solo quedan cuatro, padre. Esa chica podría convertirse en mi esposa. ¿Se supone que tengo que dejar que vaya sola?

—¡Sí! Si muere ella, es una cosa. Si mueres tú, es otra muy diferente. ¡Tú te quedas aquí!

Me pareció que el puño que golpeaba la pared esta vez era el de Maxon.

—¡Yo no soy una mercancía! ¡Y tampoco ellas! Me gustaría que, por una vez, se me mirara y se me viera como una persona.

La puerta se abrió enseguida. Maxon entró.

—Lo siento mucho —dijo, acercándose y sentándose al borde de la cama—. No quería despertarte.

—¿Es verdad?

—Sí, cariño. Se ha ido. —Me cogió la mano con suavidad, triste—. Ha sido algo del corazón.

Erguí el cuerpo y me lancé a los brazos de Maxon. Él me abrazó con fuerza, dejándome llorar en su hombro.

—Papá… —sollocé—. Papá…

—Ánimo, cariño. No llores —me consoló Maxon—. Mañana por la mañana cogerás un avión a casa para poder acompañarle.

—No pude siquiera despedirme. No pude…

—America, escúchame. Tu padre te quería. Estaba orgulloso de cómo actuabas. Eso no te lo tendría en cuenta.

Asentí, convencida de que tenía razón. Prácticamente todo lo que me había dicho mi padre desde mi llegada al palacio era lo orgulloso que estaba de mí.

—Escúchame, esto es lo que tienes que hacer —dijo, limpiándome las lágrimas de las mejillas—. Tienes que dormir todo lo que puedas. Saldrás mañana y te quedarás cuatro días con tu familia. Yo quería darte más tiempo, pero mi padre se niega.

—Está bien.

—Tus doncellas te están haciendo un vestido apropiado para el funeral, y te prepararán el equipaje con todo lo que necesitas. Vas a tener que llevarte a una de ellas, y a unos cuantos guardias.

Entonces se giró hacia la figura que estaba de pie junto a la puerta abierta.

—Soldado Leger, gracias por venir.

—No hay de qué, alteza. Siento no venir de uniforme, señor.

Maxon se puso en pie y le dio la mano a Aspen.

—Eso es lo que menos me preocupa ahora mismo. Estoy seguro de que sabe por qué está aquí.

—Lo sé. —Aspen se giró hacia mí—. Lamento mucho su pérdida, señorita.

—Gracias —murmuré.

—Con el aumento de la actividad rebelde, a todos nos preocupa la seguridad de Lady America —explicó Maxon—. Ya hemos enviado a algunos soldados destacados en la zona a su casa y a los sitios a los que irá en los próximos días, y aún hay en su casa guardias de palacio, por supuesto. Pero ahora que ella estará en la casa, creo que deberíamos enviar más.

—Desde luego, alteza.

—¿Usted conoce la zona?

—Muy bien, señor.

—Bien. Pues encabezará el equipo. Escoja a los hombres que quiera, entre seis y ocho guardias.

Aspen levantó las cejas.

—Sí, ya sé —dijo Maxon—. Vamos justos de hombres, pero al menos tres de los guardias de palacio que enviamos a su casa han abandonado sus puestos. Quiero que esté tan segura en su casa como aquí, si no más.

—Me ocuparé de ello, señor.

—Excelente. También le acompañará una doncella: ella también tiene que estar protegida. —Se giró hacia mí—. ¿Ya sabes quién te acompañará?

Me encogí de hombros, incapaz de pensar con claridad. Aspen habló por mí:

—Si me permite, sé que Anne es la jefa de sus doncellas, pero recuerdo que Lucy se llevaba muy bien con su hermana y su madre. Quizá les iría bien ahora mismo ver una cara familiar.

Asentí.

—Sí, Lucy.

—Muy bien —dijo Maxon—. Soldado, no tiene mucho tiempo. Se irán por la mañana.

—Me pondré en marcha, señor. Hasta mañana, señorita —se despidió Aspen.

Era evidente que le costaba mantener las distancias. En aquel momento, lo que más quería en el mundo era que me reconfortara. Aspen conocía muy bien a mi padre, y quería tener a alguien al lado que lo entendiera como yo y que pudiera acompañarme en mi pérdida.

Cuando se marchó, Maxon volvió a sentarse a mi lado.

—Una cosa más antes de que me vaya. —Me cogió las manos con ternura—. A veces, cuando estás disgustada, tiendes a dejarte llevar. —Me miró a los ojos y aquella mirada algo acusatoria en realidad me hizo sonreír—. Ve con cuidado y sé sensata mientras estés sola. Necesito que te cuides.

Le froté el dorso de las manos con los pulgares.

—Lo haré. Te lo prometo.

—Gracias.

Una sensación de paz nos envolvió, como nos pasaba a veces. Aunque mi mundo ya no volvería a ser el que era, en aquel momento, sintiendo el contacto de Maxon, la pérdida no me dolía tanto.

Él inclinó la cabeza hacia la mía hasta que nuestras frentes se tocaron. Le oí coger aire y aguantar el aliento, como si fuera a decir algo y luego hubiera cambiado de idea. Unos segundos más tarde volvió a hacerlo. Por fin se echó atrás, meneó la cabeza y me dio un beso en la mejilla.

—Cuídate mucho.

Se fue, y me dejó sola con mi tristeza.

En Carolina hacía frío. La humedad del océano penetraba en la tierra y hacía que el aire fuera húmedo, además de frío. Tenía la esperanza de que nevara, pero no fue así. Me sentí culpable por desear algo así.

Era Navidad. Me había pasado las últimas semanas imaginándomela de diferentes modos. Pensé que quizás estaría allí, en casa, ya eliminada de la Selección. Que estaríamos todos alrededor del árbol, desanimados por el hecho de que no fuera princesa, pero encantados de estar todos juntos. También me había planteado la posibilidad de abrir los regalos de Navidad bajo el enorme árbol del palacio, comer hasta empacharme y disfrutar riéndonos con las otras chicas y con Maxon, dejando la competición aparcada por un día.

En ningún caso me habría podido imaginar que tendría que sacar fuerzas de flaqueza para enterrar a mi padre.

A medida que el coche se acercaba a mi calle, empecé a ver el gentío. En lugar de estar en casa con sus familias, la gente se había concentrado allí, pasando frío. Esperaban verme, aunque solo fuera por un momento. Aquello me agobió un poco. La gente me señalaba al pasar. Incluso las cámaras de un equipo de televisión grabaron mi llegada.

El coche se detuvo frente a mi casa. La gente que esperaba se puso a vitorearme. No entendía nada. ¿No sabían por qué estaba allí? Crucé la agrietada acera con Lucy a mi lado y seis guardias a nuestro alrededor. No querían correr ningún riesgo.

—¡Lady America! —gritaba la gente.

—¿Me firma un autógrafo? —gritó alguien, y otros lo repitieron a coro.

Yo seguí adelante, con la mirada al frente. Por una vez, sentí que podía escapar de mi obligación de responder. Levanté la cabeza y vi las luces del tejado. Era papá quien las ponía. ¿Quién iba a quitarlas ahora?

Aspen, a la cabeza de la comitiva, llamó a la puerta principal y esperó respuesta. Otro guardia se acercó a la puerta. Intercambiaron unas palabras y nos hicieron pasar. Costó meternos a todos en el recibidor, pero, en cuanto llegamos al salón y el espacio se hizo mayor, sentí que algo… no estaba bien.

Aquello ya no era mi casa.

Me dije que estaba loca. Claro que era mi casa. Simplemente era lo extraño de la situación. Estaban todos allí, incluso Kota. Pero papá no, así que era normal que aquello me pareciera raro. Y Kenna tenía en brazos un bebé que solo había visto en fotografía. Tendría que acostumbrarme a aquello.

Y aunque mamá llevaba un delantal puesto y Gerad estaba en pijama, yo iba vestida como para una cena en palacio: con un peinado de gala, zafiros en las orejas y ricas telas cubrién-

183

dome los zapatos de tacón. Por un momento me sentí como si allí no fuera bienvenida.

Sin embargo, May se puso en pie de un salto y corrió a abrazarme; se me echó a llorar sobre el hombro. La abracé y me recordé que la situación podía ser un poco rara, pero que aquel era el único lugar donde podía estar en aquel momento. Tenía que estar con mi familia.

—America —dijo Kenna, con su bebé en brazos—, estás preciosa.

—Gracias —murmuré, cohibida.

Me abrazó con el brazo que tenía libre. Miré a mi sobrina, que estaba dormida. Parecía tranquila. Cada pocos segundos abría la manita o se movía un poco. Era una imagen increíble.

Aspen se aclaró la garganta.

—Señora Singer, siento mucho su pérdida.

—Gracias —respondió mamá, con gesto fatigado.

—Siento que las circunstancias sean estas, pero con Lady America en casa vamos a tener que aplicar medidas de seguridad bastante estrictas —dijo, con tono de autoridad—. Tendremos que pedirles a todos que no salgan. Sé que es complicado, pero solo serán unos días. Y hemos buscado un apartamento cercano para los guardias, de modo que las rotaciones sean fáciles. Intentaremos molestarles lo menos posible. James, Kenna y Kota, estamos preparados para ir a sus casas a recoger lo que necesiten en cuanto estén listos. Si necesitan tiempo para hacer una lista, no pasa nada. Cuando ustedes nos digan.

Esbocé una sonrisa, contenta de ver a Aspen así. Había madurado mucho.

—Yo no puedo alejarme de mi estudio —dijo Kota—. Tengo plazos que cumplir y piezas a medio acabar.

Aspen, tan serio como antes, le respondió:

—Podemos traerle todo lo que necesite al estudio de aquí —ofreció, señalando hacia el garaje adaptado—. Haremos los viajes que sean necesarios.

—Ese sitio es un basurero —murmuró Kota cruzándose de brazos.

—Muy bien —respondió Aspen con firmeza—. La elección es suya. Puede trabajar en el basurero, o arriesgar la vida en su apartamento.

Aquella tensión resultaba incómoda, y era innecesaria.

—May, tú puedes dormir conmigo —dijo para interrumpir aquel momento—. Kenna y James pueden quedarse en tu habitación.

Ellos asintieron.

—Lucy —susurré—, quiero que estés cerca de nosotras. Puede que tengas que dormir en el suelo, pero te quiero cerca.

Ella se irguió, satisfecha.

—No desearía estar en ningún otro sitio, señorita.

—¿Y dónde se supone que voy a dormir yo? —preguntó Kota.

—Conmigo —se ofreció Gerad, aunque no parecía muy contento con la idea.

—¡Ni hablar! —protestó Kota—. No voy a dormir en una litera con un niño.

—¡Kota! —dije, apartándome de mis hermanas y de Lucy—. ¡Por mí puedes dormir en el sofá, en el garaje o en la casa del árbol! ¡Pero, si no cambias de actitud, te mandaré de vuelta a tu piso ahora mismo! Podías mostrar un poco de gratitud por la seguridad que te están ofreciendo. ¿Tengo que recordarte que mañana vamos a enterrar a nuestro padre? O paras de protestar, o te vas a casa.

185

Di media vuelta y me fui por el pasillo. No tenía que mirar atrás para saber que Lucy estaría detrás de mí, con la maleta en la mano.

Abrí la puerta de mi habitación, esperando que entrara ella también. Cuando el vuelo de su falda ya estaba dentro, cerré la puerta de golpe y solté un suspiro.

—¿Me he pasado? —pregunté.

—¡Ha estado perfecta! —respondió ella, encantada—. Creo que ya podría ser la princesa, ahora mismo, señorita. Está preparada.

Capítulo 25

*E*l día siguiente fue todo como una película desenfocada de vestidos negros y abrazos. Muchas personas a las que no había visto nunca acudieron al funeral de papá. Me preguntaba si sería que no conocía a todos sus amigos, o si es que habrían venido porque estaba yo.

Un pastor del lugar ofició el servicio, pero, por motivos de seguridad, ningún familiar subió a hablar al altar. Hubo una recepción mucho más elaborada de lo que nos podríamos haber imaginado. Aunque nadie me lo dijo, estaba segura de que Silvia o alguien del palacio había intervenido para que todo fuera lo más fácil y bonito posible. Por precaución no duró mucho, pero a mí ya me iba bien. Quería despedir a papá del modo menos doloroso posible.

Aspen se mantuvo a mi lado en todo momento, y yo agradecí su presencia. Nadie me daba más seguridad que él.

—No he llorado desde que salí de palacio —le confesé—. Pensé que estaría destrozada.

—Eso viene cuando menos te lo esperas —respondió—. Tras la muerte de mi padre estuve unos días desolado, hasta que me di cuenta de que tenía que sacar fuerzas de flaqueza por el bien de los demás. Pero, a veces, cuando pasaba algo y me apetecía contárselo a mi padre, sentía de nuevo una presión en el pecho y me venía abajo.

—¿Así que... soy normal?

Sonrió.

—Eres normal.

—A mucha de esta gente no la conozco.

—Todos son de por aquí. Hemos comprobado sus identifica-ciones. Probablemente hay más de los que cabría esperar por ser tú quien eres, pero creo que tu padre pintó algo para los Hamp-shire, y le vi hablar con el señor Clippings y con Albert Ham-mers por el mercado más de una vez. Es difícil saberlo todo de la gente que te rodea, incluso de aquellos a quienes más quieres.

Sentí que aquella frase quería decir algo más de lo que de-cía, algo a lo que se suponía que tenía que poder responder. Pero, en aquel momento, no podía.

—Tenemos que acostumbrarnos a esto —dijo.

—¿A qué? ¿A que todo sea horrible?

—No —respondió negando con la cabeza—. A que la nor-malidad ya no es la de antes. Todo lo que antes tenía sentido va cambiando.

Solté una risa.

—Sí, claro que cambia. Es evidente.

—Tenemos que dejar de tener miedo al cambio. —Me miró con ojos suplicantes, y no pude evitar preguntarme a qué cam-bio se refería.

—Afrontaré el cambio. Pero no hoy.

Me separé de él y seguí saludando a extraños, intentando aceptar que no podría hablar ya más con mi padre ni contarle lo confundida que me sentía.

Tras el funeral, intentamos animarnos. Quedaban regalos de Navidad por abrir, ya que nadie había tenido ánimo para eso. Por una vez, mamá le dio permiso a Gerad para que jugara a la pelota en casa, y ella se pasó la mayor parte de la tarde junto a Kenna y con Astra en brazos. Kota no iba a estar satis-fecho de ningún modo, así que le dejamos en el estudio. May era la que más me preocupaba. No dejaba de decir que tenía ga-nas de trabajar en algo manual, pero no quería entrar en el es-tudio ahora que papá no estaría allí.

Se me ocurrió llevármela a ella y a Lucy a la habitación para jugar las tres. Lucy enseguida accedió, y dejó que May le cepillara el cabello, la maquillara, riéndose de vez en cuando de las cosquillas que le hacía con los cepillos de maquillaje en las mejillas.

187

—¡No te quejes! ¡A mí me lo haces cada día! —le dije.

Lo cierto era que a May se le daba bien arreglarle el cabello: sus ojos de artista se adaptaban a cualquier medio. Aunque le iban demasiado grandes, se puso uno de los uniformes de doncella y luego le pusimos a Lucy un vestido tras otro. Al final nos quedamos con uno azul, largo y delicado, que tuvimos que ajustarle con alfileres por la espalda.

—¡Zapatos! —exclamó May, corriendo en busca de un par.

—Tengo los pies muy anchos —se quejó Lucy.

—Tonterías —insistió May.

Lucy obedeció y se sentó en la cama mientras mi hermana le probaba zapatos a su modo.

Era cierto que tenía los pies demasiado grandes, pero, a cada intento, al ver las tonterías que hacía May, se reía. Era tronchante. Hicimos tanto ruido que era cuestión de minutos que alguien viniera a ver qué pasaba.

Oímos tres golpes en la puerta y luego la voz de Aspen al otro lado.

—¿Todo bien, señorita?

Corrí a la puerta y la abrí de par en par.

—Soldado Leger, observe nuestra obra de arte —dije, señalando con un amplio gesto del brazo a la pobre Lucy, que ocultaba los pies desnudos bajo el vestido.

May la puso en pie tirándola de la mano.

Aspen se quedó mirando a May, enfundada en aquel uniforme demasiado grande, y se rio. Luego vio a Lucy disfrazada de princesa.

—Una transformación asombrosa —reconoció, sonriendo de oreja a oreja.

—Bueno, creo que ahora tendríamos que hacerte un elegante recogido —insistió May.

Lucy puso los ojos en blanco, bromeando, y dejó que la niña volviera a arrastrarla frente al espejo.

—¿Ha sido idea tuya? —me preguntó en voz baja.

—Sí. May parecía perdida. Tenía que distraerla.

—Ahora tiene mejor aspecto. Y Lucy también parece contenta.

—Me hace tanto bien como a ellas. Da la impresión de que haciendo cosas tontas, o típicas, las cosas se arreglan.

—Se arreglarán. Te llevará tiempo, pero las cosas se arreglarán.

Asentí. Pero luego me puse a pensar de nuevo en papá. No quería llorar. Respiré hondo y cambié de tema.

—Me siento rara siendo la de casta más baja que queda en la Selección —le susurré—. Mira a Lucy. Es más guapa, dulce e inteligente que la mitad de las treinta y cinco chicas finalistas, pero esto es lo mejor que tendrá nunca. Unas cuantas horas con un vestido prestado. No está bien.

Aspen meneó la cabeza.

—En los últimos meses he tenido ocasión de conocer bastante bien a tus doncellas. Y sí, es cierto, es una chica muy especial.

De pronto, recordé una promesa que había realizado.

—Hablando de doncellas, tengo que hablarte de algo —dije bajando la voz.

—¿Ah, sí?

—Sé que resulta raro, pero tengo que decírtelo igualmente.

—De acuerdo —respondió Aspen, tragando saliva.

Le miré a los ojos, azorada.

—¿Te plantearías algo con Anne?

Puso una cara extraña, como si al mismo tiempo aquello fuera un alivio y le divirtiera.

—¿Anne? —susurró incrédulo—. ¿Por qué ella?

—Creo que le gustas. Y es una chica encantadora —respondí, intentando no revelar lo profundos que eran los sentimientos de Anne. Solo quería dejarla en buen lugar.

Él negó con la cabeza.

—Sé que quieres que me plantee la posibilidad de ir con otras chicas, pero no es en absoluto el tipo de chica con la que querría estar. Es demasiado… rígida.

—Yo pensaba eso de Maxon hasta que llegué a conocerlo —respondí tras encogerme de hombros—. Además, creo que lo ha pasado mal en la vida.

—¿Y qué? Lucy también lo ha pasado mal…, y mírala —dijo, señalando con un gesto de la cabeza hacia ella, que no dejaba de reír.

—¿Te contó cómo acabó en palacio?

Aspen asintió.

189

—Siempre he odiado las castas, Mer, lo sabes. Pero nunca había oído que las manipularan de ese modo, para conseguir esclavos.

Suspiré, contemplando a May y a Lucy, aquel momento furtivo de alegría en medio de tanto dolor.

—Prepárate para oír cosas que nunca pensabas que oirías —me advirtió Aspen. Me quedé mirándolo, expectante—. En realidad, estoy contento de que Maxon te encontrara.

Quise decir algo, pero lo que me salió fue más bien una risa entrecortada.

—Lo sé, lo sé —dijo él, mirando al techo pero sonriendo—. Pero no creo que se hubiera planteado nada sobre las castas más bajas de no haber sido por ti. Creo que el simple hecho de que tú estuvieras ahí ha hecho que cambiaran algunas cosas.

Nos miramos un momento. Recordé nuestra conversación en la casa del árbol, cuando insistió en que me apuntara a la Selección, para que tuviera ocasión de conseguir algo mejor. Aún no sabía si había logrado algo mejor para mí (no lo tenía nada claro), pero la idea de poder llegar a darle algo mejor a todo el pueblo de Illéa…, aquella posibilidad significaba más de lo que podía expresar con palabras.

—Estoy orgulloso de ti, America —dijo Aspen, observando a las chicas a través del espejo—. Realmente orgulloso. —Se dirigió al pasillo, para reemprender su ronda de vigilancia, pero antes añadió—: Y tu padre también lo estaría.

Capítulo 26

*E*l día siguiente fue como cumplir otra sentencia de arresto domiciliario. De vez en cuando oía crujir el suelo y giraba la cabeza, pensando que papá aparecería saliendo del garaje, con pintura en el pelo, como siempre. Pero saber que aquello no iba a ocurrir no era tan duro cuando oía la voz de May o cuando me llegaba el olor de los polvos de talco de Astra. La casa estaba llena, y aquello de momento me bastaba, me reconfortaba.

Decidí que Lucy no debía llevar su uniforme mientras estuviera en casa, y pese a sus protestas conseguí que se pusiera algo de mi antigua ropa, que me quedaba demasiado pequeña, pero que aún era grande para May. Como mamá estaba ocupada cocinando y sirviendo a todo el mundo, y yo había decidido cambiar de imagen y ponerme algo más sencillo para moverme por casa, la tarea principal de Lucy consistía en jugar con May y Gerad, algo que hizo con mucho gusto.

Todos estábamos reunidos en el salón, ocupados con nuestras cosas. Yo tenía un libro en las manos y Kota estaba absorto mirando la televisión. Me recordaba a Celeste. Sonreí, segura de que eso sería exactamente lo que ella estaría haciendo en aquel momento.

Lucy, May y Gerad estaban jugando a las cartas en el suelo, y cada uno de ellos se reía cuando ganaba una ronda. Kenna estaba sentada en el sofá, apoyada en James, y la pequeña Astra, en sus brazos, estaba apurando un biberón. A James se le veía agotado, pero también inmensamente orgulloso con su esposa y su preciosa hija.

Era casi como si no hubiera cambiado nada. Entonces, por el

rabillo del ojo vi a Aspen vestido de uniforme, vigilando, y recordé que, en realidad, nada volvería a ser lo mismo.

Oí a mi madre sorbiéndose la nariz antes de verla aparecer por el pasillo. Me giré y la vi acercándose a nosotros con un puñado de sobres en la mano.

—¿Cómo te encuentras, mamá? —le pregunté.

—Estoy bien. Es que no puedo creer que nos haya dejado. —Tragó saliva, haciendo un esfuerzo por no volver a llorar.

Era raro. Muchas veces había dudado de su devoción hacia mi padre. Nunca les había sorprendido profesándose las muestras de afecto que sí veía en otras parejas. Incluso Aspen, en nuestros encuentros furtivos, me había dado muchas más muestras de cariño de las que yo le había visto a ella con papá.

Era evidente que ahora le preocupaba tener que criar a May y Gerad sola, o los problemas de dinero que pudieran tener. Su marido había muerto, y no había nada que pudiera arreglar aquello.

—Kota, ¿podrías apagar la tele un momento? Y Lucy, cariño, ¿puedes llevarte a May y Gerad a la habitación de America? Tenemos que hablar de algo —dijo en voz baja.

—Por supuesto, señora —respondió Lucy, y se giró hacia May y Gerad—. Vamos, chicos.

May no parecía muy contenta al verse excluida de lo que fuera que estuviera pasando, pero decidió no oponerse. No podría decir si era por lo triste que estaba mamá o por devoción a Lucy, pero en cualquier caso me alegré.

Cuando se hubieron ido, mamá se dirigió al resto de nosotros:

—Ya sabéis que papá estaba delicado. Supongo que él ya sabía que no le quedaba mucho tiempo, porque hace tres años se sentó a escribiros estas cartas, a todos vosotros —dijo, bajando la mirada hacia los sobres que llevaba en las manos.

»Hizo que le prometiera que, si le ocurría algo, os las daría. También hay para May y Gerad, pero no creo que tengan edad suficiente. No he leído las cartas. Son para vosotros, así que… he pensado que sería un buen momento para leerlas. Esta es la de Kenna —dijo, entregándole una carta—. Kota. —Mi hermano se irguió y cogió la suya. Mamá se acercó a mí—. Y America.

Cogí mi carta, sin saber muy bien si quería abrirla o no. Eran las últimas palabras de mi padre, el adiós que pensaba que me había perdido. Pasé la mano por encima de mi nombre, escrito en el sobre, imaginándome a mi padre pasando la pluma por encima. El punto de la i de mi nombre era una especie de garabato. Sonreí, intentando adivinar qué le habría impulsado a hacerlo, aunque en realidad no importaba. Quizá sabía que necesitaría sonreír.

Pero entonces me fijé mejor. Aquella manchita había sido añadida más tarde. La tinta de mi nombre estaba más clara, pero aquel garabato era más oscuro, más fresco que el resto.

Di la vuelta al sobre. El sello había sido abierto y pegado de nuevo. Eché la vista hacia Kenna y Kota, que estaban absortos en la lectura de sus cartas, lo que quería decir que hasta aquel momento no tenían ni idea de su existencia. Eso significaba que, o mamá mentía y había leído mi carta, o papá había vuelto a abrir la suya una vez cerrada.

No necesitaba más para decidirme a descubrir qué me había dejado papá. Separé con cuidado el sello y abrí el sobre.

Había una carta en un papel viejo y una nota corta y rápida en un papel blanco más brillante. Quería leer la nota corta, pero tenía miedo de no entenderla si no leía antes la carta. La saqué y leí las palabras de papá a la luz de la ventana.

America:

Cariño mío, me cuesta incluso empezar esta carta, pues siento que tengo tanto que contarte… Aunque quiero a todos mis hijos por igual, tú ocupas un lugar especial en mi corazón. Kenna y May se apoyan en tu madre, Kota es muy independiente y Gerad es bastante introvertido, pero tú siempre te has apoyado en mí. Cuando te pelabas las rodillas jugando o los niños más grandes se metían contigo, siempre buscabas mis brazos. Para mí es una satisfacción enorme saber que, al menos para uno de mis hijos, he sido una referencia.

Pero aunque no me quisieras como me quieres, sin duda seguiría estando increíblemente orgulloso de ti. Te has convertido en una gran intérprete, y la música de tu violín o la melodía de tu voz cuando cantas por casa son los sonidos más preciosos y encantadores del mundo. Desearía tener un mejor escenario, America. Te mereces mucho más que una tarima en un rincón en alguna fiesta pretenciosa. No pierdo la esperanza de que un día tengas suerte y te conviertas en una revelación. Creo que Kota también puede conseguirlo. Tiene talento en lo que hace. Pero sé que él luchará por ello, y no sé si tú tienes ese instinto batallador. Nunca has sido muy guerrera, como otras personas de castas inferiores. Y ese es otro motivo por el que te quiero.

Eres buena, America. Te sorprendería saber lo poco que hay de eso en el mundo. No digo que seas perfecta; he vivido algunos de tus arranques de genio, y sé que no es así. Pero eres amable y no soportas las injusticias. A veces luchas por un reparto justo incluso en casa, sin conformarte con ser la segunda de la lista solo por ser más joven. Y luchas para que May y Gerad también obtengan lo que les corresponde. Eres buena y sospecho que ves cosas en este mundo que nadie más ve, ni siquiera yo. Y desearía poder contarte todo lo que yo veo.

Mientras les escribía estas cartas a tus hermanos, he sentido la necesidad de darles instrucciones. Veo en todos ellos, incluso en el pequeño Gerad, detalles de sus personalidades que podrían hacerles la vida más difícil cada año si no hacen el esfuerzo de enfrentarse a las cosas duras de la vida. Pero no creo que a ti sea necesario advertirte.

Siento que no dejarás que el mundo te empuje a vivir una vida que no desees. Quizá me equivoque, así que déjame al menos decirte una cosa: lucha, America. Puede que no quieras luchar por cosas por las que la mayoría lucharía, como el dinero o la fama, pero lucha igualmente. Sea lo que sea lo que desees, America, búscalo con todas tus fuerzas.

Si puedes hacerlo, si consigues evitar que el miedo te haga conformarte con segundas opciones, sé que como padre no podría pedir más. Vive tu vida. Sé todo lo feliz que puedas, libérate de las cosas que no importan, y lucha.

Te quiero, tesoro. Tanto que no sé cómo decirlo. Quizá podría pintarlo, pero el lienzo no me cabría en este sobre. Y tampoco te haría justicia. Te quiero más allá de lo que puedan expresar la pintura, las melodías, las palabras. Y espero que siempre lo sepas, aunque no esté a tu lado para decírtelo.

Con todo mi cariño,

PAPÁ

No estaba segura de en qué punto había empezado a llorar, pero me había costado leer la última parte de la carta. Deseaba con todas mis fuerzas haber tenido la ocasión de decirle que le quería tanto como él a mí. Y por un minuto sentí una sensación cálida y plácida.

Levanté la vista y vi que Kenna también estaba llorando, haciendo esfuerzos por acabar su carta. Kota parecía confuso, repasando su carta una y otra vez.

Aparté la mirada y saqué la nota, con la esperanza de que no fuera tan sentida como la carta. No estaba segura de poder aguantar más.

America:

Lo siento. Cuando te visitamos, fui a tu habitación y encontré el diario de Illéa. No me dijiste que estaba allí; simplemente me lo imaginé. Si esto te causa algún problema, la culpa es mía. Y estoy seguro de que habrá repercusiones, por ser quien soy yo y por habérselo dicho a quien se lo he dicho. Odio haberte traicionado de este modo, pero cree en mí cuando te digo que lo he hecho con la esperanza de un futuro mejor para ti y para todos los demás.

La Estrella del Norte será
la guía que marca el sendero.
Que la bondad, el honor y la verdad
sean siempre tus compañeros.

Te quiero,

SHALOM

Me quedé allí unos minutos, intentando descifrar qué significaba aquello. ¿Repercusiones? ¿A quién se lo había dicho? ¿Y qué era aquel poema?

Las palabras de August vinieron a mi mente: no se habían enterado de la existencia de los diarios a través del *Report*; sabían más de lo que contenían de lo que les había dicho yo...

«Quien soy yo... A quién se lo he dicho... La Estrella del Norte...»

Me quedé mirando la firma de papá y recordé cómo firmaba las cartas que me había enviado a palacio. Siempre me

195

había parecido que escribía las íes de un modo raro. Eran estrellas de ocho puntas: estrellas del norte.

El garabato sobre la i de mi nombre. ¿Quería que también significara algo para mí? ¿O es que ya significaba algo porque habíamos hablado con August y Georgia?

¡August y Georgia! La brújula de August: ocho puntas. Los dibujos de la chaqueta de Georgia no eran flores. Ambos eran estrellas, diferentes, pero estrellas. Y el chico que le tocó a Kriss el Día de las Sentencias: lo que llevaba en el cuello no era una cruz.

Así era como se identificaban entre ellos.

Mi padre era un rebelde norteño.

Tenía la sensación de haber visto la estrella en otros lugares. Quizás en el mercado, o incluso en el palacio. ¿La habría tenido ante mis ojos durante años sin darme cuenta?

Levanté la mirada, sin poder reaccionar; Aspen estaba allí, con los ojos llenos de preguntas que no podía formular.

Mi padre era un rebelde. Un libro de historia medio destruido escondido en su habitación, amigos que no conocía de nada en su funeral…, una hija a la que había puesto de nombre America. Si hubiera prestado atención a las señales, lo habría deducido años atrás.

—¿Ya está? —preguntó Kota, ofendido—. ¿Qué demonios se supone que tengo que hacer con esto?

Aparté la mirada de Aspen y me giré hacia Kota.

—¿Qué pasa? —preguntó mamá, que volvía con un poco de té.

—La carta de papá. Me ha dejado esta casa. ¿Qué se supone que voy a hacer con este basurero? —dijo, poniéndose en pie, con la carta en la mano.

—Kota, papá escribió eso antes de que te fueras de casa —explicó Kenna, aún conmovida—. Quiso que no te faltara de nada.

—Bueno, pues entonces fracasó, ¿no? ¿O no hemos pasado hambre? Y desde luego esta casa no iba a cambiarme la vida. Ya me encargué yo de hacerlo por mi cuenta. —Kota tiró al suelo los papeles, que cayeron planeando desordenadamente. Se pasó los dedos por el cabello y soltó un bufido.

—¿Tenemos algo de alcohol? Aspen, ponme una copa —ordenó, sin mirarlo siquiera.

Me giré y vi mil emociones pasando por el rostro de Aspen: irritación, simpatía, orgullo, resignación. Se dirigió a la cocina.

—¡Alto ahí! —exclamé yo.

Aspen se detuvo.

Kota se giró hacia mí, molesto.

—Es su trabajo, America.

—No, no lo es —le espeté—. Puede que se te haya olvidado, pero ahora Aspen es un Dos. Más bien tendrías que ser tú quien le pusieras una copa a él. No solo por su estatus, sino por todo lo que está haciendo por nosotros.

Una sonrisa burlona asomó en el rostro de Kota.

—Ya... ¿Y eso lo sabe Maxon? ¿Sabe que la cosa aún sigue? —preguntó, señalándonos con un dedo acusador. Sentí que mi corazón dejaba de latir—. ¿Qué crees que haría? Ya azotó a una de las chicas, y mucha gente dice que aún tuvo suerte, considerando lo que había hecho. —Kota apoyó las manos en las caderas, satisfecho, mirándonos.

Yo no podía hablar. Aspen tampoco lo hizo. No sabía si nuestro silencio nos ayudaba o nos condenaba. Fue mamá quien por fin rompió el silencio:

—¿Es eso cierto?

Tenía que pensar; tenía que encontrar la forma de explicar aquello. O de negarlo, porque en realidad no era cierto..., ya no.

—Aspen, ve a ver qué hace Lucy —dije.

Él se puso en marcha, pero Kota se opuso:

—¡No, él se queda!

—¡He dicho que él se va! —grité, perdiendo los nervios—. ¡Y ahora siéntate!

El tono de mi voz sorprendió a todo el mundo. Mamá se sentó inmediatamente, asombrada. Aspen fue al pasillo. Kota también tomó asiento, poco a poco y a regañadientes.

Intenté concentrarme.

—Sí, antes de la Selección, yo salía con Aspen. Teníamos pensado decírselo a todo el mundo cuando hubiéramos ahorrado suficiente dinero para casarnos. Antes de marcharme, cortamos, y luego conocí a Maxon. Maxon es importante para mí, y aunque Aspen pasa mucho tiempo cerca, no hay nada entre nosotros. —«Ya no», añadí mentalmente. Entonces me giré

197

hacia Kota—. Si te crees, aunque solo sea por un segundo, que puedes tergiversar mi pasado y convertirlo en algo con lo que hacerme chantaje, piénsatelo dos veces. Una vez me preguntaste si le había hablado a Maxon de ti, y lo hice. Sabe exactamente lo desalmado e ingrato que eres.

Kota apretó los labios, dispuesto a replicar. Pero me adelanté.

—Y deberías saber que me adora —añadí con decisión—. Si te crees que te va a creer a ti antes que a mí, puede que te sorprenda lo rápido que puedo conseguir que te den con una vara en las manos. ¿Quieres ponerme a prueba?

Él apretó los puños, debatiéndose. Si le lastimaban las manos, sería el fin de su carrera profesional.

—Muy bien —dije—. Y si te oigo decir una palabra desagradable más sobre papá, puede que lo haga de todos modos. Has tenido una suerte increíble de tener un padre que te quisiera tanto. Te dejó la casa. Podía haberse desdicho después de que te fueras, pero no lo hizo. Aún tenía esperanzas puestas en ti, que es más de lo que puedo decir yo.

Salí de allí a toda prisa, me dirigí a mi habitación y cerré de un portazo. Se me había olvidado que Gerad, May, Lucy y Aspen estarían allí esperándome.

—¿Salías con Aspen? —me preguntó May.

Solté un soplido.

—Hablabas bastante alto —aclaró Aspen.

Miré a Lucy. Había lágrimas en sus ojos. No quería hacerle guardar otro secreto, y estaba claro que le dolía pensar en ello. Era tan honesta y leal que no podía pedirle que escogiera entre yo y la familia a la que había jurado servir.

—Se lo diré a Maxon cuando volvamos —le dije a Aspen—. Pensé que estaba protegiéndote, que me estaba protegiendo a mí, pero lo único que he hecho es mentir. Y si Kota lo sabe, puede que lo sepa más gente. Quiero ser yo quien se lo diga.

Capítulo 27

$\mathcal{M}$e pasé el resto del día escondida en mi habitación. No quería ver el rostro acusador de Kota ni enfrentarme a las preguntas de mamá. Lo peor era Lucy. Estaba muy triste porque le había ocultado aquel secreto. No quería siquiera que me atendiera; estaba mejor ayudando a mamá en lo que pudiera o jugando con May.

En cualquier caso, tenía demasiadas cosas en las que pensar y era mejor que no estuviera a mi lado. No dejaba de pensar en lo que le diría a Maxon, buscando la mejor manera posible de contarle la verdad. ¿Debería omitir todo lo que Aspen y yo habíamos hecho en el palacio? Y si lo hacía y él preguntaba, ¿no sería peor que si lo admitía de buenas a primeras?

Al mismo tiempo me distraía pensando en papá, preguntándome lo que había dicho y hecho durante años. ¿Serían rebeldes todas aquellas personas desconocidas en su funeral? ¿Era posible que hubiera tantos?

¿Debería contarle aquello también a Maxon? ¿Me querría igualmente, aunque mi familia estuviera vinculada con los rebeldes? Era evidente que algunas de las chicas estaban allí precisamente por sus vínculos familiares. ¿Y si los míos jugaban en mi contra? Ahora que estábamos en contacto con August no parecía muy lógico, pero, aun así…

Me pregunté qué estaría haciendo Maxon en aquel momento. Trabajar, quizá. O buscar el modo de no hacerlo. Yo no estaba allí para ir de paseo con él o para que nos sentáramos a hablar. Me preguntaba si Kriss estaría ocupando mi lugar.

Me tapé los ojos, intentando pensar. ¿Cómo se suponía que iba a superar todo aquello?

Alguien llamó a mi puerta. Ya no sabía si las cosas podían mejorar o empeorar, pero en todo caso di permiso a quien fuera para que entrara.

Era Kenna. Por primera vez desde que llegué, la vi sin Astra.

—¿Estás bien?

Negué con la cabeza y unas lágrimas corrieron por mis mejillas. Ella se acercó y se sentó a mi lado, en la cama, pasándome un brazo por la espalda.

—Echo de menos a papá. Su carta era tan...

—Lo sé —dijo ella—. Cuando estaba aquí, apenas hablaba. Pero nos ha dejado todas esas palabras. En parte me alegro. No sé si lo recordaría todo, si no lo hubiera dejado por escrito.

—Sí. —Ahí tenía la respuesta a una de las preguntas que no me atrevía a hacer. Nadie sabía que papá era un rebelde.

—¿Así que... tú y Aspen?

—Se acabó. Te lo juro.

—Te creo. Cuando sales en la tele, tendrías que ver cómo miras a Maxon. Incluso esa otra chica, ¿Celeste? —dijo poniendo los ojos en blanco.

Sonreí.

—Intenta que parezca que está enamorada de él, pero se ve que no es real. O al menos no es tan real como ella desearía.

—No tienes ni idea de la razón que tienes en eso. —Suspiré.

—Me preguntaba cuánto tiempo llevabais... con Aspen, quiero decir.

—Dos años. Empezó después de que tú te casaras y Kota se fuera. Nos encontrábamos en la casa del árbol una vez por semana, más o menos. Estábamos ahorrando para casarnos.

—¿Entonces estabas enamorada?

Tendría que haber sido capaz de responder inmediatamente, decirle que no tenía dudas sobre cómo le quería. Pero en aquel momento no me parecía que fuera así. Lo sería, pero el tiempo y la distancia hacían que no lo pareciera.

—Creo que sí. Pero no me parece...

—¿No te parece igual que con Maxon?

Meneé la cabeza.

—Ahora me parece rarísimo. Durante mucho tiempo, Aspen era la única persona con la que me podía imaginar. Estaba dispuesta a ser una Seis. Y ahora...

—¿Y ahora estás a cinco minutos de ser la nueva princesa? —dijo, con una solemnidad que me hizo reírme con ella de lo drásticamente que había cambiado mi vida.

—Gracias.

—Para eso son las hermanas.

La miré a los ojos y vi que aquello le dolía un poco.

—Siento no habértelo contado antes.

—Me lo estás contando ahora.

—No es porque no confiara en ti. Supongo que el mismo hecho de que fuera un secreto lo hacía más especial —dije, y al decirlo en voz alta me di cuenta de que eso era lo que pasaba.

Sí, sentía algo por él, pero había otras cosas a nuestro alrededor que hacían que Aspen resultara mucho más atractivo: el secreto, la urgencia del contacto, la idea de tener un objetivo que alcanzar.

—Lo entiendo, America. De verdad. Lo que espero es que no pensaras que estabas obligada a mantenerlo en secreto. Porque puedes contar conmigo.

Solté aire. Me dio la impresión de que muchas de mis preocupaciones se iban con aquel soplo. Por lo menos por un momento, con la cabeza en el hombro de Kenna, sentí que era agradable poder pensar.

—¿Y no queda nada entre Aspen y tú? ¿Qué siente él por ti?

Suspiré, levantando la cabeza.

—No deja de repetirme que quiere decirme algo, algo sobre lo mucho que me ha querido siempre. Y yo sé que debería decirle que eso ya no importa y que quiero a Maxon, pero...

—Pero...

—¿Y si Maxon elige a otra? Me quedaría sin nada. Al menos si Aspen piensa que aún tenemos una oportunidad, podríamos intentarlo cuando todo acabara.

—¿Estás usando a Aspen como red de seguridad? —me preguntó con los ojos bien abiertos.

Hundí la cabeza entre las manos.

—Lo sé, lo sé. Es horrible, ¿no?

—America, eso no es digno de ti. Y, si alguna vez le has

querido, tienes que decirle la verdad, igual que necesitas contársela a Maxon.

Llamaron de nuevo a la puerta.

—Adelante.

Me ruboricé un poco al ver a Aspen en el umbral. Lucy, abatida, estaba justo detrás.

—Tienes que vestirte y hacer el equipaje —anunció.

—¿Pasa algo? —Me puse en pie, tensa.

—Lo único que sé es que Maxon quiere que vuelvas a palacio inmediatamente.

Suspiré, confusa. Se suponía que iba a disponer de un día más. Kenna me rodeó con el brazo otra vez y me dio un suave abrazo antes de volver al salón. Aspen salió de la habitación. Lucy se limitó a coger su uniforme y se dirigió al baño para cambiarse, cerrando la puerta tras ella.

De nuevo sola, pensé en todo aquello. Kenna tenía razón. Ya sabía lo que sentía por Maxon, e iba siendo hora de hacer lo que papá me había dicho que hiciera, lo que debía haber hecho desde el principio: luchar.

Y primero debía hacer lo que me parecía más duro: hablar con Maxon. Después de aquello, cualquiera que fuera el resultado, ya pensaría en qué decirle a Aspen.

Había ocurrido tan poco a poco que había tardado un tiempo en darme cuenta de lo mucho que habíamos cambiado. Pero hacía semanas que lo sabía, y seguía sin decírselo a nadie. Debía hacer lo correcto y hablar con Maxon. Tenía que dejar que Aspen siguiera con su vida.

Hurgué en mi maleta, buscando el bulto que había en el fondo. Cuando lo encontré, envuelto en tela, lo desenvolví y saqué el frasco. El céntimo ya no estaba tan solo, ahora que también estaba ahí la pulsera... Pero eso no importaba.

Cogí el frasco y lo puse en el alféizar, donde debía haberlo dejado mucho tiempo atrás.

Me pasé la mayor parte del trayecto en avión repasando mi confesión a Maxon. La idea me aterraba, pero si no le contaba la verdad no podríamos avanzar.

Separé la espalda de mi cómodo asiento y miré hacia la parte trasera del avión. Aspen y Lucy estaban sentados uno a cada lado del pasillo, en una de las primeras filas, enfrascados en una conversación. Ella aún parecía disgustada, y parecía estar dándole a Aspen ciertas instrucciones. Él prestaba atención, asintiendo. Ella se retiró a su asiento, y Aspen se puso en pie. Yo volví a recostarme, con la esperanza de que no me hubieran visto.

Fingí estar muy interesada en mi libro hasta que se acercó.

—El piloto dice que falta una hora más o menos —me informó.

—De acuerdo, bien.

—Siento lo que ha pasado con Kota —dijo, tras unos segundos de vacilación.

—No tienes que disculparte. Es mala persona, sin más.

—No, sí que tengo que hacerlo. Hace unos años se metió conmigo, acusándome de estar colado por ti, y yo le dije que no, pero creo que se me notó. Debe de haber estado atento a cada detalle desde entonces. Tendría que haber ido con más cuidado. Tendría que...

—Aspen.

—¿Sí?

—No pasa nada. Voy a contarle la verdad a Maxon, y voy a aceptar la responsabilidad. Tú tienes una familia que depende de ti. Si te pasara algo...

—Mer, tú me has intentado mantener al margen y yo he sido demasiado tozudo como para escucharte. Es culpa mía.

—No, no lo es.

Aspen tomó aire.

—Escucha... Necesito contarte algo. Sé que va a ser difícil, pero necesito que lo sepas. Cuando te dije que siempre te querría, lo decía de verdad. Y...

—Para —le rogué. Sabía que tenía que contarle la verdad, pero no me veía capaz de afrontar dos confesiones a la vez—. Ahora mismo no puedo enfrentarme a esto. Todo mi mundo acaba de venirse abajo, y estoy a punto de hacer algo que me aterra. Por favor, déjalo para otro momento.

Aspen no parecía muy contento con aquella decisión, pero, aun así, la respetó.

—Como desee, señorita —dijo.

Se alejó y yo me sentí aún peor.

203

Capítulo 28

*L*a entrada al palacio fue impecable, como cabía esperar. Una criada que no había visto nunca se presentó para cogerme el abrigo. Aspen estaba junto a otro guardia, explicándole que presentaría un informe completo del viaje por la mañana. Fui hacia las escaleras, pero otra criada vino a mi encuentro.

—¿No quiere ir a la recepción, señorita?

—¿Perdón?

¿Es que iban a darme una fiesta de bienvenida o algo así?

—En la Sala de las Mujeres, señorita. Estoy segura de que la están esperando.

Aquello no resolvía mis dudas, pero volví a bajar los escalones y me dirigí a la Sala de las Mujeres. Recorrer aquellos pasillos tan familiares me reconfortó más de lo que había podido imaginar. Por supuesto, seguía echando de menos a mi padre, pero era agradable no ver cosas que me hacían pensar en él a cada paso. Lo único que habría hecho que mi llegada fuera aún más agradable habría sido que Maxon estuviera a mi lado.

Estaba planteándome la posibilidad de pedir que le mandaran un mensaje de mi parte cuando me llegó el ruido procedente de la Sala de las Mujeres. Aquel sonido me confundió. Por el volumen, daba la impresión que media Illéa estaba allí reunida.

Abrí la puerta no muy convencida. En el momento en que Tiny —¿qué hacía ella allí?— me vio asomar, avisó a las demás.

—¡Está aquí! ¡America ha vuelto!

Toda la sala estalló en gritos de alegría, y yo no entendía

nada: Emmica, Ashley, Bariel... estaban todas allí. Busqué con la mirada, pero sabía que no serviría de nada: no podían haber invitado a Marlee.

Celeste salió a mi encuentro y me abrazó con fuerza:

—¡Ah, pillina, sabía que lo conseguirías!

—¿Qué?

No tuvo tiempo de responder. Una décima de segundo más tarde, Kriss estaba abrazándome y casi gritándome al oído. El olor de su aliento dejaba claro que había estado bebiendo bastante, y la copa en su mano confirmaba que no tenía intención de parar.

—¡Somos nosotras! —gritó—. ¡Maxon va a anunciar su compromiso mañana! ¡Será una de nosotras dos!

—¿Estás segura?

—A Elise y a mí nos dieron la patada anoche, pero Maxon mandó buscar a todas las chicas para celebrarlo, así que nos hemos quedado —confirmó Celeste—. Elise no se lo ha tomado muy bien; ya sabes cómo lleva lo de su familia. Cree que ha fracasado.

—¿Y tú? —le pregunté algo nerviosa.

Ella se encogió de hombros y sonrió.

—¡Bueno...!

Me reí al ver su reacción. Un momento más tarde me colocaron una copa en la mano.

—¡Por Kriss y America, las dos finalistas! —gritó alguien.

No sabía cómo reaccionar ante la noticia. Maxon había decidido poner fin a aquello, mandar a todo el mundo a casa. Y lo había hecho mientras yo estaba fuera. ¿Significaba eso que me echaba de menos? ¿O que se había dado cuenta de que tampoco estaba tan mal sin mí?

—¡Bebe! —insistió Celeste, poniéndome la copa en los labios.

Tragué un sorbo de champán y acabé tosiendo. Entre el *jet lag*, la tensión de los últimos días y el alcohol, al momento sentí que todo me daba vueltas.

Observé a las chicas bailando sobre los sofás, contentas aunque hubieran perdido. Celeste estaba en una esquina con Anna; daba la impresión de que estaba pidiendo disculpas repetidamente por sus acciones. Elise se acercó en silencio y me dio un abrazo antes de retirarse de nuevo. Yo estaba eufórica y me sentía feliz aunque no estuviera del todo segura de lo que me aguardaba.

Me giré y me encontré de pronto con Kriss que me abrazaba.

—Muy bien —dijo ella—. Prometámonos que, pase lo que pase, nos alegraremos la una por la otra.

—Me parece un buen plan —grité, para que me oyera con todo aquel ruido.

Me reí y bajé la vista. En aquel momento me di cuenta: de pronto, el brillo del colgante de plata de su cuello adquirió un nuevo significado.

Cogí aire. Ella se me quedó mirando, preguntándose qué pasaba. Sin pensármelo dos veces, tiré de ella bruscamente y la saqué al pasillo.

—¿Adónde vamos? —preguntó—. America, ¿qué sucede?

La arrastré hasta dar la vuelta a la esquina y entramos en el baño de mujeres. Antes de decir nada, comprobé que no hubiera allí nadie más.

—Eres una rebelde —la acusé.

—¿Qué? Estás loca —dijo, sobreactuando un poco. Pero se llevó la mano al cuello, lo que la dejó en evidencia.

—Sé lo que significa esa estrella, Kriss, así que no me mientas.

Tras una pausa calculada, suspiró.

—No he hecho nada ilegal. No estoy organizando protestas en ningún sitio; solo apoyo la causa.

—Muy bien. Pero ¿hasta qué punto participas en la Selección por amor a Maxon y hasta qué punto es para que podáis colocar a uno de los vuestros en el trono?

Calló por un momento, buscando las palabras. Apretó los dientes, se dirigió a la puerta y cerró el pestillo.

—Si quieres saberlo…, sí. A mí… me presentaron al rey como una opción. Estoy segura de que ya te habrás dado cuenta de que la elección de las candidatas estaba amañada.

Asentí.

—El rey no sabía (y aún no sabe) cuántas norteñas habían pasado la primera criba. Yo fui la única que la superó. Al principio me dediqué por completo a mi causa. No entendía a Maxon, y no parecía que él me quisiera en absoluto. Pero luego empecé a conocerle, y me entristeció mucho ver que no tenía interés en mí. Después de que Marlee se fuera y tú perdieras influencia sobre él, lo vi de una manera completamente diferente.

»Pensarás que mis motivos para venir aquí no eran los apropiados, y quizá tengas razón. Pero ahora todo ha cambiado. Quiero a Maxon, y voy a seguir luchando por él. Podemos hacer grandes cosas juntos. Así que, si estás pensando en hacerme chantaje o delatarme, olvídalo. No voy a retirarme. ¿Me entiendes?

Kriss nunca había hablado con tanta vehemencia. No sabía si aquello se debía a la convicción que sentía respecto a lo que decía o a la cantidad de champán que había bebido. En aquel momento estaba tan agresiva que no sabía muy bien qué decirle.

Habría querido decirle que Maxon y yo también podríamos hacer grandes cosas, que probablemente ya habíamos hecho más de lo que ella se podía imaginar. Pero no era el momento de pavonearse. Además, ella y yo teníamos mucho en común. Yo estaba allí por mi familia; ella por algo que también podía considerarse su familia. Aquello era lo que nos había traído hasta la puerta del palacio y nos había abierto el corazón de Maxon. ¿De qué serviría ahora enfrentarse? Interpretó mi silencio como un acuerdo tácito y se relajó.

—Bueno. Ahora, si me disculpas, voy a volver a la fiesta.

Me lanzó una mirada gélida y salió del baño, dejándome destrozada. ¿Debería callarme? ¿Tendría que decírselo a alguien? ¿Era en realidad algo tan malo?

Suspiré y salí de allí. No tenía ya ánimo para fiestas, así que subí la escalera y fui a mi habitación.

Aunque tenía ganas de ver a Anne y a Mary, agradecí que no hubiera nadie allí. Me tendí en la cama e intenté pensar. Así que Kriss era una rebelde. Según decía no era peligrosa, pero, aun así, me pregunté qué significaba aquello exactamente. Debía de ser la persona de la que hablaba Georgia. ¿Cómo se me había ocurrido pensar que pudiera ser Elise?

¿Los habría ayudado Kriss a entrar en palacio? ¿Les habría indicado dónde encontrar lo que andaban buscando? Yo tenía mis secretos en el palacio, pero nunca me había parado a pensar que las otras chicas también ocultaran algo. Debería haberlo hecho.

Porque… ¿qué iba a decir ahora? Si lo de Maxon con Kriss iba adelante, cualquier acción para ponerla en evidencia parecería un último y desesperado intento por ganar. Y, aunque funcionara, no era así como quería conseguir a Maxon.

Quería que supiera que le quería.

Oí que llamaban a la puerta. Por un momento, pensé que era mejor no responder. Tal vez fuera Kriss, que quería explicarme algo más, o alguna de las chicas intentando arrastrarme de nuevo a la fiesta, cosa que no me apetecía nada de nada. Al final me puse en pie y fui hasta la puerta.

Maxon estaba allí, con un grueso sobre en las manos y un pequeño paquete envuelto en papel de regalo.

En el segundo que tardamos en asimilar que estábamos de nuevo en el mismo sitio, sentí como si el aire se cargara con una electricidad mágica que dejaba claro lo mucho que le había echado de menos.

—Hola —dijo. Parecía algo aturdido, como si no se le ocurriera qué decir.

—Hola.

Nos quedamos mirándonos.

—¿Quieres pasar?

—Oh. Bueno, sí, sí que quiero —dijo. Pero había algo. Estaba diferente, quizá nervioso.

Me eché a un lado para dejarle pasar. Miró a su alrededor como si la habitación hubiera cambiado desde la última vez. Se giró hacia mí.

—¿Cómo te encuentras?

Me di cuenta de que debía de preguntarme por mi padre. Que la Selección llegara a su final no era lo único que había cambiado en mi vida.

—Bien. Es como si no hubiera muerto, especialmente ahora que estoy aquí. Me siento como si todavía pudiera escribirle una carta y…

Me sonrió, comprensivo.

—¿Cómo está tu familia?

Suspiré.

—Mamá aguanta como puede. Kenna es una roca. Los que más me preocupan son May y Gerad. Kota no podía haberse portado peor. Es como si no le tuviera ningún cariño, y no puedo entenderlo —confesé—. Tú conociste a mi padre. Era un hombre de lo más dulce.

—Sí que lo era —coincidió Maxon—. Me alegro de haberlo conocido al menos. Ahora veo cosas de él en ti.

—¿De verdad?

—Claro que sí —dijo, cogiendo los dos paquetes con una mano y agarrándome con la otra. Me condujo hasta la cama y se sentó a mi lado—. Tu sentido del humor, por ejemplo. Y tu tenacidad. Cuando hablamos durante su visita, me acribilló. Era estresante, pero divertido al mismo tiempo. Tú, cuando discutes conmigo, tampoco me das tregua. Por supuesto, también tienes sus ojos y, diría, que su nariz. Y a veces eres igual de optimista. O esa es la impresión que me dio.

Absorbí cada palabra, tomando nota de todas las partes de mí que eran como él. Y yo que pensaba que Maxon no lo conocía.

—Lo único que digo es que no pasa nada por estar triste por su pérdida, claro, pero puedes estar segura de que lo mejor de él todavía vive —concluyó.

Le rodeé con los brazos. Él me agarró con su mano libre.

—Gracias.

—Lo digo de verdad.

—Lo sé. Gracias. —Me volví a colocar a su lado y decidí cambiar de tema antes de ponerme demasiado emotiva—. ¿Qué es esto? —pregunté, señalando los paquetes que tenía en la mano.

—Oh. —Se quedó pensando un momento—. Esto es para ti. Un regalo de Navidad, aunque sea con algo de retraso.

Me entregó el sobre, lleno de hojas dobladas.

—En realidad no puedo creer que te esté regalando esto, y tendrás que esperar para abrirlo hasta que yo me vaya, pero… es para ti.

—Muy bien —dije, intrigada, mientras dejaba el sobre encima de mi mesilla.

—Esto me da un poco de vergüenza —añadió, medio en broma, entregándome el regalo—. Siento que esté tan mal envuelto.

—Está bien —mentí, intentando no reírme al ver los bordes arrugados y el papel roto por la parte de atrás.

Dentro había un marco con la fotografía de una casa. No era una casa cualquiera, sino una muy bonita. Era de color amarillo cálido, con un jardín cubierto de hierba. Solo ver la foto, te entraban ganas de echar a correr descalza por allí. Las ventanas de las dos plantas eran altas y amplias, y unos árboles daban sombra sobre una parte del prado. Un árbol incluso tenía un columpio colgado de una rama.

Intenté no mirar la casa, sino la foto en sí. Estaba segura de que sería obra de Maxon, aunque no me imaginaba cuándo habría salido de palacio en busca de casas bonitas que fotografiar.

—Es muy bonita —dije—. ¿La has tomado tú?

—Oh, no. —Se rio, meneando la cabeza—. El regalo no es la foto. Es la casa.

Tardé un momento en asimilarlo.

—¿Qué?

—Pensé que querrías que tu familia estuviera cerca. Está a un paseo en coche, y tiene mucho espacio. Incluso podrían vivir allí tu hermana y su familia, supongo.

—Qué… Yo… —Me quedé mirándolo, a la espera de que me lo explicara.

Tan paciente como siempre, Maxon me lo explicó:

—Me dijiste que enviara a todas las demás a casa. Lo he hecho. Tenía que quedarme con otra chica (esas son las normas), pero… dijiste que si te demostraba que te quería…

—¿Soy yo?

—Claro que eres tú.

Me quedé sin habla. Me puse a reír de la emoción y le besé sin poder parar de sonreír. Maxon, encantado con aquellas muestras de cariño, recibió cada uno de mis besos con más risas.

—¿Nos vamos a casar? —exclamé, sin dejar de besarle.

—Sí, nos vamos a casar —dijo, chasqueando la lengua, y dejó que me lanzara encima de él, dominada por la emoción. Cuando me di cuenta de que estaba sentada en su regazo, no supe cómo había llegado allí.

Le besé una y otra vez… y de pronto las risas desaparecieron. Al cabo de un rato, las sonrisas también menguaron. Los besos pasaron de ser un juego a algo mucho más serio. Cuando me aparté y le miré a los ojos, su mirada era intensa, profunda.

Maxon me agarró con fuerza. Sentí su corazón latiendo desbocado contra mi pecho. Presa de un deseo incontrolado, le quité la americana, y él me ayudó lo que pudo sin soltarme. Dejé que mis zapatos cayeran al suelo, emitiendo una breve melodía al impactar en el suelo. Sentí las piernas de Maxon situándose debajo de mí en el momento en que él también se quitaba los suyos.

Sin dejar de besarnos, me levantó, arrastrándome al centro de la cama con toda suavidad. Sus labios recorrieron mi cuello mientras yo le aflojaba la corbata, que acabó cerca de nuestros zapatos.

—Está usted rompiendo un montón de reglas, señorita Singer.

—Tú eres el príncipe. Puedes perdonarme.

Él soltó una risita traviesa, pasando los labios por mi garganta, mi oreja, mi mejilla. Le desabotoné la camisa como pude. Él me ayudó con el último tramo, irguiendo la espalda para poder quitársela y apartarla. La última vez que le había visto sin camisa no había podido fijarme mucho debido a las circunstancias. Pero ahora…

Deslicé mis dedos sobre la piel de su vientre, admirando su musculatura. Cuando mi mano llegó a la altura de su cinturón, lo agarré y tiré de Maxon hacia mí. Él no opuso ninguna resistencia y trepó con la mano por mi muslo, donde la apoyó, bajo las capas de tela de mi vestido.

Me estaba volviendo loca; quería mucho más de él, y me moría por saber si me lo daría. Sin pensarlo siquiera, le rodeé con mis brazos y le pasé los dedos por la espalda.

De pronto dejó de besarme y se echó atrás para mirarme a los ojos.

—¿Qué pasa? —susurré, temiéndome que se rompiera el encanto.

—¿Te… resulta desagradable? —me preguntó, nervioso.

—¿Qué quieres decir?

—Mi espalda.

Le pasé una mano por la mejilla, mirándole directamente a los ojos. No quería que tuviera dudas de cómo me sentía.

211

—Maxon, algunas de esas cicatrices acabaron en tu espalda para que no las tuviera yo en la mía, y solo hacen que te quiera más.

Por un momento dejó de respirar.

—¿Qué es lo que has dicho?

Sonreí.

—Que te quiero.

—¿Una vez más, por favor? Solo...

Cogí sus manos con las mías.

—Maxon Schreave, te quiero. Te quiero.

—Y yo te quiero a ti, America Singer. Te quiero con toda mi alma.

Me besó de nuevo y yo deslicé las manos por su espalda, y esta vez no se detuvo. Pasó las manos por debajo de mí, y sentí sus dedos jugueteando con la parte de atrás de mi vestido.

—¿Cuántos botones tiene esta cosa del demonio?

—¡Lo sé! Es...

212 Maxon irguió la espalda y apoyó las manos en el escote de mi vestido. Con un tirón decidido, lo rompió por delante, dejando a la vista la combinación. Se produjo un silencio tenso mientras Maxon asimilaba lo que estaba viendo. Lentamente, sus ojos volvieron a fijarse en los míos. Sin apartar la vista, yo también erguí la espalda y me quité las mangas del vestido. Me costó un poco desembarazarme de todo aquello. Cuando acabé, Maxon y yo estábamos de rodillas sobre la cama; mi pecho, apenas tapado, estaba en contacto con el suyo, y nos besamos lentamente.

Habría querido pasar la noche con él, sin dormir, explorando aquella nueva sensación que habíamos descubierto. Era como si el resto del mundo hubiera desaparecido... hasta que oímos un golpe en el pasillo. Maxon se quedó mirando la puerta, esperando que se abriera de golpe en cualquier momento. Estaba tenso, más asustado de lo que le había visto nunca.

—No es él —susurré—. Probablemente será una de las chicas trastabillando de camino a su habitación, o una doncella limpiando algo. No pasa nada.

Por fin soltó el aire que tenía en los pulmones y volvió a dejarse caer en la cama. Se echó un brazo a la frente, tapándose los ojos, frustrado, agotado, o quizás ambas cosas.

—No puedo, America. Así no.

—Pero si no pasa nada, Maxon. Aquí estamos seguros. —Me tumbé a su lado, acurrucándome contra su hombro.

Él sacudió la cabeza.

—Quiero estar contigo en cuerpo y alma. Te lo mereces. Y ahora mismo no puedo —respondió, mirándome—. Lo siento.

—Está bien —dije, pero no pude ocultar mi decepción.

—No estés triste. Quiero que tengas una luna de miel al uso. En algún sitio cálido e íntimo. Sin trabajo, sin cámaras, sin guardias. —Me rodeó con los brazos—. Será mucho mejor. Y así podré darte todos los caprichos que quiero darte.

Dicho así no sonaba tan mal, pero, como siempre, yo le llevé la contraria:

—No puedes darme todos esos caprichos, Maxon. Yo no quiero nada —dije, con la nariz casi tocando la suya.

—Bueno, ya lo sé. No estoy hablando de darte cosas. Bueno sí, sí que quiero darte cosas, pero no me refería a eso. Voy a quererte más de lo que ningún hombre ha querido nunca a una mujer, más de lo que has soñado nunca que podrían quererte. Eso te lo prometo.

Los besos que nos dimos después fueron dulces y llenos de esperanza, como el primero. Sentía que la promesa que acababa de hacerme empezaba ya a cumplirse. Y la posibilidad de que me quisieran tanto me daba miedo y me ilusionaba al mismo tiempo.

—¿Maxon?

—¿Sí?

—¿Querrías quedarte conmigo esta noche? —pregunté. Maxon levantó una ceja, y yo solté una risita—. Me comportaré, te lo prometo. Pero... ¿querrías dormir aquí?

Él puso la mirada en el techo, debatiéndose. Por fin cedió.

—Lo haré. Pero tendré que levantarme temprano.

—De acuerdo.

—De acuerdo.

Maxon se quitó los pantalones y los calcetines, y apiló la ropa cuidadosamente para que no estuviera arrugada por la mañana. Volvió a meterse en la cama, pegando el vientre contra mi espalda. Me pasó un brazo por debajo del cuello y con el otro me abrazó suavemente.

213

Me encantaba mi cama del palacio. Las almohadas eran como nubes, y el colchón me envolvía con suavidad. Bajo aquellas sábanas nunca hacía demasiado calor ni demasiado frío, y la sensación del camisón contra mi piel era casi como ir vestida con una capa de aire.

Pero nunca me había sentido tan bien como con los brazos de Maxon alrededor del cuerpo.

Me dio un suave beso tras la oreja.

—Que duermas bien, America.

—Te quiero —dije en voz baja.

Él me abrazó algo más fuerte.

—Te quiero.

Me quedé allí tendida, impregnándome de la felicidad del momento. Apenas unos segundos más tarde la respiración de Maxon se volvió más lenta y regular. Ya estaba dormido.

Maxon nunca dormía.

Sería que conmigo se sentía más seguro de lo que yo me había imaginado. Y pese a todo lo que me había preocupado la actitud de su padre, él también me hacía sentir a salvo.

Suspiré, prometiéndome que hablaríamos sobre Aspen al día siguiente. Tenía que hacerlo antes de la ceremonia. Estaba segura de que sabría cómo explicárselo del mejor modo. De momento, disfrutaría de aquella minúscula burbuja de paz y descansaría segura en los brazos del hombre al que amaba.

Capítulo 29

$\mathcal{M}$e desperté al sentir el brazo de Maxon deslizándose sobre mi piel. En algún momento de la noche había acabado apoyando la cabeza sobre su pecho, y la lenta cadencia de su latido resonaba en mis oídos.

Sin decir una palabra, me besó en el pelo y me abrazó. No podía creer que aquello fuera verdad. Estaba allí, con Maxon, despertándonos juntos en mi cama. Y aquella misma mañana me entregaría un anillo...

—Podríamos despertarnos así cada mañana —murmuró.

—Me has leído la mente —dije yo con una risita.

Él suspiró, satisfecho.

—¿Cómo te sientes, cariño?

—Me siento con ganas de darte un puñetazo por llamarme «cariño», sobre todo —dije, fingiendo que le daba un golpe en el estómago.

Sonriendo, trepó encima de mí y se apoyó sobre mi vientre.

—Muy bien, pues. ¿Querida mía? ¿Tesoro? ¿Amor mío?

—Cualquiera. Me da igual, mientras sea algo que me digas solo a mí —dije, paseando las manos por su pecho y sus brazos—. ¿Qué debería llamarte yo?

—Mi Real Marido. Me temo que así lo exige la ley —contestó, recorriendo mi piel con sus manos hasta llegar a un punto delicado de mi cuello.

—¡Estate quieto! —dije yo, intentando apartarme.

Él respondió con una sonrisa triunfal.

—¡Tienes cosquillas!

A pesar de mis protestas, empezó a recorrerme todo el

cuerpo con los dedos, haciendo que me retorciera de la risa.

En el momento en que empecé a chillar, algo me hizo callar de golpe. Un guardia apareció corriendo por la puerta, con el arma en la mano.

Esta vez grité, tirando de la sábana para cubrirme. Estaba tan asustada que tardé un momento en darme cuenta de que los ojos del aguerrido guardián eran los de Aspen. Me sentí como si la cara me ardiera de la humillación.

Aspen parecía impresionado. Ni siquiera pudo articular una frase entera, mientras sus ojos iban de Maxon, vestido únicamente con ropa interior, a mí, que estaba envuelta en una sábana.

Una carcajada rompió de pronto la tensión.

Porque, pese a lo horrorizada que estaba yo, Maxon era la imagen de la tranquilidad. De hecho, parecía satisfecho de que le hubieran pillado. Se dirigió a Aspen con un aire un tanto petulante:

—Le aseguro, Leger, que está perfectamente a salvo.

Aspen se aclaró la garganta, incapaz de mirarnos a los ojos a ninguno de los dos.

—Por supuesto, alteza. —Hizo una reverencia y se marchó, cerrando la puerta tras él.

Me dejé caer, ocultando el rostro en la almohada. Aquello no lo superaría nunca. Debería haberle dicho a Aspen lo que sentía cuando había tenido la oportunidad, en el avión.

Maxon se acercó a abrazarme.

—Que no te dé vergüenza. Tampoco estábamos desnudos. Y eso puede pasar en el futuro.

—Es de lo más humillante.

—¿Que te pillen en la cama conmigo? —Parecía dolido.

Erguí la espalda y le miré a los ojos.

—¡No! No es porque seas tú. Es que... No sé, se suponía que esto era privado —dije, agachando la cabeza y jugueteando nerviosamente con un extremo de la manta.

Maxon me acarició la mejilla con ternura.

—Lo siento. —Parecía sincero—. Sé que te va a costar, pero a partir de ahora todo el mundo nos observará. Los primeros años probablemente tengamos muchas interferencias. Todos los reyes y las reinas han tenido hijos únicos. Algunos por elección propia, seguro; pero con las dificultades que tuvo mi madre, querrán asegurarse hasta de que podemos tener descendencia.

Se calló. Sus ojos pasaron de fijarse en mi cara a un punto de la cama.

—Oye —dije yo, cogiéndole de las mejillas—. En mi casa somos cinco hermanos, ¿recuerdas? En ese aspecto estoy bien servida genéticamente.

Él esbozó una sonrisa.

—Eso espero. En parte porque sí, se espera de nosotros que tengamos herederos. Pero también… porque lo quiero todo de ti, America. Quiero las vacaciones y los cumpleaños, las temporadas de trabajo y los fines de semana de descanso. Quiero huellas de mermelada en mi escritorio. Quiero bromas privadas, discusiones, lo quiero todo. Quiero una vida a tu lado.

De pronto, los últimos minutos se borraron de mi mente. La sensación cálida que crecía en mi pecho iba apartando todo lo demás.

—Yo también lo quiero —le aseguré.

—¿Qué te parece si lo hacemos oficial dentro de unas horas? —dijo con una sonrisa.

Me encogí de hombros.

—Supongo que hoy no tengo otros planes.

Maxon me tiró de nuevo en la cama y me cubrió de besos. Yo le habría dejado besarme durante horas, pero ya era bastante que Aspen nos hubiera visto. Si también me vieran mis doncellas, no podría evitar sus comentarios.

Él se vistió y yo me puse una bata. Aquel momento tendría que haber resultado gracioso, al ser la primera vez. Pero lo único en que podía pensar, al ver a Maxon cubriéndose las cicatrices con la camisa, era en lo increíble que era aquello. ¡Lo que en otro tiempo no deseaba me estaba haciendo tan feliz!

Me dio un último beso antes de abrir la puerta y ponerse en marcha. Me costó más de lo que me imaginaba separarme de él. Me dije que solo serían unas horas y que la espera valdría la pena.

Antes de cerrar la puerta, oí que susurraba:

—La señorita apreciaría que fuera discreto, soldado.

No hubo respuesta, pero me imaginé el gesto solemne de Aspen asintiendo. Me quedé de pie tras la puerta cerrada, debatiéndome, preguntándome si debería decir algo. Pasaron los minutos, pero sabía que tenía que dar la cara ante Aspen. No podía seguir adelante con todo lo que iba a pasar durante el día sin hablar antes con él. Cogí aire y abrí la puerta, nerviosa. Él estaba mirando al pasillo, escuchando unas voces. Por fin se giró y me miró con ojos acusatorios. Aquello me desmontó.

—Lo siento mucho —susurré.

Él sacudió la cabeza.

—No es que no lo viera venir. Simplemente me ha sorprendido.

—Tenía que habértelo dicho —dije, poniendo el pie en el pasillo.

—No importa. Es solo que no puedo creer que te hayas acostado con él.

Apoyé las manos en su pecho.

—No lo he hecho, Aspen. Te lo juro.

Y entonces, en el peor momento posible, todo se estropeó. Maxon salió de detrás de la esquina, con Kriss cogida de la mano y la mirada fija en mí, junto a Aspen, mientras yo le insistía para que me creyera. Di un paso atrás, pero no lo suficientemente rápido. Aspen se giró en dirección a Maxon, preparado para articular una excusa, pero aún demasiado aturdido como para hablar.

Kriss se quedó boquiabierta, y enseguida se llevó una mano a la boca. Miré a Maxon a los ojos y negué con la cabeza, intentando explicarle sin palabras que aquello era un malentendido.

Maxon apenas tardó un segundo en recobrar la compostura.

—Me he encontrado a Kriss en el pasillo y venía a explicaros mi elección a las dos antes de que aparecieran las cámaras, pero parece que tenemos otra cosa de la que hablar.

Miré a Kriss y al menos me consoló no ver una mirada triunfal en sus ojos. Al contrario, parecía triste por mí.

—Kriss, ¿te importaría volver a tu habitación? ¿Sin hacer ruido? —dijo Maxon.

Ella hizo una reverencia y desapareció por el pasillo, aliviada de librarse de aquello. Maxon respiró hondo y nos volvió a mirar.

—Lo sabía —dijo—. Me decía a mí mismo que estaba loco, porque si fuera así me lo habrías dicho. Se suponía que tenías que ser honesta conmigo. —Levantó la mirada al techo—. No puedo creer que no me fiara de mi intuición. Desde la primera vez que os vi, lo supe. La forma en que le mirabas, lo distraída que estabas. Esa maldita pulsera que llevabas, la nota en la pared, todas esas veces que pensé que te tenía…, y de pronto te volvía a perder… Eras tú —dijo, girándose hacia Aspen.

—Alteza, es culpa mía —mintió Aspen—. Fui yo quien la persiguió. Ella me dejó perfectamente claro que no tenía ninguna intención de tener una relación con nadie que no fuera usted, pero yo insistí de todos modos.

Sin responder a las excusas de Aspen, se le acercó y le miró directamente a los ojos.

—¿Cómo te llamas? ¿Tu nombre de pila?

Aspen tragó saliva.

—Aspen.

—Aspen Leger —dijo, escuchando el sonido de aquellas palabras—. Desaparece de mi vista antes de que te mande a Nueva Asia a que te maten.

—Alteza, yo… —respondió Aspen.

—¡¡¡Fuera!!!

Aspen me miró un momento, dio media vuelta y se alejó.

Yo me quedé allí de pie, callada e inmóvil, sin atreverme siquiera a mirar a Maxon a los ojos. Cuando por fin lo hice, él me hizo un gesto con la cabeza en dirección a la habitación. Entró detrás de mí. Me giré y le vi junto a la puerta, pasándose la mano por el cabello una vez. Se giró hacia mí y vi que fijó la mirada sobre la cama deshecha. Se rio irónicamente.

—¿Cuánto tiempo? —preguntó sin levantar la voz, controlando su rabia.

—¿Recuerdas aquella discusión…?

—¡Llevamos discutiendo desde el día en que nos conocimos, America! ¡Tendrás que ser más específica! —gritó, y yo me estremecí.

—Después de la fiesta de Kriss.

Los ojos se le abrieron como platos.

—O sea, que prácticamente desde que llegó —dijo, con un tono sarcástico en la voz.

—Maxon, lo siento muchísimo. Al principio le estaba protegiendo a él, luego me estaba protegiendo a mí. Y después de que azotaran a Marlee, me daba miedo contarte la verdad. No podía perderte…

—¿Perderme? ¿Perderme? —preguntó atónito—. ¡Te vas a ir a casa con una pequeña fortuna, una nueva casta y un hombre que aún te quiere! ¡El que pierde hoy aquí soy yo, America!

Aquellas palabras me dejaron sin aliento.

—¿Me voy a casa?

Me miró como si fuera idiota por hacer aquella pregunta.

—¿Cuántas veces se supone que tengo que dejar que me rompas el corazón, America? ¿De verdad crees que podría casarme contigo, convertirte en mi princesa, cuando me has estado mintiendo durante la mayor parte de nuestra relación? Me niego a torturarme el resto de mi vida. Quizás hayas notado que de eso ya he tenido bastante.

—Maxon, por favor. Lo siento —dije echándome a llorar—. No es lo que parece, te lo juro. ¡Yo te quiero!

Él se me acercó, con la mirada gélida.

—De todas las mentiras que me has dicho, esa es la que más me duele.

—No es… —La mirada de sus ojos me hizo callar de golpe.

—Que tus doncellas hagan lo que puedan. Deberías irte con estilo.

Pasó a mi lado, salió por la puerta y con él se fue el futuro que tenía en mis manos apenas unos minutos antes. Me giré hacia la habitación, agarrándome el vientre como si fuera a romperme del dolor. Me acerqué a la cama y me tendí de lado, incapaz de mantenerme en pie.

Lloré, esperando que el dolor abandonara mi cuerpo antes de la ceremonia. ¿Cómo se suponía que debía afrontar aquello? Miré el reloj para ver el tiempo que me quedaba… Entonces vi aquel grueso sobre que Maxon me había regalado la noche anterior.

Pensé que sería lo último que tendría de él. Abrí el sello, completamente desesperada.

Capítulo 30

*Q*uerida America:

Hace siete horas que te has ido. Ya he salido dos veces camino de tu habitación para preguntarte si te habían gustado tus regalos, pero, claro, en el último momento me he frenado, al recordar que no estabas allí. Me he acostumbrado tanto a ti que me resulta extraño que no estés aquí, recorriendo los pasillos. He estado a punto de llamarte unas cuantas veces, pero no quiero parecer posesivo. No quiero que tengas la sensación de que te quiero meter en una jaula. Recuerdo que la noche que llegaste dijiste que el palacio te parecía precisamente eso. Creo que con el tiempo te has sentido más libre, y odiaría quitarte esa libertad. Voy a tener que buscar algo para distraerme hasta que regreses.

He decidido sentarme a escribirte, con la esperanza de que eso me haga sentir como si te estuviera hablando. En cierta manera, es así. Puedo imaginarte aquí sentada, sonriendo ante mi idea, quizá meneando la cabeza, como diciéndome lo tonto que soy. A veces haces eso, ¿sabes? Me gusta esa expresión en tu rostro. Eres la única persona que pone esa cara sin que parezca que piense que soy un caso perdido. Sonríes ante mis peculiaridades, aceptas que existen y sigues siendo mi amiga. Y al cabo de solo siete horas ya empiezo a echarlo de menos.

Me pregunto qué habrás hecho en este tiempo. Supongo que habrás atravesado el país en avión, habrás llegado a tu casa y estarás segura. Espero que estés a salvo. Estoy convencido de que para tu familia es un gran alivio tenerte allí. ¡La encantadora hija pródiga ha vuelto a casa!

No dejo de imaginarte en casa. Recuerdo que me dijiste que era pequeña, que tenías una casa en un árbol y que el garaje era donde tu padre y tu hermana trabajaban. El resto he tenido que imaginármelo. Te imagino acurrucada en un abrazo con tu hermana o pateando una pelota con tu hermanito. Eso lo recuerdo, ¿sabes? Que dijiste que le gustaba jugar al fútbol.

También he intentado imaginarme entrando en tu casa contigo. Me habría gustado ver dónde te has criado. Me gustaría ver correr a tu hermano pequeño y recibir el abrazo de tu madre. Creo que sería reconfortante notar la presencia de tus seres queridos, oír crujir los suelos de madera o cerrarse las puertas. Me habría gustado sentarme en un rincón de la casa y quizás oler desde allí lo que se cuece en la cocina. Siempre imaginé que las casas de verdad estarían llenas de aromas de lo que se cocina. No llevaría nada de trabajo. Nada que tuviera que ver con el Ejército, los presupuestos o las negociaciones. Me sentaría a tu lado, quizás haciendo fotografías mientras tú tocas el piano. Seríamos Cincos los dos, como tú dijiste. Podría sentarme a cenar con tu familia, y charlar animadamente de diferentes cosas en lugar de susurrarnos los unos a los otros esperando nuestro turno. Y a lo mejor podría dormir en una cama auxiliar o en el sofá. Dormiría en el suelo, a tu lado, si tú me dejaras.

A veces pienso en eso. En dormir a tu lado, como aquel día en el refugio. Fue agradable oírte respirar, aquel sonido suave y cercano que me ayudó a no sentirme solo.

Esta carta no tiene orden ni concierto; parece cosa de un tonto, y creo que ya sabes lo que detesto hacer el tonto. Aun así, sigo haciéndolo. Por ti.

MAXON

25 de diciembre, 22.35 h

Querida America:

Es casi la hora de dormir e intento relajarme, pero no puedo. Solo puedo pensar en ti. Me aterra la idea de que puedan hacerte daño. Sé que si no estuvieras bien alguien me lo habría dicho, y eso me está volviendo paranoico. Cada vez que viene alguien a entregarme un mensaje, se me para el corazón por un momento, temiéndome lo peor: que ya no estás. Que no vas a volver.

Ojalá estuvieras aquí. Ojalá pudiera verte.

Estas cartas no te van a llegar nunca. Esto es tan humillante…

Quiero que vuelvas. No paro de pensar en tu sonrisa y de sufrir pensando que no la volveré a ver.

Espero que vuelvas a mi lado, America.

Feliz Navidad,

MAXON

26 de diciembre, 10.00 h

Querida America:

Oh, milagro: ha pasado la noche. Cuando por fin me he despertado, me he tenido que convencer que mi preocupación era absurda. Me he prometido que hoy me concentraré en el trabajo y que no me angustiaré tanto pensando en ti.

He aguantado todo el desayuno y la mayor parte de una reunión hasta volver a consumirme pensando en ti. He dicho a todo el mundo que me encontraba mal y me he encerrado en mi habitación, para escribirte, esperando volver a tener la sensación de que estás aquí.

Qué egoísta soy. Hoy vas a enterrar a tu padre, y lo único en lo que puedo pensar es en hacerte venir aquí. Solo poniéndolo por escrito, viéndolo plasmado en tinta, me siento como un imbécil redomado. Estás exactamente donde tienes que estar. Creo que ya te lo he dicho, pero estoy seguro de que tu presencia reconfortará mucho a tu familia.

¿Sabes?, no te lo he dicho y creo que debería, pero te has vuelto mucho más fuerte desde que te conozco. No soy tan arrogante como para pensar que eso pueda tener algo que ver conmigo, pero creo que esta experiencia te ha cambiado. Desde luego sé que me ha cambiado a mí. Ya eras audaz antes de llegar, pero ahora eso lo has transformado en algo potente. Antes solía verte como una niña con un saco lleno de piedras, dispuesta a lanzárselas a cualquier enemigo que se cruzara por el camino, pero ahora tú te has convertido en la piedra. Eres estable y capaz. Y apuesto a que tu familia también te ve así. Debería habértelo dicho. Espero que vuelvas pronto para decírtelo.

MAXON

223

26 de diciembre, 19.40 h

Querida America:

He estado pensando en nuestro primer beso. Supongo que debería decir nuestros primeros besos, pero al que me refiero es al segundo, el que me permitiste darte de verdad. ¿Alguna vez te he contado cómo me sentí esa noche? No solo iba a dar mi primer beso; iba a darte el primer beso a ti. He visto mucho en mi vida, America, he podido llegar a todos los rincones del mundo. Pero nunca me he encontrado con nada tan doloroso y precioso a la vez como aquel beso. Ojalá fuera algo que pudiera atrapar en una red o guardar entre las páginas de un libro. Ojalá fuera algo que pudiera conservar y compartir con el mundo para poder decirle al universo entero: así es, esto es lo que se siente cuando te enamoras.

Estas cartas resultan muy embarazosas. Voy a tener que quemarlas antes de que vuelvas.

MAXON

27 de diciembre, 12.00 h

America:

Más vale que te lo diga yo, ya que tu doncella te lo dirá igualmente. He estado pensando en las pequeñas cosas que haces. A veces tarareas o cantas mientras caminas por el palacio. A veces, cuando me acerco a tu habitación, oigo las melodías que guardas en tu corazón colándose por debajo de la puerta. El palacio parece vacío sin ellas.

También echo de menos tu olor. Echo de menos el perfume que desprende tu cabello cuando te giras para reírte de mí o el aroma que irradia tu piel cuando paseamos por el jardín. Es embriagador.

Así que he ido a tu habitación y he mojado mi pañuelo con tu perfume, otro burdo truco para sentirme como si estuvieras aquí. Y cuando salía de tu habitación, Mary me sorprendió. No estoy seguro de a qué había ido ella, al no estar tú aquí, pero me vio, soltó un chillido y un guardia se presentó a ver qué sucedía. Tenía la porra en la mano, y los ojos le brillaban, amenazantes. Casi me ataca. Todo porque echaba de menos tu olor.

MAXON

27 de diciembre, 23.00 h

Mi querida America:

Nunca he escrito una carta de amor, así que perdóname si no lo hago bien…

Lo más sencillo sería decir que te quiero. Pero la verdad es que es mucho más que eso. Te deseo, America. Te necesito.

Te he ocultado muchas cosas por miedo. Me da miedo descubrirme por completo de golpe, impresionarte y hacer que salgas corriendo. Me da miedo que en algún rincón de tu corazón siga vivo el amor por otra persona. Me da miedo cometer un error otra vez, algo tan grande que te haga retirarte a ese mundo silencioso tuyo. Ninguna regañina de un tutor, ni los azotes de mi padre, ni el aislamiento de mi juventud me han dolido tanto como la posibilidad de que te separes de mí.

No dejo de pensar que todo eso puede pasar, así que me he aferrado a mis opciones, temiéndome que, en el momento que las descarte, puedas cerrarme los brazos, dispuesta a ser solo mi amiga pero no mi compañera, mi reina, mi esposa.

Y lo que más quiero en el mundo es que seas mi esposa. Te quiero. Me ha dado miedo admitirlo durante mucho tiempo, pero ahora lo sé.

225

Nunca me alegraré de la muerte de tu padre, de la tristeza que has sentido desde su fallecimiento o del vacío que he experimentado desde tu marcha. Pero me alegro de que tuvieras que irte. No estoy seguro de cuánto me habría costado llegar a esto si no hubiera empezado a imaginarme una vida sin ti. Ahora sé, con absoluta certeza, que no es lo que quiero.

Ojalá fuera tan buen artista como tú para encontrar un modo de decirte lo que has llegado a ser para mí. America, amor mío, eres la luz del sol que se abre paso entre los árboles. Eres la risa que acaba con la tristeza. Eres la brisa en un día de calor. Eres la claridad en medio del caos.

No eres el mundo entero, pero eres todo lo que hace que el mundo sea bueno. Sin ti, viviría igualmente, pero viviría sin más.

Me dijiste que para hacer las cosas bien uno de los dos tenía que saltar y lanzarse al vacío. Creo que ya he descubierto el barranco que había de saltar, y espero encontrarte esperándome en el otro lado.

Te quiero, America.

Tuyo, siempre,

MAXON

Capítulo 31

El Gran Salón estaba hasta los topes. Por una vez, en lugar de ser el rey y la reina quienes ocuparan el lugar destacado, era Maxon. En una tarima estábamos sentados Maxon, Kriss y yo, frente a una mesa decorada. Lo primero que pensé era que nuestras posturas engañaban, ya que yo estaba a la derecha de Maxon. Siempre había pensado que estar a la derecha de alguien era algo bueno, una posición de honor. Pero hasta aquel momento Maxon se había pasado todo el rato hablando con Kriss. Como si yo no supiera ya lo que se avecinaba.

Intenté mostrarme contenta mientras miraba a los presentes. No cabía un alfiler. Gavril, por supuesto, estaba en un rincón, hablando a la cámara, narrando los eventos a medida que tenían lugar.

Ashley sonrió y me saludó con la mano. Anna, a su lado, me guiñó un ojo. Las saludé con un gesto de la cabeza, aún demasiado nerviosa como para hablar. Hacia el final de la sala, vestidos con ropas limpias que les daban un aspecto respetable, estaban August, Georgia y algunos otros rebeldes norteños, en una mesa independiente. Por supuesto, Maxon querría que estuvieran allí para que conocieran a su nueva esposa. Poco se imaginaba que ella ya era uno de los suyos.

Escrutaban la sala en tensión, como si se temieran que en cualquier momento un guardia pudiera reconocerlos y atacar. Pero los guardias no parecían prestar atención. De hecho, era la primera vez que los veía tan poco concentrados, paseando la mirada por la sala, varios de ellos con aspecto inquieto. Y eso que se trataba de un gran acontecimiento. Quizá simplemente estuvieran tensos, con tanto que hacer, pensé.

La mirada se me fue a la reina Amberly, que hablaba con su hermana Adele y sus niños. Estaba radiante. Llevaba esperando aquel día mucho tiempo. Seguro que acabaría queriendo a Kriss como si fuera su hija. Por un momento, me dio muchísimos celos.

Me giré y repasé los rostros de las seleccionadas una vez más. Esta vez la vista se me fue a Celeste. En sus ojos se leía claramente una pregunta: «¿Qué es lo que te preocupa tanto?». Meneé la cabeza un poco, para decirle que había perdido. Ella esbozó una sonrisa y articuló las palabras «Todo irá bien». Asentí e intenté creerla. Celeste se giró y se rio de algo que dijo alguna otra; y por fin miré a mi derecha, y vi la cara del guardia apostado en la posición más próxima a nuestra mesa.

Pero Aspen estaba ocupado. Escrutaba la sala, como tantos otros hombres de uniforme, aunque daba la impresión de que intentaba pensar en algo. Era como si estuviera resolviendo un acertijo. Deseé que mirara en mi dirección, quizá para explicarme sin palabras qué era lo que le preocupaba, pero no lo hizo.

—¿Intentando quedar para más tarde? —preguntó Maxon, y yo eché la cabeza atrás.

—No, por supuesto que no.

—No es que importe demasiado. La familia de Kriss llegará esta tarde para una pequeña celebración, y la tuya para llevarte a casa. No les gusta que la perdedora se quede sola. Suele ponerse dramática.

Estaba tan frío, tan distante... No parecía que fuera Maxon.

—Puedes quedarte esa casa, si la quieres. Está pagada. Pero me gustaría que me devolvieras mis cartas.

—Las he leído —susurré—. Y me encantaron.

Resopló, como si aquello fuera una broma.

—No sé en qué estaría pensando.

—Por favor, no hagas esto. Por favor. Yo te quiero —dije, viniéndome abajo.

—Ni se te ocurra —me ordenó Maxon, apretando los dientes—. Sonríe, y no dejes de hacerlo hasta el último segundo.

Parpadeé para limpiarme las lágrimas y esbocé una débil sonrisa.

—Mejor. No dejes de sonreír hasta que abandones la sala. ¿Entendido?

Asentí. Él me miró a los ojos.

—Cuando te hayas ido, me habré quitado un peso de encima.

Después de soltarme aquellas últimas palabras, volvió a sonreír y se giró hacia Kriss. Me quedé mirando hacia abajo un minuto, intentando respirar más despacio y recomponerme.

Cuando volví a levantar la mirada, no me atreví a mirar a nadie a la cara. No creía que pudiera cumplir el deseo de Maxon si lo hacía. Así que fijé la vista en las paredes de la sala. Por eso noté que la mayoría de los guardias se apartaban del perímetro a una señal que yo no vi. De sus bolsillos sacaron unas tiras de tela roja que se ataron a la frente.

Me quedé mirando, atónita. Entonces un guardia ataviado con la cinta roja se situaba detrás de Celeste y le pegaba un tiro en la nuca.

Se desató un caos de gritos y de disparos. Un mar de gritos de dolor invadió la sala, añadiéndose al ruido de las sillas rozando contra el suelo, los cuerpos golpeando contra las paredes y la estampida de gente intentando huir todo lo rápido que permitían los vestidos y los tacones. Los hombres gritaron mientras disparaban, haciendo todo aquello aún más aterrador. Yo observé, pasmada, viendo más muertes en unos segundos de lo que creía posible. Busqué con la vista al rey y a la reina, pero habían desaparecido. Me quedé agarrotada por el miedo, sin saber si habrían escapado o los habrían capturado. Busqué a Adele, a los niños. No podía verlos por ninguna parte; aquello aún fue peor que no ver al rey o a la reina.

A mi lado, Maxon intentaba calmar a Kriss.

—Échate al suelo —le dijo—. No nos pasará nada.

Miré a mi derecha en busca de Aspen y por un momento me quedé impresionada. Tenía una rodilla plantada en el suelo, apuntaba y disparaba entre la multitud. Debía de estar muy seguro de acertar para hacerlo.

Por el rabillo del ojo vi una mancha roja. De pronto teníamos un guardia rebelde delante. Al pensar en las palabras «guardia rebelde» todo encajó. Anne me había dicho que eso ya había ocurrido una vez, cuando los rebeldes se habían hecho con uniformes de la guardia y se habían colado en el palacio. Pero ¿cómo?

Kriss gritó otra vez y de pronto caí en que los guardias que habían enviado a nuestras casas no habían desertado. Estaban muertos y enterrados. Los que teníamos delante en aquel momento eran los responsables.

Aunque haber llegado a aquella conclusión no arreglaba nada.

Sabía que tenía que correr, igual que Maxon y Kriss si querían salvarse. Pero me quedé helada al ver al hombre que levantaba la pistola y la dirigía hacia Maxon. Miré a Maxon, y él me miró a mí. No había tiempo de decir nada, así que me giré de nuevo, poniéndome de cara al hombre.

De pronto pareció que aquello le divertía. Como si sospechara que así sería mucho más entretenido para él y mucho más doloroso para Maxon, desvió la pistola ligeramente hacia la izquierda y me apuntó.

No me planteé siquiera gritar. No podía moverme en absoluto, pero vi la imagen borrosa de la guerrera de Maxon al saltar en mi dirección.

Caí al suelo, pero no en la dirección que pensaba. Maxon no había caído sobre mí, sino por delante. Cuando di contra el suelo, me levanté y vi a Aspen, que se había lanzado a la mesa y había empujado mi silla, cayéndome encima.

—¡Le he dado! —gritó alguien—. ¡Encontrad al rey!

Oí varios gritos de alegría. Y chillidos. Muchos chillidos. A medida que despertaba de mi aturdimiento, volví a distinguir los sonidos. Más sillas y cuerpos cayendo al suelo. Guardias gritando órdenes. Seguían disparando. El ruido de las armas me taladraba los oídos. Aquello era un caos infernal.

—¿Estás herida? —preguntó Aspen, levantando la voz para hacerse oír.

Creo que negué con la cabeza.

—No te muevas.

Me quedé mirando mientras él se ponía en pie, se situaba y apuntaba. Disparó varias veces, con la mirada fija y el cuerpo relajado. Por la dirección de sus disparos, daba la impresión de que otros rebeldes querían acercarse a nosotros. Pero gracias a Aspen no lo consiguieron. Tras echar un vistazo a la sala, volvió a agacharse.

—Voy a sacarla de aquí antes de que pierda los nervios.

Se arrastró pasando por encima de mí y agarró a Kriss, que se tapaba los oídos y lloraba desesperadamente. Aspen le levantó la cabeza y le dio una bofetada. Ella se calló lo suficiente como para escuchar sus órdenes y seguirle hasta el exterior, protegiéndose la cabeza con las manos.

El ruido iba a menos. Todo el mundo se estaría yendo de allí. O estarían muertos.

Entonces observé una pierna inmóvil que sobresalía bajo el mantel. ¡Oh, Dios! ¡Maxon!

Me lancé bajo la mesa y lo encontré respirando afanosamente, con una gran mancha roja en la camisa. Tenía una herida bajo el hombro izquierdo. Parecía muy grave.

—¡Oh, Maxon! —grité.

No sabía cómo actuar, así que hice una bola con el borde de mi vestido y presioné con ella la herida de bala. Él hizo una mueca de dolor.

—Lo siento mucho.

Maxon estiró la mano y la puso sobre la mía.

—No, soy yo quien lo siente —dijo—. Estaba a punto de arruinar la vida de los dos.

—No digas nada ahora. Solo aguanta, ¿vale?

—Mírame, America.

Parpadeé unas cuantas veces y le miré a los ojos. Pese al dolor, me sonrió.

—Rómpeme el corazón. Rómpemelo mil veces, si quieres. De todos modos solo ha sido tuyo, desde el principio.

—¡Chis!

—Te querré hasta mi último aliento. Cada latido de mi corazón es tuyo. No quiero morir sin que lo sepas.

—¡Por favor, no! —sollocé.

Él levantó la mano y la pasó por debajo de mi cabello. Ejerció una presión mínima, pero me bastó para saber lo que quería. Me incliné para besarle. Era un beso que llevaba dentro todos nuestros besos, toda nuestra incertidumbre, todas nuestras esperanzas.

230

—No te rindas, Maxon. Te quiero. Por favor, no te rindas.

Él cogió aire con dificultad.

Alguien apareció bajo la mesa y yo solté un chillido, hasta que vi que era Aspen.

—Kriss está en el refugio —anunció—. Alteza, es su turno. ¿Puede ponerse en pie?

Él negó con la cabeza.

—Es una pérdida de tiempo. Llévatela a ella.

—Pero, alteza…

—Es una orden —dijo con todas las fuerzas que pudo reunir.

Maxon y Aspen se miraron el uno al otro durante un segundo eterno.

—Sí, señor.

—¡No! ¡No pienso irme! —protesté.

—Ve —insistió Maxon, con la voz fatigada.

—Venga, Mer. Tenemos que darnos prisa.

—¡No me voy de aquí!

En un gesto rápido, como si de pronto se encontrara bien, Maxon se irguió y agarró a Aspen del uniforme.

—Ella tiene que vivir. ¿Me entiendes? Cueste lo que cueste, tiene que vivir.

Aspen asintió y me agarró el brazo con una fuerza inusitada.

—¡No! —grité—. ¡Maxon, por favor!

—Sé feliz —dijo, jadeando y apretándome la mano una vez más, mientras Aspen me sacaba a rastras y yo gritaba desesperada.

Al llegar a la puerta, Aspen me empujó contra la pared.

—¡Cállate! Te van a oír. Cuanto antes te lleve a un refugio, antes podré volver a por él. Tienes que hacer lo que yo te diga. ¿Entendido?

Asentí.

—Bueno, pues baja la cabeza y guarda silencio —dijo. Sacó la pistola de nuevo y me llevó al vestíbulo.

Miramos arriba y abajo, y vimos a alguien que corría en dirección opuesta a nosotros en el otro extremo del pasillo. Cuando desapareció, nos pusimos en marcha. Al girar la esquina dimos con un guardia tendido en el suelo. Aspen le tomó el pulso y meneó la cabeza. Se agachó, cogió el arma del guardia y me la dio.

—¿Qué se supone que voy a hacer con esto? —susurré aterrada.

—Disparar. Pero asegúrate primero de si se trata de un amigo o un enemigo. Esto es un caos.

Pasamos unos minutos de tensión mirando por los rincones y buscando refugios que ya estaban ocupados y cerrados por dentro. Daba la impresión de que la mayor parte de la acción se había trasladado a las plantas superiores o al exterior, porque los disparos y los gritos anónimos quedaban amortiguados por las paredes. Aun así, cada vez que oíamos un ruido, nos parábamos hasta estar seguros de que podíamos continuar.

Aspen se asomó por una esquina.

—Esto es un pasillo sin salida, así que estate atenta.

Asentí. Corrimos hasta el extremo del corto pasillo. Lo primero que observé fue la intensa luz del sol que atravesaba la ventana. ¿Es que el cielo no se había enterado de que el mundo se derrumbaba? ¿Cómo podía brillar el sol?

—Por favor, por favor, por favor —murmuró Aspen, buscando la cerradura. Afortunadamente se abrió—. ¡Sí! —Suspiró, tirando de la puerta y bloqueando la vista de la mitad del pasillo.

—Aspen, no quiero hacer esto.

—Tienes que hacerlo. Tienes que estar a salvo, por mucha gente. Y… yo necesito que hagas algo por mí.

—¿El qué?

Vaciló.

—Si me ocurre algo… quiero que le digas…

Entonces a sus espaldas apareció algo rojo, al fondo del pasillo. Levanté la pistola y disparé. Apenas un segundo más tarde, Aspen me empujó hacia el interior del refugio y me dejó allí sola, a oscuras.

Capítulo 32

No sé cuánto tiempo me quedé allí sentada, escuchando atentamente, intentando oír algo del otro lado de la puerta, aunque sabía que no serviría de nada. Cuando Maxon y yo nos habíamos quedado encerrados en un refugio unas semanas atrás, no oíamos ni un ruido del mundo exterior, pese a los enormes desperfectos que se habían producido en aquella ocasión.

Aun así, albergaba cierta esperanza. Esperaba que Aspen estuviera bien y acudiera a abrir la puerta en cualquier momento. No podía estar muerto. No. Aspen era un luchador; siempre lo había sido. Cuando le amenazaban el hambre y la pobreza, él plantó batalla. Cuando el mundo se llevó a su padre, se aseguró de dar sustento a su familia. Cuando me aceptaron en la Selección, cuando le reclutaron, no dejó de tener esperanzas. Comparado con todo aquello, una bala era una minucia, algo insignificante. Ninguna bala iba a abatir a Aspen Leger.

Apoyé la oreja en la puerta, rezando por oír una palabra, una respiración, algo. Me concentré, intentando escuchar algo que sonara como la respiración trabajosa de Maxon, agonizante bajo aquella mesa.

Me llevé los dedos a los ojos, rogándole a Dios que no le dejara morir. Sin duda todo el mundo en palacio estaría buscando a Maxon y a sus padres. Serían los primeros en recibir auxilio. No le dejarían morir.

Pero ¿llegarían a tiempo?

Lo había visto muy pálido. Hasta el último apretón en la mano había sido débil.

233

«Sé feliz», me había dicho.

Me quería. Me quería de verdad. Y yo le amaba. A pesar de todo lo que podía apartarnos —nuestras castas, nuestros errores, el mundo que nos rodeaba—, íbamos a estar juntos.

Yo tenía que estar a su lado. Especialmente ahora, que yacía agonizante. No debería estar escondida.

Me puse en pie y empecé a tantear las paredes en busca del interruptor de la luz. Palpé el acero hasta que lo encontré. Examiné el espacio. Era más pequeño que el otro refugio en el que había estado. Tenía un lavabo pero no había váter, solo un cubo en un rincón. Había un banco contra la pared, junto a la puerta, y una estantería con unos paquetes de comida y mantas. Y, por último, en el suelo estaba la pistola, fría, esperando.

Ni siquiera sabía si aquello funcionaría, pero tenía que intentarlo. Tiré del banco y lo coloqué en el centro; lo volqué, apoyando la parte ancha del asiento orientada hacia la puerta. Me agazapé detrás, comprobando la altura, y observé que no serviría de gran protección. Pero era lo que había. Al ponerme en pie tropecé con mi estúpido vestido. Resoplando, rebusqué por los estantes. El fino cuchillo que encontré probablemente era para abrir los paquetes de comida, pero funcionó: una vez hube cortado el vestido a la altura de mis rodillas, cogí parte del tejido y me hice un cinturón improvisado. Dentro, guardé el cuchillo, por si acaso.

Tiré de las mantas, que me cayeron encima, en busca de algo contundente. Escruté de nuevo la habitación, por si había algo que debiera llevarme conmigo, algo que me pudiera servir. No. No había nada más.

Agazapándome tras el banco, apunté con la pistola a la cerradura, respiré hondo y disparé.

El sonido reverberó en aquel minúsculo espacio, incluso me asustó. Cuando estuve segura de que la bala no seguía rebotando por las paredes, me levanté y fui a ver la puerta. Por encima de la cerradura se abría un pequeño cráter que dejaba a la vista ásperas capas de metal. Lamenté haber fallado, pero al menos sabía que aquello podía funcionar. Si le daba a la cerradura las suficientes veces, quizá pudiera salir de allí.

Me aposté tras el banco de nuevo y volví a intentarlo. Disparo tras disparo le di a la puerta, pero cada vez en un sitio diferente. Al cabo de un rato desistí, decepcionada, y me senté en el suelo. Lo único que había conseguido era hacerme magulladuras en los brazos con las esquirlas de metal que salían volando de la puerta.

Hasta que no oí el ruido hueco de la pistola no me di cuenta de que había agotado todas las balas y que estaba atrapada. Tiré la pistola al suelo y me lancé contra la puerta, golpeándola con todas mis fuerzas.

—¡Ábrete! —dije, embistiéndola otra vez—. ¡Ábrete!

La golpeé con los puños, pero no conseguí nada.

—¡No, no, no, no! ¡Tengo que salir!

La puerta siguió allí, silenciosa y dura, burlándose de mi desgracia con su indiferencia.

Me dejé caer al suelo, llorando, consciente de que no podía hacer nada más.

Aspen quizá fuera un cadáver inerte a solo unos metros de mí, y Maxon... sin duda ya había muerto.

Me agarré las piernas contra el pecho y apoyé la cabeza contra la puerta.

—Si sobrevives —murmuré—, te dejaré llamarme cariño. No protestaré, te lo prometo.

Lo único que podía hacer era esperar.

235

De vez en cuando intentaba calcular qué hora sería, aunque no tenía modo de saberlo. Cada minuto transcurría tan lento como el anterior. Era como para volverse loca. Nunca me había sentido tan impotente, y la preocupación me estaba matando.

Tras lo que me pareció una eternidad, oí el clic de la cerradura. Alguien venía a buscarme. No sabía si sería amigo o enemigo, así que apunté con la pistola descargada hacia la puerta. Al menos daría una imagen intimidatoria. La puerta se abrió, y la luz de la ventana lo invadió todo. ¿Significaba aquello que aún era el mismo día? ¿O el siguiente? Mantuve la pistola en alto, aunque tuve que entrecerrar los ojos para poder ver.

—¡No dispare, Lady America! —exclamó un guardia—. ¡Está a salvo!

—¿Y eso cómo lo sé? ¿Cómo sé que no eres uno de ellos?

El guardia echó la mirada hacia el pasillo, por donde se

acercaba alguien. Apareció August, seguido de cerca por Gavril. Esta vez su traje estaba prácticamente destrozado, pero el pin de su solapa —que, ahora me daba cuenta, recordaba muchísimo una estrella del norte— aún seguía ahí.

No era de extrañar que los rebeldes norteños supieran tantas cosas.

—Ya se ha acabado, America. Los tenemos —confirmó August.

Suspiré, aliviada, y dejé caer la pistola.

—¿Dónde está Maxon? ¿Está vivo? ¿Se ha salvado Kriss? —le pregunté a Gavril, antes de mirar de nuevo a August—. Había un soldado que me trajo aquí. Se llama Leger. ¿Le habéis visto? —dije, tan atropelladamente que costaba entenderme.

Me sentía rara, como si la cabeza me flotara.

—Creo que está en *shock*. Llevadla a la enfermería, rápido —ordenó Gavril, y el guardia me cogió en sus brazos.

—¿Y Maxon? —insistí.

Nadie me respondió. O tal vez es que yo ya no estaba allí cuando formulé la pregunta. No sabría decirlo.

236

Cuando me desperté, estaba en una camilla. Sentía el dolor de los numerosos cortes que tenía. Al levantar un brazo para inspeccionarlo, vi que las heridas estaban todas limpias, y las más grandes estaban vendadas. Estaba bien.

Me senté y miré a mi alrededor. Estaba en un pequeño despacho. Examiné la mesa y los diplomas de la pared y descubrí que era el del doctor Ashlar. No podía quedarme allí. Necesitaba respuestas.

Cuando abrí la puerta, descubrí por qué me habían dejado en ese lugar. El pabellón de la enfermería estaba hasta los topes. Algunos de los heridos más leves compartían cama, y otros estaban en el suelo. No era difícil darse cuenta de que los más graves estaban en camas hacia el final de la sala. A pesar de la cantidad de gente que había allí, el pabellón parecía curiosamente tranquilo.

Escruté el lugar en busca de rostros familiares. ¿Sería buena señal no encontrarlos allí? ¿Qué significaba?

Tuesday estaba en una cama, abrazada a Emmica. Ambas

lloraban en silencio. Reconocí a algunas de las doncellas, pero solo de vista. Al pasar, me saludaron con la cabeza, como si por algún motivo me lo mereciera.

Empecé a perder la esperanza al llegar al final del pabellón. Maxon no estaba allí. Si estuviera, tendría un enjambre de personas alrededor, pendientes de él. Pero a mí me habían llevado a una sala diferente. Supuse que a él también le habrían llevado a otra.

Vi a un guardia. Su gesto reflejaba un dolor difícil de interpretar.

—¿Está por aquí el príncipe? —le pregunté, en voz baja.

Él meneó la cabeza con solemnidad.

—Oh.

Una herida de bala y un corazón roto pueden parecer dos tipos de herida diferentes, pero sentí que me desangraba por dentro tal como debía de haberlo hecho Maxon. Y era una herida que no se cerraría por mucha presión que ejerciera o por muchos puntos que me dieran. Nadie podría reparar aquel dolor.

No solté un grito desgarrado, aunque sentí que por dentro ya lo estaba haciendo. Solo dejé que brotaran las lágrimas. No se llevaron el dolor consigo, pero fueron como una promesa.

«Nada podrá ocupar nunca tu lugar, Maxon», dije para mí. Y aquello selló nuestro amor.

—¿Mer?

Me giré y vi a una figura envuelta en vendas, en una de las últimas camas del pabellón.

Aspen.

Con la respiración entrecortada y el paso inseguro, me dirigí hacia él. Tenía la cabeza vendada y las vendas manchadas de sangre. El pecho, descubierto, presentaba diversas magulladuras, pero lo peor era la pierna. Tenía la parte inferior enyesada y unas gasas empapadas con algún tipo de ungüento le cubrían las heridas del muslo. No llevaba más ropa que unos calzoncillos largos; la sábana solo le cubría la otra pierna, por lo que era fácil ver lo malherido que estaba.

—¿Qué ha pasado? —susurré.

—Prefiero no recordar los detalles. Aguanté un buen rato, y abatí al menos a seis o siete de ellos hasta que una bala me

237

dio en la pierna. El médico dice que probablemente podré caminar otra vez, aunque necesitaré un bastón. Pero al menos estoy vivo.

Una lágrima surcó mi mejilla en silencio. Estaba al mismo tiempo agradecida, asustada y desesperanzada. No podía evitarlo.

—Me salvaste la vida, Mer.

Desvié la mirada desde la pierna a su rostro.

—Tu disparo asustó a aquel rebelde y me dio el tiempo justo para responder. Si no lo hubieras hecho, me habría disparado por la espalda, y ahora estaría muerto. Gracias.

Me limpié los ojos.

—Fuiste tú quien me salvaste la vida. Siempre lo has hecho. Ya iba siendo hora de que te devolviera el favor.

—Tengo cierta tendencia a hacerme el héroe, ¿verdad? —dijo sonriendo.

—Siempre has querido ser el caballero andante de reluciente armadura —respondí, meneando la cabeza, pensando en todo lo que había hecho por sus seres queridos.

—Mer, escúchame. Cuando te dije que siempre te querría, lo decía de verdad. Y creo que si nos hubiéramos quedado en Carolina nos habríamos casado y habríamos sido felices. Pobres, pero felices. —Esbozó una sonrisa triste—. Pero no nos quedamos en Carolina. Tú has cambiado, y yo también. Tenías razón cuando decías que nunca le había dado una oportunidad a nadie más. Pero ¿por qué iba a hacerlo, no? Me salía de dentro luchar por ti, Mer. Tardé mucho tiempo en advertir que ya no querías que lo hiciera. Pero, cuando me di cuenta, supe que tampoco yo quería seguir haciéndolo.

Me lo quedé mirando, estupefacta.

—Siempre ocuparás un lugar en mi corazón, Mer, pero ya no estoy enamorado de ti. A veces tengo la impresión de que aún me necesitas o me quieres, pero no sé si eso está bien. Te mereces algo mejor que estar conmigo porque yo sienta la obligación de estar contigo.

Suspiré.

—Y tú te mereces algo más que ser mi segunda opción.

Aspen me tendió la mano. Se la cogí.

—No quiero que te enfades conmigo.

—No estoy enfadada. Y me alegro de que tú tampoco lo estés. Aunque él esté muerto, aún le quiero.

Aspen frunció el ceño.

—¿Quién está muerto?

—Maxon —dije, con un hilo de voz, de nuevo al borde de las lágrimas.

Se produjo una pausa.

—Maxon no está muerto.

—¿Qué? Pero ese guardia me ha dicho que no está aquí y...

—Claro que no está aquí. Es el rey quien ha muerto. Él se recupera en su habitación.

Me lancé a abrazarlo, y él reprimió un gruñido de dolor; pero estaba demasiado contenta como para reprimirme. Entonces caí en que todas las noticias no eran así de buenas. Me eché atrás lentamente.

—¿El rey ha muerto?

Aspen asintió.

—Él y la reina han muerto.

—¡No! —Me estremecí, parpadeando del estupor. Me había dicho que podía llamarle mamá. ¿Qué iba a hacer Maxon sin ella?

—En realidad, de no haber sido por los rebeldes norteños, Maxon tampoco habría sobrevivido. Fueron los que desequilibraron la balanza.

—¿De verdad?

Aspen hablaba con respeto y admiración.

—Deberíamos haberlos traído antes a palacio para que nos entrenaran. Ellos luchan de otro modo. Sabían qué hacer. Reconocí a August y a Georgia en el Gran Salón. Tenían refuerzos al otro lado de los muros del palacio. Cuando vieron que algo no iba bien, bueno, enseguida supieron cómo entrar en el palacio a toda prisa. No sé de dónde sacaron las armas, pero de no ser por ellos todos estaríamos muertos.

No podía asimilar todo aquello de golpe. Aún estaba recomponiendo el rompecabezas mentalmente cuando oí el ruido de la puerta al abrirse. Un rostro preocupado escrutó la sala y, aunque tenía el vestido roto y el cabello desordenado, la reconocí inmediatamente.

239

Antes de que yo pudiera decirle nada, Aspen se me adelantó.

—¡Lucy! —gritó, irguiendo la espalda. Sabía que aquello debía de dolerle, pero su rostro no lo reflejaba.

—¡Aspen! —exclamó ella, atravesando el pabellón a la carrera, esquivando a quien se ponía en su camino.

Cayó entre sus brazos y le besó en la cara una y otra vez. Conmigo había tenido que reprimir un gruñido de dolor, pero estaba claro que, en aquel momento, Aspen no sentía más que pura felicidad.

—¿Dónde estabas? —le preguntó.

—En la cuarta planta. Ahora están registrando las habitaciones. He venido todo lo rápido que he podido. ¿Qué te ha pasado? —Pese al pánico que le habían producido los ataques rebeldes anteriores, daba la impresión de que Lucy estaba muy entera; solo tenía ojos para Aspen.

—Estoy bien. ¿Y tú? ¿Necesitas que te vea el médico? —Aspen miró alrededor, buscando ayuda.

240
—No, no tengo ni un rasguño —dijo ella—. Solo estaba preocupada por ti.

Aspen se quedó mirando a Lucy a los ojos con una devoción absoluta.

—Ahora que estás aquí, todo está bien.

Ella le acarició el rostro, con cuidado de no tocarle las vendas. Él le pasó una mano tras la nuca y la acercó con suavidad para besarla apasionadamente.

Nadie necesitaba un caballero andante más que Lucy, y nadie podría protegerla mejor que Aspen.

Estaban tan absortos el uno con el otro que no notaron siquiera que me iba, decidida a encontrar a la única persona a la que quería ver en aquel momento.

Capítulo 33

$\mathcal{A}$l salir de la enfermería, vi por primera vez cómo había quedado el palacio. Era difícil asimilar toda aquella destrucción. Los montones de cristales rotos por el suelo que brillaban a la luz del sol, los cuadros destrozados, las paredes desconchadas y las enormes manchas rojas en las alfombras me recordaron lo cerca que habíamos estado todos de la muerte.

Subí por las escaleras, intentando evitar el contacto visual con nadie. Al pasar de la segunda a la tercera planta, encontré un pendiente en el suelo. No pude evitar preguntarme si su propietaria seguiría viva.

Llegué hasta el rellano y vi una serie de guardias frente a la habitación de Maxon. Era de esperar. Si era necesario, pediría permiso para entrar. O quizá les ordenara que me dejaran pasar…, como la noche en que nos conocimos.

Pero la puerta de la habitación estaba abierta, y la gente entraba y salía, trayendo papeles o llevándose bandejas. Seis soldados montaban guardia junto a la pared que daba a la puerta, y me preparé para el interrogatorio. Al acercarme, en cambio, uno de los guardias me vio y frunció los ojos, como si no creyera que fuera yo. A su lado, otro guardia me reconoció, y uno a uno me saludaron con una profunda reverencia.

Uno de ellos me tendió el brazo.

—Está esperándola, señorita.

Intenté comportarme en consonancia con el respeto que me estaban mostrando. Caminé con la cabeza erguida, aunque mis brazos magullados y mi vestido recortado no acompañaban.

—Gracias —dije tras asentir suavemente.

Una criada se apartó a toda prisa al verme entrar. Maxon estaba en su cama, con la parte izquierda del pecho cubierta de vendas y una simple camisa de algodón por encima. Llevaba el brazo izquierdo en cabestrillo y con el derecho sostenía el papel que un asesor le estaba mostrando.

Tenía un aspecto desaliñado, sin vestir y despeinado. Pero al mismo tiempo parecía otro. ¿Estaba sentado algo más recto? ¿O era que tenía un gesto más serio?

Era la viva imagen de un rey.

—Majestad —me presenté, insinuando una reverencia.

Al levantar la cabeza, vi la sonrisa silenciosa en sus ojos.

—Deja aquí los papeles, Stavros. ¿Quieren salir todos de la habitación? Necesito hablar con Lady America.

Todos a su alrededor hicieron una reverencia y se dirigieron al pasillo. Stavros dejó los papeles sobre la mesilla de Maxon y, al pasar a mi lado, me guiñó un ojo. Esperé a que la puerta se cerrara antes de dar un paso.

Quería correr hacia él, lanzarme a abrazarlo y quedarme allí para siempre. Pero me acerqué despacio, pensando que quizá se habría arrepentido de sus últimas palabras.

—Siento muchísimo lo de tus padres.

—Es como si no acabara de creérmelo —dijo él, indicándome con un gesto que me sentara en la cama—. Sigo pensando que mi padre está en su estudio y que mamá está abajo, y que en cualquier minuto uno de ellos vendrá a encomendarme alguna tarea.

—Te entiendo perfectamente.

—Lo sé —dijo él, con una sonrisa comprensiva. Extendió el brazo y puso su mano sobre la mía. Lo interpreté como una buena señal, y le cogí la mano—. Ella intentó salvarle. Un guardia me dijo que un rebelde tenía a mi padre a tiro, pero ella salió corriendo tras él. Mi madre cayó antes, pero inmediatamente después abatieron a mi padre.

Sacudió la cabeza.

—Siempre lo entregó todo. Hasta su último suspiro.

—Tú te pareces mucho a ella.

Maxon hizo una mueca.

—Nunca seré tan bueno como ella. Voy a echarla mucho de menos.

242

—No era mi madre, pero yo también la echaré de menos —dije, acariciándole la mano.

—Al menos tú estás a salvo —replicó, sin mirarme a los ojos—. Al menos me queda eso.

Se produjo un largo silencio, y yo no sabía qué decir. ¿Debería mencionar lo que había dicho? ¿Preguntar por Kriss? ¿Querría volver a hablar de todo aquello?

—Hay algo que quiero enseñarte —anunció—. Puede que te impresione un poco, pero, aun así, creo que te gustará. Abre este cajón. Debería de estar arriba.

Abrí el cajón de su mesilla y vi un montón de papeles escritos a máquina. Miré a Maxon, preguntándole con la mirada, pero él se limitó a asentir.

Me puse a leer el documento, intentando procesar lo que decía. Llegué al final del primer párrafo y luego volví a leerlo, convencida de que no lo había entendido.

—¿Vas a... disolver las castas? —pregunté, mirándole a la cara.

—Esa es la idea —respondió sonriente—. No quiero que te emociones demasiado. Llevará mucho tiempo, pero creo que funcionará. ¿Sabes? —añadió, pasando las páginas de un enorme dosier y señalando un párrafo—, quiero empezar por abajo. Tengo pensado eliminar primero la casta de los Ochos. Hay mucho que construir, y creo que, si lo organizamos bien, los Ochos podrían integrarse en la casta de los Sietes. Después, las cosas se complican. Hay que encontrar una forma de eliminar los prejuicios que traen consigo los números, pero ese es mi objetivo.

Estaba anonadada. Yo solo conocía un mundo en el que mi casta me acompañaba a todas partes, como la ropa que me ponía. Y ahí estaba él, con un papel en la mano que decía que aquellas líneas invisibles que separaban a la gente por fin podrían eliminarse.

La mano de Maxon tocó la mía.

—Quiero que sepas que todo esto es cosa tuya. Llevo trabajando en ello desde el día en que me contaste que habías pasado hambre. Era uno de los motivos por los que me molestó tanto que hicieras aquella presentación; yo había planeado una estrategia mucho más tranquila para conseguir el mismo obje-

243

tivo. Pero, de todas las cosas que quería hacer por mi país, esta nunca se me habría ocurrido de no haberte conocido.

Respiré hondo y volví a pasar la vista por aquellas páginas. Pensé en mi vida, tan corta y tan rápida. Nunca había esperado nada más que cantar en segundo plano en alguna fiesta, o quizá casarme algún día. Pensé en lo que significaría aquello para el pueblo de Illéa, y no cabía en mí de alegría. Estaba a la vez impresionada y orgullosa.

—Hay algo más —añadió Maxon, vacilante, mientras yo seguía asimilando lo que iba leyendo.

De pronto, sobre los papeles apareció una cajita abierta con un anillo dentro que reflejaba la luz de las ventanas.

—He estado durmiendo con ese maldito anillo bajo la almohada —dijo, poniendo voz de fastidio, aunque fuera de broma.

Estaba segura de que veía en mis ojos todas las preguntas que bullían en mi interior, pero él tenía una que hacerme:

—¿Te gusta?

Unos hilos de oro entretejidos formaban el engarce del anillo, y sostenían dos gemas —una verde y una púrpura— que se unían en un beso en lo más alto. Sabía que la púrpura era el símbolo del mes de mi nacimiento, así que la verde debía de ser el símbolo del suyo. Ahí estaban, dos puntitos de luz creciendo juntos, inseparables.

Quería decir algo, y abrí la boca varias veces para hacerlo. Pero no pude más que sonreír, parpadear para limpiarme las lágrimas y asentir.

Maxon se aclaró la garganta.

—He intentado hacer esto dos veces de un modo más solemne, y he fracasado espectacularmente. Ahora mismo, ni siquiera puedo apoyar una rodilla en el suelo. Espero que no te importe que te hable tan claro.

Asentí. Aún no era capaz de articular palabra.

Él tragó saliva y levantó el hombro sano.

—Te quiero —dijo simplemente—. Debería habértelo dicho hace mucho tiempo. Quizás así habríamos podido evitar muchos errores estúpidos. No obstante —añadió, sonriendo—, a veces pienso que son precisamente todos esos obstáculos los que han hecho que te quisiera tanto.

Las lágrimas anegaron mi mirada.

—Lo que te dije era verdad. Si alguien tiene que romperme el corazón, serás tú. Ya sabes que preferiría morir que verte sufrir. En el momento en que me dispararon, cuando caí al suelo, convencido de que mi vida acababa allí, lo único en lo que podía pensar era en ti.

Maxon tuvo que parar. Tragó saliva. Estaba al borde de las lágrimas. Al cabo de un momento, prosiguió:

—En esos segundos, lloraba todas mis pérdidas. El no llegar a verte nunca recorriendo el pasillo hacia el altar, el no ver tu rostro reflejado en nuestros hijos, el no ver los primeros mechones plateados en tu cabello. Pero, al mismo tiempo, no me importaba. Si muriendo conseguía que tú siguieras viva —volvió a hacer aquel movimiento, encogiéndose de hombros, aunque solo podía mover uno—, ¿qué de malo tenía aquello?

En aquel instante, perdí el control y las lágrimas brotaron con más fuerza. ¿Cómo podía haber pensado antes de aquel momento que sabía lo que era sentirse querida?

Nada de lo que hubiera vivido se acercaba siquiera a aquella radiante sensación que me llenaba el corazón y cada centímetro de mi cuerpo con una calidez absoluta.

—America —dijo Maxon, con ternura, obligándome a limpiarme los ojos y a mirarlo—, sé que ahora me ves como rey, pero déjame ser claro: esto no es una orden. Es una petición, una súplica: hazme el hombre más feliz del mundo. Por favor, hazme el honor de casarte conmigo.

No podía expresar lo mucho que lo deseaba. Pero aunque la voz no me respondía, el cuerpo sí. Trepé hasta los brazos de Maxon y le abracé con fuerza, convencida de que nada podría separarnos nunca más. Cuando me besó, sentí que mi vida por fin tenía sentido. Había encontrado todo lo que deseaba —cosas que ni siquiera sabía que quería— en los brazos de Maxon. Y si lo tenía a él para guiarme, para darme apoyo, me sentía capaz de enfrentarme al mundo entero.

Nuestros besos se volvieron por fin más lentos. Maxon me separó ligeramente para mirarme a los ojos. Lo vi en sus ojos: estaba en casa. Y por fin recuperé la voz:

—Sí quiero.

245

Epílogo

*I*ntento no temblar, pero no lo consigo. Le ocurriría a cualquiera. Es un gran día, el vestido pesa y los ojos que me miran son incontables. Sé que debería ser valiente, pero estoy temblando.

Sé que, en cuanto se abran las puertas, veré a Maxon esperándome, de modo que, mientras acaban con todos los detalles de última hora, me hago el firme propósito de intentar relajarme.

—¡Oh! Es la señal —anuncia mamá, observando el cambio en la música.

Silvia hace gestos a toda la familia para que se prepare. James y Kenna ya están dispuestos. Gerad corretea sin parar, arrugándose el traje, y May, desesperada, intenta que pare, aunque solo sea por un segundo. Pese a todo, tienen un aspecto asombrosamente regio.

Aunque estoy muy contenta de que todos mis seres queridos estén aquí, no puedo evitar acordarme de papá. No obstante, percibo su presencia, susurrándome lo mucho que me quiere, lo orgulloso que está de mí, lo preciosa que estoy. Lo conocía tan bien que tengo la sensación de que sé exactamente qué me diría; y espero que eso siga siempre así, que nunca se vaya del todo.

Me pierdo en mis ensoñaciones hasta que May me despierta:

—Estás guapísima, Ames —me dice, levantando la mano para tocar el cuello alto de mi vestido.

—Mary se ha superado, ¿verdad? —respondo yo, tocándome el vestido.

Mary es la única de mis doncellas de siempre que sigue conmigo. Cuando todo se calmó tras el ataque, descubrimos que las bajas eran mucho más numerosas de lo que creíamos en un principio. Lucy sobrevivió y decidió retirarse, pero Anne había fallecido.

Otro hueco que llenar en aquel día.

—Por Dios, Ames, estás temblando. —May me coge las manos e intenta calmarme, riéndose por mis nervios.

—Sí, no puedo evitarlo.

—Marlee —dice May, mirando atrás—. Ayúdame a calmar a America.

Mi única dama de honor se acerca, con los ojos brillantes como nunca, y con ellas al lado me siento algo más tranquila.

—No te preocupes, America; estoy segura de que el novio se presentará —bromea.

May se ríe. Finjo enfadarme con ellas, bromeando.

—¡No me preocupa que cambie de opinión! Me preocupa tropezar, o decir mal su nombre, o algo así. Tengo una habilidad especial para embrollar las cosas.

Marlee apoya su frente en la mía.

—Nada podría estropear este día.

—¡May! —susurra mamá.

—Vale. Mamá ya está de los nervios. Nos vemos ahí fuera —dice ella.

Me da un beso en la mejilla sin llegar a tocarla para no dejar un rastro de pintalabios y se va. La música suena y las dos giran la esquina, saliendo al pasillo que debo recorrer hasta el altar.

Marlee da un paso atrás.

—¿Ahora voy yo?

—Sí. Me encanta cómo te queda ese color, por cierto.

Ella gira el cuerpo, posando para que se vea la falda.

—Tiene usted un gusto estupendo, majestad.

Respiro hondo.

—Nadie me ha llamado así todavía. Oh, por Dios, así es como me van a llamar prácticamente por todas partes —observo, intentando acostumbrarme a toda prisa.

La coronación es parte de la ceremonia de boda. Primero los votos de fidelidad a Maxon, luego a Illéa. Los anillos y luego las coronas.

—¡No empieces a ponerte nerviosa otra vez! —insiste.

—¡Lo intento! Ya sabía que pasaría; son muchas cosas en un solo día.

—¡Ya, ya! —exclama ella, mientras se produce un cambio de música—. ¡Pues espera a esta noche!

—¡Marlee!

Antes de que pueda regañarla, se va dando una carrerita, guiñándome un ojo en el último momento, y no puedo evitar sonreír. Estoy tan contenta de volver a tenerla cerca... Ahora es oficialmente mi asistente personal, y Carter es el de Maxon. Ha sido todo un gesto de lo que va a ser el reinado de Maxon. Me ha alegrado mucho ver que tanta gente acogía el cambio con ilusión.

Me quedo escuchando. Sé que las notas que espero están a punto de llegar, así que aprovecho esos últimos momentos para alisarme el vestido.

Es realmente magnífico. La falda blanca se ajusta a mi cadera y cae en ondas hasta el suelo. Las mangas son cortas, de encaje, y acaban en un collar alto que me da el aspecto de una princesa. Sobre el vestido llevo una chaquetilla sin mangas a modo de capa; cae por detrás, formando una cola. Me la quitaré para la recepción: tengo intención de bailar con mi marido hasta que no pueda más.

—¿Lista, Mer?

Me giro hacia Aspen.

—Sí, estoy lista.

Él me tiende el brazo, y yo me agarro a él.

—Estás increíble.

—Tú tampoco estás nada mal —comento. Y aunque sonrío, sé que él es perfectamente consciente de lo nerviosa que estoy.

—No hay nada de lo que preocuparse —me asegura, con esa sonrisa confiada que me hace creer que todo lo que dice es cierto, como siempre.

Respiro hondo y asiento.

—Muy bien. Tú no dejes que me caiga, ¿vale?

—No te preocupes. Si veo que pierdes el equilibrio, te pasaré esto —responde, mostrándome su bastón de color azul oscuro, fabricado especialmente para que haga juego con el uniforme.

Solo de pensar en ello me río.

—Ahí vamos —anuncia, contento de verme sonreír sin reservas.

—¿Majestad? —interviene Silvia, algo impresionada—. Es el momento.

Le hago un gesto con la cabeza.

Aspen y yo salimos por la puerta.

—Déjalos impresionados —dice él, justo antes de que la música aumente de volumen y quedemos a la vista de los invitados.

De pronto vuelvo a sentir el mismo miedo. Aunque hemos intentado reducir la lista de invitados al mínimo, hay cientos de personas a los lados del pasillo que me llevará hasta Maxon. Y todos se ponen en pie para recibirme, de modo que no le veo a él.

Solo necesito verle la cara. Si veo su mirada firme, sabré que puedo hacerlo.

Sonrío, intentando mantener la calma, asintiendo a nuestros invitados con delicadeza, dándoles las gracias por su presencia. Pero Aspen me conoce.

—Todo va bien, Mer.

Yo le miro, y ver su gesto de ánimo me ayuda.

Sigo adelante.

No es el desfile más elegante que pueda hacer una novia, ni tampoco el más rápido. Aspen tiene la pierna tan malherida que tenemos que ir avanzando lentamente. Pero ¿a quién si no podía pedírselo? Aspen había pasado a llenar un importante lugar en mi vida, un lugar que había quedado vacío. Ya no era mi novio ni mi amigo, sino parte de mi familia.

Pensaba que me diría que no, que quizá se lo tomara como un insulto. Pero cuando se lo pedí me dijo que para él sería un honor y me dio un abrazo.

Entregado y leal, hasta el fin. Ese es mi Aspen.

Por fin veo un rostro familiar entre el público. Ahí está Lucy, sentada junto a su padre. Está radiante de orgullo por mí, aunque en realidad apenas puede apartar los ojos de Aspen. Cuando pasamos a su lado, levanta la cabeza un poquito más. Sé que pronto será su turno, y tengo muchas ganas de que llegue. Aspen no podría haber elegido mejor.

A su lado, en las primeras filas, están las otras chicas de la Selección. Han sido muy valientes al volver aquí para estar conmigo, teniendo en cuenta que no están todas las que deberían estar. Aun así, sonríen, incluso Kriss, aunque puedo ver la tristeza en sus ojos. Me sorprende lo mucho que echo de menos a Celeste. Me la imagino poniendo los ojos en blanco y luego lanzándome un guiño, o algo así. Haciendo algún gesto descarado para hacerme reír. La echo mucho de menos. Mucho.

También añoro a la reina Amberly. Me imagino lo feliz que sería hoy, por fin tendría una hija. Siento que al casarme con Maxon ya puedo pensar en ella como en una madre. Y, por supuesto, lo haré.

Y luego están mi madre y May, cogidas de la mano tan fuerte que parece que se estén sosteniendo la una a la otra. A su alrededor hay tantas sonrisas que casi me siento abrumada.

Estoy tan distraída viendo aquellos rostros que se me olvida lo cerca que estoy del final del pasillo. Y cuando miro hacia delante… ahí está.

Y entonces me parece que no hay nadie más allí, solo él y yo.

Ni cámaras grabando ni flashes. Solo nosotros. Solo Maxon y yo.

Él lleva la corona puesta, y el uniforme con la banda azul y las medallas. ¿Qué le dije la primera vez que se lo vi puesto? Algo como que parecía una lámpara de araña, creo. Sonrío, recordando el largo camino que nos ha llevado hasta aquí, hasta el altar.

Los últimos pasos de Aspen son lentos pero firmes. Cuando llegamos a nuestro destino, me giro hacia él. Aspen me sonríe por última vez y yo me acerco para besarle en la mejilla. Es un modo de decirle adiós a tantas cosas… Nos miramos un momento. Él me coge la mano y la coloca en las de Maxon, entregándome a él.

Se saludan con un gesto de la cabeza, mirándose con respeto. No creo que llegue a entender todo lo que ha pasado entre ellos, pero en ese momento me invade una sensación de paz. Aspen da un paso atrás y yo uno adelante, para llegar al lugar al que nunca creí que llegaría.

Nos acercamos el uno al otro y empieza la ceremonia.

251

—Hola, cariño —me susurra.

—No empieces —le advierto.

Ambos sonreímos.

Me coge las manos como si fueran lo único que le mantiene unido a la Tierra. Me concentro en las palabras que voy a tener que decir, en las promesas que nunca romperé. Es un día mágico.

Sin embargo, incluso en este momento sé que no es un cuento de hadas. Sé que habrá momentos duros, que nos harán dudar. Sé que las cosas no siempre irán como queremos y que tendremos que poner de nuestra parte para recordar que esto es lo que hemos escogido. No será perfecto. No siempre.

Al fin y al cabo, esto no es un final de cuento de hadas.

Es mucho más que eso.

Agradecimientos

¿*P*odéis levantar la mano al aire y hacer como que chocamos esos cinco? En serio. ¿Cómo si no puedo daros las gracias por leer mis libros? Espero que os hayáis divertido tanto con la historia de America como yo, y nunca podré expresar lo feliz que me hace que os tomarais el tiempo de seguirla conmigo. Sois geniales. ¡Muchísimas gracias!

En primer lugar, mi agradecimiento inmenso a Callaway: Sigue alegrándome el día cuando veo en tus correos electrónicos la firma «Marido de la #1 en ventas según *The New York Times* Kiera Cass». Me hace muy feliz que estés orgullosa de mí. Gracias por ser mi mayor apoyo a lo largo de todo este viaje. ¡Te quiero!

Gracias a Guyden y Zuzu por ser tan buenos hijos y dejar que mamá se escape a su despacho a trabajar. Sois unos niños maravillosos, y os quiero un montón.

A Mimoo, Poopa y al tío Jody, gracias por vuestro apoyo, y lo mismo a Mimi, Papa y al tío Chris. Hay muchas cosas pequeñitas que no habrían podido pasar sin vuestra ayuda, así que gracias por estar ahí, no solo para mí, sino para toda mi familia.

A la mejor agente del mundo, Elana Roth Parker. ¡Estaba deseando que me quisieras como autora! Gracias por tu fe, por trabajar tan duro y, sencillamente, por ser tan guay. Si alguna vez me encontrara en una pelea callejera, te querría en mi bando. Y eso lo digo en el mejor sentido posible. *ABRAZOS*

A Erica Sussman, mi fantástica editora. Esta historia ha

funcionado en gran parte gracias a ti. Muchísimas gracias por defender mis libros. ¡Me encantas tú, tus bolígrafos violeta y tus smileys! Lo siento por los escritores que tienen que trabajar con un editor que no seas tú. ¡Eres la mejor!

A toda la gente de HarperTeen por ser tan brillantes y trabajar tan duro. Hicisteis que la editorial fuera mi casa, y os portasteis de maravilla conmigo. ¡Muchísimas gracias!

A Kathleen, que se ocupa de la gestión de derechos en otros países. ¡Gracias por llevar mis libros (y por llevarme a mí) por todo el mundo! Aún me resulta increíble.

A Samantha Clark por dirigir la página de fans de Kiera Cass en Facebook sin que nadie se lo pidiera y sin quejarse nunca del trabajo que le supone. ¡Es fantástico! ¡Gracias!

A todos los que gestionan una cuenta de Twitter, Tumbler o Facebook relacionada con La Selección. ¡La mitad de las veces ni siquiera entiendo el lenguaje que usáis para escribir vuestros posts, y solo eso ya me parece una locura! Gracias por ser tan diligentes, creativos y por comunicaros conmigo. De verdad, colegas, ¡sois lo mejor!

A Georgia Whitaker por hacer un vídeo genial que le hizo ganarse un hueco en el libro. ¡Gracias por dejarme usar tu nombre!

¿A quién me olvido? Como a unas mil personas, seguro...

A la iglesia de Northstar (a la que JURO que empecé a ir años después del nacimiento de La Selección), gracias por acoger a la familia Cass y por vuestro apoyo constante.

A los de FTW... Ni siquiera sé qué decir. Tíos, sois demasiado, y os adoro.

A The Fray, One Direction, Jack's Mannequin, Paramore, Elbow, y a otros muchos músicos que me han aportado inspiración a lo largo de los años. Habéis sido el combustible que ha alimentado estas historias.

Igual que a Coca Cola Zero y a los Low Fat Wheat Thins. A veces también los Milk Duds. Muy importantes para mi supervivencia a lo largo de los años, así que gracias.

Por último, lo más importante: a Dios. Hace muchos años, escribir me sacó de un período muy oscuro de mi vida. No lo tenía pensado, en absoluto, pero se convirtió en mi salvavidas. Creo que fue la gracia de Dios la que hizo que me dedicara a esto, e incluso en los días de más estrés mi trabajo me hace feliz. Siento que es una bendición inmensa y, aunque escribo para ganarme la vida, sigo sin poder encontrar las palabras para expresar mi gratitud. Gracias.

Este libro utiliza el tipo Aldus, que toma su nombre
del vanguardista impresor del Renacimiento
italiano Aldus Manutius. Hermann Zapf
diseñó el tipo Aldus para la imprenta
Stempel en 1954, como una réplica
más ligera y elegante del
popular tipo
Palatino

***
**
*

La elegida
se acabó de imprimir
un día de invierno de 2015,
en los talleres de Liberdúplex, s.l.u.
Crta. BV-2249, km 7,4, Pol. Ind. Torrentfondo
Sant Llorenç d'Hortons (Barcelona)

***
**
*